LES MAINS COUPÉES
DE LA TAÏGA

DU MÊME AUTEUR

Chez le même éditeur

LA KLEPTOCRATIE, 1982.

Aux Éditions J.-C. Lattès

L'ITALIE DE BERLINGUER, 1976.

PATRICK MENEY

LES MAINS COUPÉES DE LA TAÏGA

Document

LA TABLE RONDE
40, rue du Bac, Paris 7e

Croquis du camp pour étrangers de Mordovie, réalisés par le détenu français Nicolas Ch. qui y fut interné jusqu'en 1981.

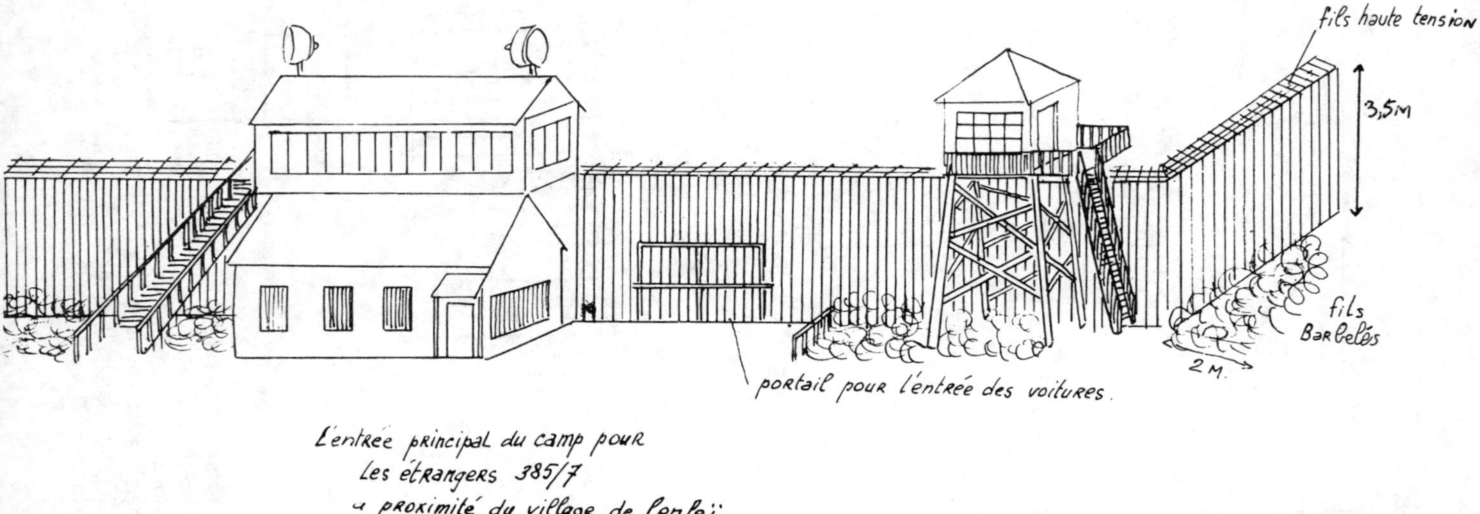

(1) Le communisme triomphera dans le monde entier !

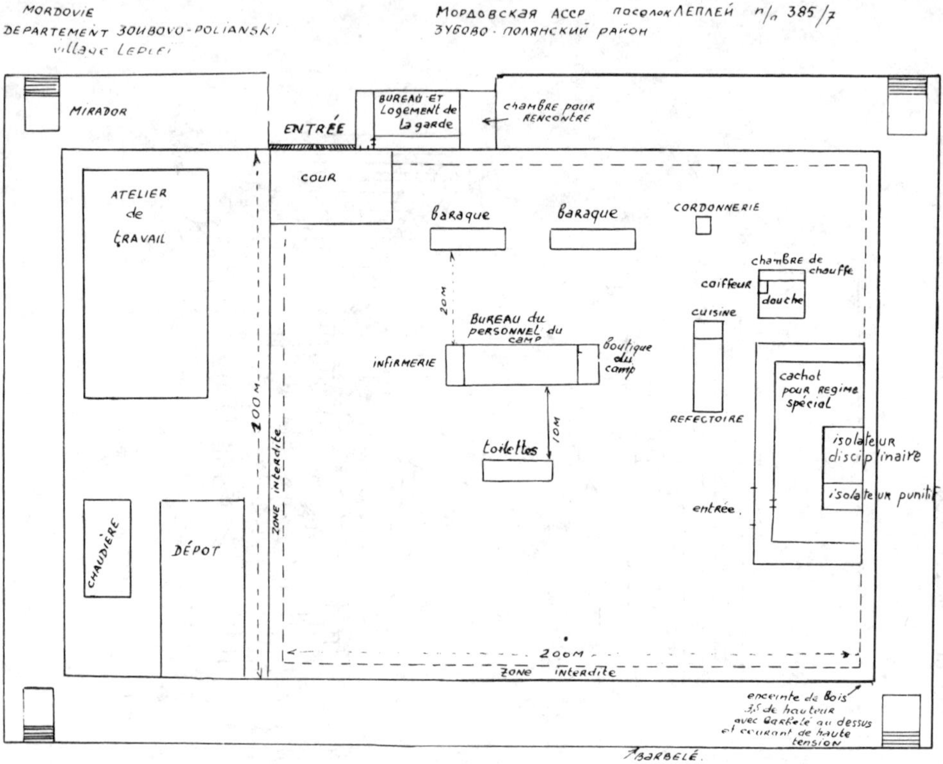

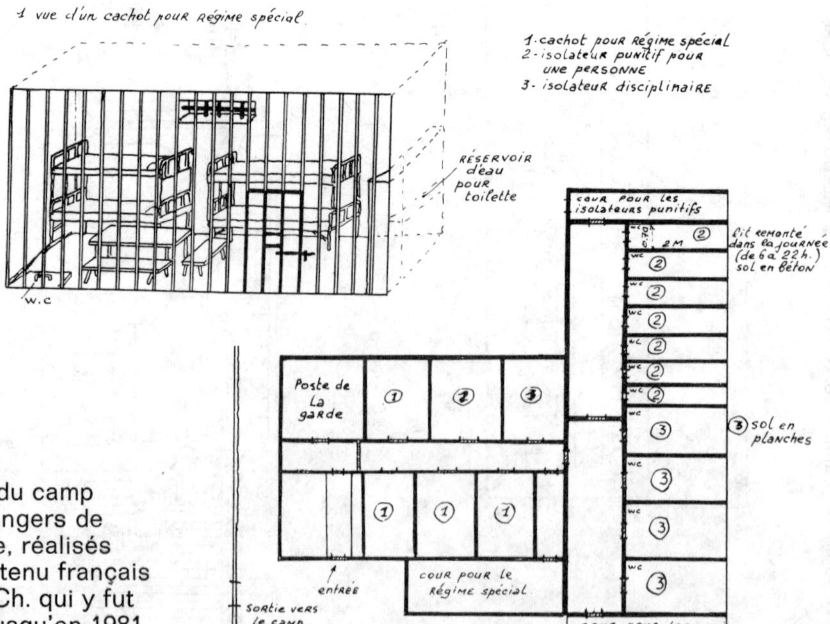

Croquis du camp pour étrangers de Mordovie, réalisés par le détenu français Nicolas Ch. qui y fut interné jusqu'en 1981.

INTRODUCTION

« Même ici, on vit. »
ALEXANDRE SOLJENITSYNE [1].

Jamais le petit livre gris, à l'odeur si caractéristique du papier russe, à la triste couverture barrée du seul mot KODEKC (code), n'était parvenu en Occident [2]. Il y avait pourtant là, rédigée en caractères cyrilliques microscopiques, sur 42 pages et en 115 articles à la précision glaciale, la LOI DU GOULAG, le règlement intérieur officiel des camps de travail soviétiques aujourd'hui, de l'URSS des années 80. Une bombe! Document austère, document essentiel qui apporte un nouveau degré de connaissance sur l'univers concentrationnaire en URSS, un des grands phénomènes de notre Histoire contemporaine, univers qui après soixante-sept ans de socialisme réel n'a pas livré tous ses terribles mystères.

Cette loi du Goulag [3] est à situer dans le prolongement de deux grands chocs : le premier en 1956 quand, devant le XXe congrès du Parti communiste, Nikita Khrouchtchev révèle les crimes de Staline et dénonce le Goulag. Le second en 1962, quand le grand témoin Alexandre Soljenitsyne publie son premier récit, dans la revue de l'Union des écrivains soviétiques *Novy Mir*. Il s'agit d'*Une journée d'Ivan Denissovitch.* Deux événements qui ébranlèrent croyants et non-croyants.

Dès les années 20, des messages de détresse parvenaient de Sibérie que personne ne voulut capter. La Vérité n'était pas crédible : en ce temps-là l'URSS passait pour être une sorte de Paradis. On ne pouvait comprendre les éventuels cris d'enfer qui filtraient.

La légende du Goulag dit que, « quelque part au fin fond de la Taïga, non loin de l'Océan, de nombreux détenus pleins de désespoir se coupèrent les mains à la hache pour se débarrasser d'un travail inhumain [4] ». Puis ils cachèrent ces mains dans les cargaisons de bois sibérien destinées à l'exportation, espérant que ces pathétiques messages alerteraient l'Occident. Comble d'ironie, pour se donner du courage les prisonniers se racontaient cette histoire, « comme un éternel rêve de justice suprême que fait tout homme condamné », explique Andreï Siniavski [4].

Mais là encore la Vérité était prématurée. L'humanité sortait de l'horreur nazie et l'URSS avait largement contribué à nous en débarrasser, au prix de millions de morts. Comment soupçonner, alors, que cette même URSS perpétuait sur sa terre meurtrie ce qu'elle avait combattu? Non, le Goulag n'était pas à l'ordre du jour. On ne s'est donc pas donné la peine de se pencher pour attraper les bouteilles jetées à la mer, avec leurs SOS.

Il aura fallu attendre que le signal vienne du Kremlin lui-même, que Nikita Khrouchtchev présente son fameux Rapport secret. Quelles qu'en soient les limites et les motivations profondes, ce texte a porté à la connaissance du monde la folie meurtrière du Petit Père des peuples, jusque-là considéré – y compris par certains en Occident – comme le guide éternel de toute l'humanité. Après le Rapport de février 1956, impossible de se boucher les oreilles, de fermer les yeux, de feindre d'ignorer. Le paradis soviétique était démystifié à tout jamais, ainsi que l'infaillibilité du Parti et de ses chefs, infaillibilité « qui a justifié toutes les décisions de Lénine et les excès de Staline »[5]. Le régime est sorti fortement secoué du XXe Congrès et la nature du pouvoir en a été fondamentalement modifiée. Un coin de voile avait été levé sur le *réel du socialisme réel.*

Ainsi Khrouchtchev a-t-il gagné sa place dans l'Histoire. Ainsi a-t-il perdu son poste. Son geste iconoclaste ne lui a pas été pardonné bien que chacun y gagnât en sécurité. Aujourd'hui Staline repose sur la place Rouge où trône son buste de bronze. Son nom figure dans les manuels scolaires et les articles officiels. On entrevoit sa photo à la télévision. Son portrait orne quelques pare-brise de camions et le peuple – orphelin ou sans mémoire? – se surprend parfois à vénérer le bourreau.

Rien de tel pour Khrouchtchev, rayé des esprits, rendu responsable de tous les maux de la société soviétique contemporaine, absent des livres d'histoire et dont la tombe, au cimetière moscovite de Novodievitchi, est interdite au public. Pensez! les censeurs vont jusqu'à supprimer le personnage gênant sur les photos officielles. Au Pavillon de l'espace à Moscou, Youri Gagarine est accueilli à son retour sur terre non pas par M. K, mais... par Leonid Brejnev, qui n'était même pas le numéro deux du régime à l'époque.

Qu'importent finalement ces incidents de la petite histoire, puisque le message essentiel est passé!

Au lendemain du XXe Congrès, le Rapport secret a été lu par les délégués dans les cellules de base. Sa substance semble être parvenue assez rapidement à la population par des voies détournées, peut-être encouragées par Khrouchtchev qui devra répondre de ces fuites. Les Secrétaires généraux des partis occidentaux frères purent consulter le Rapport, avec interdiction de prendre des notes et d'en parler à leur entourage. Enfin la « presse bourgeoise » a publié le texte de Nikita Khrouchtchev : le traumatisme, lui aussi irrémédiable. Désormais les fidèles n'auront plus vraiment la foi...

En quelque sorte, les mains coupées « quelque part au fin fond de la Taïga » étaient parvenues à destination.

Mais avec quel retard! Atroce comptabilité : le Goulag aura englouti, selon les estimations les plus prudentes, vingt millions d'innocents. Exactement le nombre des victimes soviétiques du nazisme.

Parmi toutes les monstruosités entendues sur les camps, une anecdote – j'emploie à dessein ce mot dérisoire, vu le carnage général – est particulièrement éloquente. Khrouchtchev la contait à ses visiteurs. A Kiev, une vieille femme envoya au Goulag huit cents personnes sur simples lettres de dénonciation anonymes, avant que les autorités comprennent qu'elles avaient affaire à une folle.

L'horreur minute par minute

Mais les aveux de Khrouchtchev n'étaient pas complets. Il y manquait cet élément central qu'est la dimension. Le second choc allait provenir d'Alexandre Soljenitsyne. Son œuvre a donné au Goulag sa véritable dimension : industrielle. Russe, dans le sens de grandiose. Il a décrit de l'intérieur la vie des camps – l'horreur – minute par minute, heure par heure, jour après jour, année après année, décennie après décennie puisqu'ici dix ans sont une banale unité de temps. L'horreur non plus comme accident, mais comme système, c'est-à-dire pensée, programmée, planifiée. Un Plan pour le drame, pour la mort, comme il y a un Plan pour la récolte de blé ou la production de tracteurs.

D'autres témoignages émergent. Soljenitsyne est publié

officiellement. Le *Kolyma, récits de la vie des camps* de Varlam Chalamov circule sous le manteau, en samizdat. Ces livres inspirent à beaucoup de sinistres rapprochements, inconcevables quelques années plus tôt. Pierre Daix, préfaçant en 1963 *Une journée d'Ivan Denissovitch,* estime qu'il « *n'y a pas de différence de nature entre le camp d'Ivan (...) et un camp nazi moyen* ». Présentant *Kolyma,* Andreï Siniavski répond en écho : « *Pour la Russie stalinienne, Kolyma c'est la même chose que Dachau ou Auschwitz pour l'Allemagne hitlérienne (...) ultime cercle de l'enfer.* » De telles comparaisons heurtent certains Occidentaux qui ont touché du doigt la violence nazie. Les détenus du Goulag, eux, chantent avec un insolent humour :

Ici l'hiver dure douze mois.
Le reste du temps, c'est l'été.

Rapport secret en 1956. Soljenitsyne en 1962. D'autres confirmations ont afflué depuis. Mais aussi le temps a passé. Peut-être même a-t-on commencé à oublier ou à ne plus se souvenir très bien. Le Goulag banalisé et la conscience tranquille. On ne sait plus si c'était hier seulement ou si c'est également aujourd'hui.

On ne s'interroge plus : les camps ont-ils disparu de l'horizon soviétique? A-t-on libéré tous les détenus de Staline? Si le Goulag subsiste, par qui est-il peuplé et combien d'hommes y vivent, sous quel régime?

Ces questions ne sont pas inutiles. On croyait tout savoir, mais on ignore encore beaucoup de choses.

A preuve : à Moscou j'ai retrouvé la trace d'un prisonnier de Staline. Un Français arrêté pour « espionnage » en pleine terreur, acquitté par le tribunal de Moscou mais arbitrairement maintenu dans le Goulag... jusqu'en 1981, lorsqu'il parviendra enfin à s'évader par miracle. Son cas n'est pas unique. Il lui revient de raconter son incroyable tragédie. Il apporte dans cet ouvrage son témoignage poignant.

Ou encore : à l'été 1982 une polémique oppose Moscou à des militants occidentaux des droits de l'homme. Ceux-ci se scandalisent : des détenus du Goulag sont utilisés sur les chantiers du gazoduc euro-sibérien. L'agence officielle Tass dément immédiatement : telle est en effet sa fonction.

Plusieurs journalistes communistes occidentaux – prompts à voler au secours de l'URSS – sont invités à se rendre sur place (les autres correspondants ne sont évidemment pas du voyage) et ils reviennent rassurés : « Nous n'avons pas vu l'ombre d'un prisonnier. Il n'y a, là-bas, que des travailleurs volontaires pleins d'enthousiasme, qui haussent les épaules quand on leur parle de Goulag. » C'est tout juste s'ils savent comment on dit, en russe, *prisonnier.*

Voilà trente ou quarante ans, en pleine période stalinienne, on voulut nous faire avaler les mêmes couleuvres. Avec exactement les mêmes arguments. Les envoyés spéciaux des PC occidentaux ne virent dans l'URSS de Staline ni miradors, ni terreur, ni la plus minime des violations des libertés. Le 8 décembre 1949, *Les Lettres françaises* insultaient purement et simplement ceux qui dénonçaient, déjà et avant Khrouchtchev, le Goulag : « Si (...) dix millions de Soviétiques gémissaient dans les camps et si, pour un oui, pour un non, chacun était exposé à se voir appréhendé (...) il régnerait en effet dans ce pays une atmosphère d'angoisse et de terreur. Mais c'est un spectacle absolument contraire qu'il donne. » Et d'enchaîner sur « l'ouvrier qui peut devenir directeur », « l'enfant qui a toutes les chances de s'épanouir », le paysan heureux qui sera peut-être, demain, diplomate, le citoyen qui a sa maison à lui, « l'équilibre extrêmement heureux » de cette société soviétique, ou sur « toutes les usines (qui) ont un club doté du plus riche matériel : matériel scientifique et artistique, théâtres, bibliothèques ». Voilà ce qu'a écrit l'écrivain alors communiste Claude Morgan sur l'Union soviétique de Staline. Voilà ce que nous disait, chaque jour, *L'Humanité.*

Et sur le Goulag, *Les Cahiers du communisme* de novembre 1951 :

« Les chantiers (staliniens) ne peuvent être que l'œuvre d'un peuple libre. »

Avec le même argument, mot pour mot, qui nous est servi en 1984 pour la construction du gazoduc : « Il est évident que des ouvrages aussi gigantesques exigeant une technique des plus modernes ne sauraient être édifiés avec des prisonniers non qualifiés. »

Difficile à comprendre, l'apparente naïveté de ces *témoins* communistes français qui, plus que tous les autres, auraient dû être échaudés par les mensonges de la propagande soviétique.

Mais les militants des droits de l'homme qui, eux aussi, semblent redécouvrir avec l'affaire du gazoduc, l'existence du Goulag, ont de quoi nous étonner. Les camps sont toujours inscrits dans le code pénal de l'URSS. Ils sont au centre du système répressif soviétique dans les années 80 comme dans les années 20, 30 ou 50. Chaque jour, la *Pravda* continue à annoncer des condamnations à dix ans de camp. Un cinéaste tombé en disgrâce, bien qu'adulé du public, peut être envoyé au Goulag, sous Andropov, pendant cinq ans en régime sévère pour crime d'homosexualité.

Et la question de l'utilisation de détenus politiques sur les chantiers du gazoduc est à la fois dérisoire et farfelue : il n'y a pas de condamnés politiques en Union soviétique (il n'y en a jamais eu), vous répond le Kremlin. Ce phénomène ne peut exister puisque les 275 millions de citoyens soviétiques pensent unanimement la même chose, adhèrent unanimement à la juste politique du Parti, etc. Andropov, Tass, la *Pravda,* le répètent tous les jours. C'est, depuis 1917, la règle du jeu. Ainsi le régime a-t-il pu anéantir des millions d'hommes ou décapiter la dissidence des années 70... sans ouvrir un seul procès officiellement politique. Tout est une question de mots : en URSS, celui qui pense autrement n'est pas normal (il faut être fou pour ne pas approuver l'œuvre du Parti !). Il est donc logiquement interné en asile psychiatrique. Celui qui fait grève est un saboteur (un livre sur l'URSS publié par une militante communiste française en 1949 expliquait que faire grève en URSS serait aberrant, puisque tout appartient au peuple : « Ce serait extrêmement impopulaire »), donc un bandit envoyé au Goulag. Celui qui critique Lénine, Staline ou Andropov commet un crime contre l'humanité, c'est un voyou à mettre en prison. Celui qui s'oppose à la politique du Parti ou dénigre le socialisme est assimilé à un traître à son pays. Il sera condamné pour « propagande antisoviétique », en vertu de l'article 70 du code pénal. Cela signifie entre six mois et sept ans de camp. Dix ans en cas de récidive.

Autre méthode pour refuser le statut de détenu politique aux opposants : les priver de travail. L'État étant l'employeur unique et le travail étant obligatoire, la victime tombe sous le coup de l'article 209 et ira au Goulag pour « parasitisme ».

Enfin dernière possibilité quand la personnalité du coupable de délit d'opinion est telle qu'il est impossible de le présenter comme un vulgaire droit commun ou un traître à la patrie : l'exil intérieur sans aucun jugement. C'est le cas du prix Nobel de la Paix, Andreï Sakharov, relégué à Gorki sans même avoir été jugé. Sans raisons officielles.

Dans ces conditions, impossible de tenter une comptabilité des prisonniers politiques dans l'URSS d'Andropov ou de ses successeurs. On ne connaît que quelques figures. On ignore tout des – milliers, dizaines de milliers, centaines de milliers? – d'anonymes peut-être condamnés au Goulag pour s'être écartés, d'une façon ou d'une autre, de la ligne du Parti. Je citerai deux exemples que j'ai pu moi-même vérifier à Moscou, prouvant que ces situations-là existent. Et qu'elles ne suscitent que l'indifférence. Ou l'impuissance.

1. Obscur Soviétique, Boris Lesnov, un mécanicien de 42 ans, avait quitté Oulianovsk – la ville de Lénine – dans la nuit du 10 au 11 octobre 1981 à bord de sa vieille Moskvitch. Avant l'aube, il a parcouru neuf cents kilomètres, un fusil sur le siège arrière, pour arriver enfin à Moscou : Lesnov l'inconnu voulait quitter l'URSS où il étouffait. Alors, après son long périple, il a forcé le barrage des miliciens devant l'Ambassade des États-Unis et a demandé l'asile politique.

Après cinq heures de pourparlers avec les diplomates, Boris, habillé d'un pauvre manteau, acceptait de quitter l'Ambassade, comprenant que jamais les autorités soviétiques ne lui accorderaient le visa de sortie d'URSS. Avant d'être arrêté par les agents du KGB, Lesnov a eu le temps de crier aux journalistes occidentaux présents : « Je finirai ma vie en asile psychiatrique ou en camp. On m'a renvoyé de mon travail pour des raisons politiques. Ce n'est pas cela le communisme... » Et Boris a disparu. Où est-il aujourd'hui? Combien d'années restera-t-il interné? Officiellement, il n'existe plus.

2. La revue théorique du PC soviétique critique violemment l'article d'un correspondant occidental en poste à Moscou, article vantant les bienfaits du pluralisme

politique. Ce journaliste reçoit une lettre d'un ingénieur habitant dans une lointaine ville de province d'URSS : « Vos idées me paraissent justes. Pouvez-vous me donner des détails sur ce qu'est le pluralisme politique? » demande ce citoyen ordinaire, qui a eu le plus grand mal à entrer en relation avec le journaliste étranger.

L'échange de correspondance est découvert rapidement par le KGB. S'ensuivront toutes sortes de tracasseries pour l'ingénieur trop curieux des choses politiques non conformistes. Finalement il se retrouvera, de déclassement professionnel en déclassement professionnel, cantonnier... ultime déchéance avant de perdre tout emploi. L'État soviétique qui aura, sciemment, créé un « parasite » pourra donc en toute légalité envoyer notre ancien ingénieur au Goulag pour « parasitisme ». Prisonnier de droit commun! Tel est le mécanisme de la répression en Union soviétique.

Deux millions de détenus

Est-ce à dire que rien n'a changé en URSS? Absolument pas. Depuis la publication du Rapport Khrouchtchev, le pays a connu des mutations profondes qu'il faut souhaiter irréversibles. D'abord la population des camps a diminué fortement. Au lendemain de la Seconde Guerre mondiale ils comptaient environ six millions de pensionnaires. Parmi eux une majorité d'innocentes victimes de la folie stalinienne : des milliers de héros de l'Armée Rouge à peine libérés des camps hitlériens sont entrés au Goulag. Leur seul crime : être tombés aux mains de l'ennemi.

Un Russe rencontré à Moscou m'a raconté comment ses voisins avaient été envoyés en camp et exterminés sur dénonciation anonyme. On les avait accusés d'avoir oublié de déployer le drapeau rouge à leur fenêtre, le jour de la fête nationale. Ce qui était faux.

Dans les années 70, le nombre des détenus avait été ramené aux environs de trois millions, selon les indications d'un vice-ministre soviétique de l'Intérieur. Aujourd'hui, d'après la moyenne des estimations crédibles, deux millions de Soviétiques vivent en camps. Pour sa part Vladimir Boukovski affirme qu'au moins deux millions et demi de prisonniers sont internés en URSS. A titre indicatif, la population carcérale est de 400.000 personnes aux États-Unis [6]. En France, elle est de 32.000.

Pourtant, le régime s'est civilisé. D'État de total arbitraire et d'insécurité permanente, l'URSS est passée à un État de droit approximatif (les juristes occidentaux vont bondir) et de stabilité. Le Soviétique moyen, mais aussi le cadre politique, ne vit plus dans la hantise permanente de l'arrestation, la déportation, l'élimination physique ou la purge. Ainsi peut-on parler de libéralisation du pays. Les Russes comprennent parfaitement le sens du mot, dans leur contexte particulier.

Certes, le citoyen soviétique reste l'otage du régime. Il ne peut même pas concevoir notre notion de liberté – d'expression, d'association, de contestation, de déplacements, etc. Mais il respire, enfin. Pour la première fois, il peut aménager sans trop de soucis sa petite vie [7]... pourvu qu'il ne touche pas à la politique. Disons, sans trop de naïveté mais sans trop de pessimisme non plus, que l'Union soviétique s'est normalisée sensiblement. Derrière la façade rigide et austère, il y a malgré tout un espace pour la vie, pour le privé. La dictature reste en place. L'outil de répression est là pour ramener à la raison le mal-pensant. Le rideau de fer n'est pas levé. Mais l'homme peut enfin se faufiler dans les brèches...

Étonnant climat, fragile équilibre, accumulation de paradoxes et de contradictions qui échappent souvent à l'observateur étranger.

Dans ce contexte complexe, la publication de la loi

du Goulag m'a paru d'autant plus impérieuse. Ce texte rappelle que l'URSS d'Andropov n'a pas supprimé les camps. Voilà un nouveau volet sur la vie à l'intérieur du Goulag, sa réalité aujourd'hui. Le point sur cet aspect de la société soviétique, toujours aussi secrète. Mais bilan étranger à toute polémique : le document est officiel, brut, précis. Une pièce historique.

Oui, voilà comment vivent dans les années 80 les deux millions de prisonniers du Goulag, là encore minute par minute, jour après jour. Car ce règlement intérieur des camps a tout prévu, du lever au coucher du soleil. Tout, de l'espace vital accordé à chaque condamné au nombre de morceaux de sucre quotidiens garantis, au cachot pour les fortes têtes, à la censure du courrier et la stricte limitation des colis, sans oublier « l'agitation idéologique » derrière les barbelés, la solde du détenu, les corvées ou le droit de visite des familles...

Impossible de lire ce texte administratif à usage interne, réservé, ignoré du public soviétique, sans penser que derrière chaque article il y a des millions de battements de cœurs. Chaque alinéa de la loi du Goulag règle, orchestre, ces millions de battements. Car, comme l'a écrit Soljenitsyne : « Même ici, on vit. »

Khrouchtchev disait : « Le temps passera, nous mourrons, nous sommes tous mortels. Mais tant que nous travaillons, nous pouvons et nous devons élucider beaucoup de choses et dire la vérité au peuple et au Parti. Nous sommes obligés de tout faire afin que la vérité soit établie dès aujourd'hui car, plus le temps passera après ces événements, plus il sera difficile de restaurer les faits dans leur authenticité. On ne rendra pas les morts à la vie. Mais il faut que cela soit raconté en toute vérité dans l'histoire du Parti. Il faut le faire pour que de tels événements ne se reproduisent plus jamais [8]. »

C'était au XXIIe congrès du PC soviétique en 1961.

Cette année-là, Khrouchtchev ne fut pas suivi. Le Parti refusa le grand défi de la vérité. Il cria au contraire, comme l'a écrit Michel Tatu : « C'est assez! »

Et la chape du silence, des complicités, retomba sur le Goulag, sur la terreur stalinienne. On saurait ce qu'il s'est passé dans les camps nazis. On l'expliquerait aux générations futures, images, témoignages, chiffres monstrueux à l'appui, *pour que de tels événements ne se reproduisent plus jamais.* Mais on cacherait la réalité des camps staliniens. Parce qu'ils ne devaient pas être condamnés, parce que ces choses-là peuvent se reproduire. Si bien que le procès authentique du Goulag ne sera pas ouvert à Moscou. Et la terreur des années 30, les crimes de Staline contre son propre peuple, ne sont pas au programme scolaire des jeunes Soviétiques.

Voilà pourquoi, plus de vingt ans après l'appel de Nikita Khrouchtchev, la publication de la loi du Goulag permet de compléter une partie de ce puzzle tellement dérangeant.

Mais une telle pièce nous conduit forcément à des interrogations essentielles, que nous aborderons en conclusion.

1. L'URSS, bien que seconde puissance mondiale de ce XXe siècle, ne peut-elle exister, survivre et éventuellement progresser, qu'avec le concours du Goulag? La cohésion du pays est-elle liée à la peur des camps? Et cette hantise est-elle la condition indispensable pour que l'empire n'éclate pas? Nous verrons comment, historiquement, le régime s'est effectivement appuyé sur les camps pour éviter l'explosion. Nous verrons aussi comment le Goulag est devenu et restera sans doute un indispensable instrument de gouvernement en URSS. Il paraît impossible au pays de sortir de ce cercle infernal,

tout en maintenant ses structures et ses mentalités actuelles.

2. L'URSS survivra-t-elle au Goulag? Un régime basé sur le principe de l'*adhésion unanime forcée* (l'opposition est un délit, le libre choix n'existe pas) et sur la répression de masse comme stimulant (la peur des camps ou de la sanction) paraît voué à l'échec. Non pas qu'il engendrera forcément la révolte. Le régime a les moyens de résister à cette pression. Mais le pays qui n'a jamais réellement décollé risque de se précipiter dans la voie du nouveau sous-développement, de se laisser distancer par des nations autrement dynamiques – voyez le Japon – ouvertes, d'initiatives et s'appuyant sur toutes leurs forces vives.

De plus en plus la science a besoin d'une large base. Certains pays l'ont compris qui grouillent d'idées et qui attirent les cerveaux. L'URSS n'est pas un pays vivant. Elle entretient une Nomenklatura scientifique interdite de sortie et pense pouvoir se permettre la mise en quarantaine d'hommes comme Andreï Sakharov. Il n'est pas certain qu'un pays – quelles que soient ses richesses naturelles – puisse longtemps s'offrir de telles folies. Si bien qu'en tentant de répondre à ces questions, nous verrons peut-être COMMENT LES DICTATURES FINISSENT.

NOTES DE L'INTRODUCTION

1. A. Soljenitsyne, *Une journée d'Ivan Denissovitch,* éd. Julliard, 1963.
2. Ce texte a été voté en 1970. Il est actuellement en vigueur dans tous les camps de travail d'URSS.
3. GOULAG : abrégé en russe de *Direction Générale des camps.* Ce terme étant entré dans le langage courant, il m'arrivera de l'utiliser comme synonyme de l'expression : « camp de travail ».

4. Andreï Siniavski, *in* introduction à *Kolyma, récits de la vie des camps,* Varlam Chalamov, éd. Maspero, 1980.

5. Hélène Carrère d'Encausse, *Le Pouvoir confisqué,* éd. Flammarion, 1980.

6. V. Boukovski, *Cette lancinante douleur de la liberté,* éd. Laffont, 1981.

7. Sur la vie quotidienne et parallèle des Soviétiques, cf. Hedrick Smith, *Les Russes,* Éd. Belfond, 1976; P. Meney, *La Kleptocratie,* éd. La Table Ronde, 1982; Constantin Simis, *La Société corrompue,* éd. R. Laffont, 1983.

8. Pour la période de la déstalinisation, cf. *Le Pouvoir en URSS* de Michel Tatu, éd. Grasset, 1967.

1
LA NOMENKLATURA DU GOULAG

« Trimer tout ce qu'on sait, voilà la seule planche de salut. »

SOLJENITSYNE.

Aucune société contemporaine n'est parvenue à échapper à l'éternelle dualité : crimes et châtiments. Pas même la patrie de Dostoïevski. Les premiers Bolcheviks s'étaient juré de raser les geôles des Tsars auxquelles quelques-uns d'entre eux avaient goûté. Les nouveaux maîtres de la Russie y voyaient le symbole de l'oppression bourgeoise. Les prisons étaient des « maisons des morts créées par les exploiteurs à l'intention des travailleurs » [1].

Prudents, les révolutionnaires ne se hâtèrent pourtant pas de tenir leur serment : non seulement ils ne touchèrent pas à la robuste infrastructure carcérale de l'ancien régime, mais ils élargirent rapidement le système répressif existant, en ouvrant de nouveaux cachots jusque dans les couvents.

Tout au plus, le nouveau régime se contenta-t-il de couper les arbres dans les cours des anciennes prisons tsaristes, en 1937.

Les autorités soviétiques qui, jusque dans les années 60, niaient encore la survivance de la délinquance au pays du socialisme réel et qui continuent à dissimuler toute statistique significative, scientifique, sur la criminalité en URSS, ont donc été amenées à prévoir des sanctions dès les premières heures de la Révolution. Leur expérience inédite appelait même la surenchère en matière de répression : l'instauration d'un ordre nouveau, où tout était chamboulé dans les valeurs sociales et morales, dans l'économie, dans les esprits, jusque dans la foi, allait obligatoirement déboucher sur un cadre législatif des plus stricts. Le citoyen devait bien comprendre, du jour au lendemain, que la légalité avait changé de camp, mais aussi que des gestes millénaires de paysans ou de commerçants, des pratiques tout à fait honorables d'employés ou d'industriels, étaient devenues hors la loi, un Grand Soir du côté de Saint-Pétersbourg. La punition était donc appelée à jouer un rôle pédagogique et politique central. Elle était un instrument obligatoire de pouvoir. A ces *circonstances objectives,* pour utiliser une expression très prisée à Moscou, allaient s'ajouter d'autres phénomènes dont la conjugaison a fait du *soviétisme* un système basé sur la répression. Parmi ces éléments, l'allergie des dirigeants à toute opposition, à tout embryon de contestation. Poussée à l'extrême, cette maladie s'est transformée en rejet de toute forme de pensée autonome.

Si bien que le Goulag fit son apparition sous Lénine. Et comme le régime ne parvenait pas, parallèlement, à décoller, à emporter l'adhésion, à résoudre les problèmes économiques de base, la criminalité – survivance du capitalisme, selon la thèse officielle – a survécu à Lénine lui-même. Comme elle a survécu à Staline. Pire : celui-ci transforma chaque citoyen en présumé coupable, allant jusqu'à instituer le délit de « sentiments antisoviétiques en gestation ». En fait de suppression des prisons, on généralisa le Goulag et on étendit la peine de mort aux crimes économiques, en 1932.

Vint Khrouchtchev qui annonça l'avènement du

communisme pour l'horizon 80. Il promit le pain, l'habillement, le logement, les loisirs gratuits pour ces années 80, quand l'Union soviétique aurait largement dépassé les États-Unis (et personne ne songea à rire à l'époque! le défi fut au contraire accueilli avec grand sérieux). Mais Khrouchtchev dut, avant de songer à rattraper l'Amérique, courir après les voleurs responsables de tous les maux. Il améliora donc, à son tour, l'arsenal répressif. Il élargit la peine capitale à de nouveaux délits puis institua une peine de déportation pour les *parasites,* « dans les lieux spécialement assignés ». On vit, en quelques mois, des milliers de citoyens partir en camp pour un étrange délit : celui de « fainéantise » [2]!

Il s'agissait en réalité de spéculateurs – qui ne l'est pas en URSS? – ou de personnes ayant détourné des biens collectifs – qu'est-ce qui n'appartient pas à l'État en URSS? Et ce qui appartient à l'État n'appartient-il pas au peuple? – ou ayant accaparé des produits *défitsitny* (déficitaires) – mais qu'est-ce qui n'est pas déficitaire en URSS, depuis 1917?

Bref, Khrouchtchev est passé mais on fusille toujours et on envoie toujours des hommes au Goulag, en grand nombre. Quant au pain, aux vêtements, aux loyers, aux loisirs, ils sont toujours payants. Et, à Moscou, tout le monde rit des promesses de Nikita. Et, en Occident, tout le monde a oublié le pari perdu : l'URSS n'est pas en crise, dit-on.

Arriva Brejnev qui ne fit pas de miracles. Puis Youri Andropov, qui a proclamé à haute voix : « Le pays est infesté de corrompus! » Personne donc n'a pensé se séparer du Goulag. Personne n'en a contesté les avantages. Pour les dirigeants soviétiques, il demeure – à l'heure où le communisme aurait déjà dû triompher – l'unique moyen pour tenter de *reforger* la personnalité du délinquant, selon l'expression à la mode dans les années 30, quand le régime était capable de toutes les prouesses.

Cela est parfaitement logique. Marx n'a-t-il pas écrit que seul le travail peut redresser le délinquant? Et le socialisme réel, tout en incitant dans les faits à tirer au flanc – autre expression très populaire en URSS – et en sous-payant l'effort, ne sublime-t-il pas le travail?

Le mot sacré se dresse en lettres rouges aux frontons des usines. Le soir, s'étalant fièrement sur les immeubles, il accueille l'ouvrier et l'employé regagnant leur banlieue. Au petit déjeuner, il attend toute la Russie à la une des journaux : « Travail ». Il est encore là le long du trajet jusqu'aux entreprises, aux écoles, aux ministères. Travail! Travail! Gloire au travail! Hourra!

Parenthèse : comment les Japonais, ces stakhanovistes, parviennent-ils à abattre un tel *travail,* sans qu'il soit nécessaire de leur répéter ce mot magique à longueur d'éditoriaux, sans qu'il soit nécessaire de le peindre en slogans géants à chaque croisement de rues? Pour bon nombre de Soviétiques, il y a là une véritable énigme.

« A chacun selon son travail », le principe doit donc s'appliquer jusque derrière les barbelés. Là-bas aussi, l'homme doit gagner son pain quotidien – nous verrons même qu'il doit l'acheter – et participer à l'édification du socialisme. Car le Goulag a une fonction réelle dans l'économie nationale.

Combien de miracles socialistes se sont-ils en réalité appuyés sur la main-d'œuvre des camps? Combien de routes, de voies ferrées, de barrages, de canaux ont-ils été construits *« en un temps record, dans l'enthousiasme et grâce à l'émulation socialiste »,* à la seule force des muscles du Goulag? Soljenitsyne attribue cinquante des plus grandes réalisations soviétiques entre 1932 et 1950 aux nouveaux bagnards, dont le doublement sur

4.000 kilomètres de la ligne de chemin de fer du Transsibérien... en deux ans! (1933-1935). Et combien d'Occidentaux, si prompts à dénoncer les cadences infernales capitalistes, se sont-ils extasiés devant tant de prodiges? Oubliant, ne soupçonnant même pas, que des millions d'hommes et de femmes y avaient laissé la vie, la santé, la dignité. A l'évocation de certains miracles, les anges passent...

Aujourd'hui le Goulag répond aux mêmes critères idéologiques et il conserve un intérêt économique dans cette URSS souffrant d'une pénurie de main-d'œuvre, d'énormes retards dans les équipements (on nous dit aujourd'hui que l'Union soviétique, seconde puissance mondiale, ne dispose pas d'un véritable réseau routier), et dans la mécanisation.

On manque de volontaires pour la mise en valeur, vitale, de la Sibérie : « Pas de candidats malgré les salaires deux fois plus élevés qu'à Moscou. Et 50 % de ceux qui tentent l'aventure craquent la première année », expliquent les responsables, sur place.

Qui n'a pas le droit de craquer? Qui ne revendique pas double appointement? Qui est corvéable à merci? Et qui – coïncidence! – se trouve déjà sur place?

Les hommes du Goulag...

Pourtant la tentative de *reforger* le délinquant par le travail – objectif unique pour tous les enfants perdus du socialisme réel – passe par des voies différentes. Il n'y a pas égalité devant les camps : il y a une Nomenklatura du Goulag. Le règlement intérieur établit avec précision la hiérarchie des différents *régimes* de détention.

Il y a deux principes de base :

Premier principe.

« Article 1 : But du travail correctif.

Les décisions de justice ne peuvent pas apparaître

uniquement comme des peines pour un délit, mais elles doivent permettre de corriger et de rééduquer les détenus, de les ramener à une conception honnête du travail, au strict respect des lois et des règles de la vie sociale. L'application des peines doit empêcher que de nouveaux délits soient commis par les condamnés eux-mêmes ou par d'autres personnes. »

Second principe.

« Article 7 : Les moyens de correction et de rééducation doivent être adaptés au caractère du délit et à son degré de danger social, à la personnalité du délinquant, à sa conduite et à la qualité de son travail. »

Moralité : tous au travail, mais pas dans les mêmes conditions et pas dans les mêmes maisons.

La Nomenklatura des établissements pénitentiaires soviétiques est établie officiellement par l'article 12 de la loi du Goulag :

– Colonies de peuplement et de travail correctif.

– Camps de travail.

– Prisons.

La liste est établie par ordre croissant de sévérité. Il apparaît donc que la prison est la sanction suprême, immédiatement après la peine de mort et avant le Goulag. Les mineurs sont orientés sur des *centres de redressement.* Quant au Goulag, il se divise lui-même en quatre régimes différents. Penchons-nous en détail sur le statut de ces divers établissements.

1. LES COLONIES DE PEUPLEMENT ET DE TRAVAIL CORRECTIF

Il s'agit là d'une sanction originale, très peu connue en Occident.

Le condamné y bénéficie de grandes libertés, de mouvement notamment. Y sont envoyées les personnes coupables d'un délit par imprudence et condamnées à une peine inférieure à cinq ans de privation de liberté, pour la première fois.

Selon l'article 66 de la loi du Goulag, les détenus y sont « sous surveillance mais ils ne sont pas gardés », ce qui signifie qu'ils « peuvent circuler librement sur le territoire de la colonie du lever au coucher du soleil ». Ils peuvent être autorisés à sortir sans escorte en dehors des limites de la colonie sans toutefois quitter la République, la région ou le district. Cette autorisation est accordée pour des raisons de service ou d'études.

Ces détenus privilégiés « ne sont pas contraints au port de l'uniforme, stipule encore l'article 66, ils peuvent détenir et dépenser de l'argent sans limitation, posséder des objets de valeur, envoyer des lettres, recevoir des visites et des colis sans limitation. Ils peuvent encore, avec l'autorisation de l'administration et si les conditions de logement locales le permettent, vivre à la colonie avec leur famille, acheter une maison dans les conditions prévues par la loi soviétique et travailler pour leur compte ». Ces colonies peuvent être mixtes. Enfin, « en cas de travail consciencieux du condamné ou de conduite exemplaire, son séjour à la colonie de peuplement peut être pris en compte pour le calcul de la retraite ».

Les détenus du Goulag les plus méritants (« s'ils se sont fermement engagés sur la voie de l'amendement », précise le règlement intérieur) peuvent en fin de séjour être transférés dans une colonie de peuplement. Mais les prisonniers soumis au *Régime spécial*, le plus pénible, ne bénéficient pas de cette possibilité. Les *politiques* n'y ont donc pas droit.

La loi du Goulag donne le mode d'emploi pour purger

une peine en colonie de peuplement : commettre un délit mineur.

Le code pénal soviétique ne prévoit pas en effet de condamnations avec sursis. Le bon père de famille impliqué dans un accident de voiture mortel, le chasseur ayant malencontreusement tué son voisin au cours d'une partie de chasse, le cheminot responsable d'un déraillement de train n'ayant pas provoqué de catastrophe, l'honnête citoyen ayant tué en état de légitime défense, seront condamnés à un séjour en colonie de peuplement. La presse officielle annonce rarement de telles sanctions et il est impossible de savoir combien de Soviétiques y sont soumis en permanence, ni de connaître le degré réel de confort de ces centres dont la formule méritait cependant d'être signalée.

Le séjour minimum, comme dans tous les établissements pénitentiaires soviétiques, est de trois mois à la colonie.

2. LES CAMPS

« Les hommes sont *normalement* détenus dans les camps de travail correctif », indique l'article 24 du code pénal soviétique. C'est une manière de confirmer que le Goulag se trouve au centre du système répressif de l'URSS. La grande majorité des condamnés à une peine de privation de liberté y sont affectés. Dès 1919, un décret instituait au moins un Goulag par chef-lieu de province et en fixait le seuil de rentabilité : au-dessous de trois cents détenus, l'affaire n'est pas viable. Un bon équilibre : deux à trois mille prisonniers. Un record : plus de cent mille bagnards occupés au même chantier dans les années 30.

Goulag qui, dès 1918, se voit confier la mission de la

plus haute importance [3] : « Protéger la République des Soviets en enfermant les ennemis de classe dans les camps de concentration. »

Goulag où le nouvel arrivant est parfois accueilli par un slogan réconfortant : « Les détenus participent activement à la construction du socialisme. »

Goulag que l'on a progressivement, à partir de 1922, éloigné des villes, isolé des hommes, comme s'il risquait de gâcher le paysage. A moins qu'il ne se soit rapproché des régions à fort développement économique. Goulag dont le rythme de reproduction n'a jamais fléchi : il a été de trois à quatre fois supérieur à celui des prisons depuis la Révolution [4].

Goulag dont nous allons suivre le guide, pour la première fois : il nous entraîne, ce guide officiel qui n'appartient pas à INTOURIST, sur les pas de deux millions de matricules imprimés sur autant d'uniformes, très loin à l'est de notre monde. Très loin? C'est-à-dire à quatre heures d'avion pour le plus proche des camps, et à douze ou treize de vol depuis Paris pour le plus éloigné des Goulags.

a) Camp trois étoiles : régime simple

Les Goulags des années 80 sont répartis en quatre catégories, selon le règlement intérieur, en fonction non pas du degré de confort mais plutôt du degré de sévérité de la discipline qui y règne.

Le régime le plus courant est le *régime normal* ou *régime simple,* le plus supportable. Nous verrons en quoi consistent ces *régimes.* Mais citons dès maintenant les critères de sélection en vertu de la loi.

Les personnes condamnées pour un délit prémédité mais mineur, pour un délit plus grave mais dont la peine n'excède pas trois ans de privation de liberté, pour un crime grave par imprudence ayant entraîné une peine de plus de cinq ans, sont envoyées en camp à régime normal.

Concrètement, nous y trouverons les petits trafiquants, les petits voleurs non récidivistes, le fonctionnaire corrompu de bas étage, le proxénète, l'homosexuel – criminel en vertu de l'article 121 du code pénal – le parasite (celui qui ne travaille pas), le vandale, le chauffard alcoolique, l'assassin récupérable, le candidat malheureux à l'émigration.

b) Régime renforcé : deux étoiles

On y vit moins bien, et on sait pourquoi. Les camps à régime renforcé accueillent les personnes condamnées pour la première fois mais dont la peine est supérieure à trois ans de privation de liberté en raison d'un crime sérieux.

Nous y trouverons l'assassin à qui le juge a trouvé quelques circonstances atténuantes (le loubard qui, sans le vouloir, a tué la *babouchka* – grand-mère – à qui il tentait de voler les économies), le violeur occasionnel, le truand d'envergure moyenne, celui qui a volé l'État – directeur de magasin ou vendeuse – le capitaliste clandestin. Disons des citoyens que l'État ne désespère pas de reforger.

c) Régime sévère : pas d'étoiles

Ici les choses se gâtent vraiment : « Les personnes condamnées pour un crime d'État particulièrement grave et les récidivistes sont détenus dans les camps à *régime sévère* », précise la loi du Goulag.

Il s'agit des traîtres à la patrie, des espions, des terroristes, des citoyens condamnés pour « agitation et propagande antisoviétique ». Les dissidents entrent, pour leur grand malheur, dans cette catégorie. La notion soviétique de propagande contre le régime étant très large, on peut considérer que les personnes condamnées pour ce crime sont des *détenus politiques :* revendiquer la liberté d'expression, mettre en doute la supériorité du socialisme réel sur tout autre système, avoir des relations avec certains étrangers, adresser une protestation à un organisme international, s'interroger sur l'intervention de l'Armée Rouge à Kaboul, etc. Voilà de la propagande antisoviétique.

Ce crime est donc plus grave, selon le règlement intérieur des camps, que le vol, la corruption ou même que certains meurtres ou que le viol. Dans le Goulag à régime sévère, le mal-pensant rencontrera essentiellement les grands criminels récidivistes. Dénigrer l'URSS peut coûter aux imprudents jusqu'à dix ans de ce régime-là, d'après l'article 70 du code pénal, au flou tellement redouté.

d) Régime spécial : à éviter

En haut de la hiérarchie – par ordre croissant de sévérité – se trouve le *régime spécial* réservé aux « récidivistes particulièrement dangereux ». Nous trouvons ici l'assassin condamné à mort et dont la peine a été commuée (nous en ignorons le nombre, gardé secret), le violeur incorrigible, l'espion, le chef de la pègre, l'ancien ministre impliqué dans un énorme scandale, le dissident actif.

Ils n'ont, selon la loi du Goulag, aucun espoir d'amélioration de leur sort : quand on est en *spécial,* on ne change plus de régime.

En URSS, les peines maximales de privation de liberté sont théoriquement de quinze ans.

Les femmes ne peuvent pas être placées en *régime spécial.* Mais un mineur peut l'être à partir de quatorze ans pour un crime particulièrement grave.

Pour les femmes soviétiques, il existe deux sortes de camps : à régime simple – pour la majorité des délits – et à régime sévère pour les « récidivistes particulièrement dangereuses, ainsi que pour les femmes condamnées pour crime d'État grave ». Il s'agit, précise le règlement des camps, de l'espionnage, la trahison à la patrie, les actes de terrorisme, l'agitation et la propagande antisoviétiques, la dissidence [5].

3. LA PRISON

« Article 67 : Les prisons sont destinées aux récidivistes particulièrement dangereux, aux majeurs de 18 ans coupables d'un crime d'État très grave ou ayant commis d'autres délits graves s'ils sont condamnés à une peine de plus de cinq ans. »

A lui seul cet article résume les attributions des prisons en Union soviétique : elles accueillent les éléments les plus dangereux de la société. Les Russes le savent, qui disent sans hésitation : « Mieux vaut le camp que la prison. »

Le condamné qui franchit les portes de la maison d'arrêt sait donc ce qui l'attend. En prison, seules les personnes en attente de jugement et les détenus du Goulag en transit font figure d'enfants récupérables du socialisme réel. Les premiers comme les seconds seront installés dans des départements spéciaux de l'établissement, afin de ne pas être en relation directe avec les autres prisonniers.

La détention à vie n'existe pas officiellement en URSS. On la juge « inhumaine » [6]. Le mineur ne peut pas être condamné à plus de dix ans de privation de liberté, quel que soit son crime.

Dans les faits pourtant on compte de nombreux Soviétiques qui sont maintenus en prison et surtout en camp pendant vingt ou trente ans, sans aucune possibilité d'échapper à ce cercle pervers. Le régime s'est même donné les moyens légaux d'internements arbitraires : l'alternance de la détention en camp, de l'exil intérieur, des séjours en asile psychiatrique et à nouveau le camp, etc. Le tout sans jugement.

Un exemple : entre le 18 et le 25 mai 1983, le commentateur de Radio Moscou en anglais Vladimir Danchev, 35 ans, dénonce par cinq fois à l'antenne l'intervention de l'Armée Rouge en Afghanistan. Après cette incroyable *bavure,* théoriquement impossible dans le monde parfaitement censuré de l'information en URSS (exceptionnellement Dancher passait en direct!), le journaliste est convoqué devant une commission disciplinaire. Il refuse de se repentir et explique qu'il condamne l'intervention soviétique à Kaboul. Il la vit comme un drame personnel, dit-il, lui qui est originaire de la république soviétique d'Ouzbékistan, voisine de l'Afghanistan.

Quelques jours plus tard, Vladimir est placé dans un avion pour Tachkent et, dès son arrivée, conduit de force dans l'asile psychiatrique de la ville. Ce sont les responsables de Radio Moscou qui m'ont raconté, le plus naturellement du monde, cette histoire. Le commentateur ne pouvait être que fou, aux yeux des Soviétiques, pour avoir osé exprimer son cas de conscience. Il n'en faut pas plus, en 1983, pour être privé de liberté sans jugement, avec la totale approbation de ses confrères. Vladimir Danchev a été retiré du circuit pour une durée indéterminée. Pour peu qu'il se rebelle, il sera placé dans un établissement plus sévère. Le voilà pris dans le cercle infernal de la répression douce, à la soviétique! Il n'entre évidemment dans aucune comptabilité.

Selon le code pénal soviétique, tout condamné peut bénéficier d'une remise de peine en cas de bonne conduite mais après avoir purgé au moins la moitié de son temps. Les détenus dont la peine de mort a été commuée et les récidivistes sont exclus de cette disposition.

Comme beaucoup d'autres secteurs, la prison est entourée du plus grand secret en Union soviétique : les autorités ne publient aucun chiffre sur la population carcérale, aucune statistique sur leur composition sociale et elles ne permettent évidemment pas à l'enquêteur de visiter ces établissements. On nous dit seulement que les prisonniers types ont un niveau culturel et social bas, qu'ils sont souvent des habitants des cités nouvelles. Les témoignages d'anciens détenus, les confidences d'avocats, les romans policiers soviétiques – fort prisés du public et mines d'informations pour les sociologues occidentaux – indiquent que ces maisons n'échappent pas aux maux des prisons capitalistes. En URSS aussi, elles sont considérées essentiellement comme des écoles du crime et non comme d'authentiques centres de redressement ou de réinsertion. D'ailleurs comment justifier idéologiquement leur survivance dans l'univers socialiste? Il n'y a pas de différence de nature entre une prison bourgeoise et une prison en marche vers le communisme. La revue officielle *L'Homme et la Loi* ne l'a pas caché : l'individu dangereux doit être isolé pour protéger la société [7]. Le système se résout donc à avoir lui aussi ses éléments irrécupérables.

La loi du Goulag, dont le chapitre 12 est consacré aux prisons, lève un voile sur la vie intérieure de ces établissements. Elle énonce un règlement des plus stricts.

D'après ce texte, il existe en URSS deux régimes différents pour les prisons. La plupart des condamnés logent en cellules collectives [8]. L'article 68 prévoit cependant que, « en cas de nécessité et sur décision du directeur avec l'accord du procureur, les prisonniers peuvent être placés en cellules individuelles », notamment pour des raisons disciplinaires.

Nous aurons l'occasion de constater les vastes pouvoirs conférés en URSS aux directeurs des établissements pénitentiaires, notamment du Goulag. Il en résulte des différences de traitement notables d'un camp ou d'une prison à l'autre, en fonction de la personnalité des directeurs. On assiste en particulier aux interprétations les plus diverses du règlement général.

Les hommes et les femmes sont répartis dans des établissements distincts. Selon l'article 18 de la loi du Goulag, « les mineurs de moins de 18 ans sont séparés des adultes et les personnes condamnées pour la première fois ne côtoient pas les récidivistes ». La surpopulation des prisons permet rarement d'appliquer ces mesures de prévention, nous disent les anciens détenus.

Deux visites par an, une lettre par mois

Les prisons à *régime commun,* le plus répandu et le plus souple, accueillent les Soviétiques condamnés pour la première fois, ainsi que les hommes du Goulag transférés d'un camp à régime sévère.

« Article 69 : Les prisonniers en régime commun peuvent :

– dépenser jusqu'à 3 roubles par mois (30 francs au taux officiel de 1983) pour l'achat de produits alimentaires ou de première nécessité,

– ont droit à deux visites de courte durée par an,

– ont droit de recevoir deux colis postaux par an,

– ils peuvent envoyer une lettre par mois,

– ils ont droit à une heure de promenade par jour. »

Ces dispositions sont très restrictives comme on le constate. Ainsi, en un an, le détenu ne pourra s'entretenir en tout et pour tout que pendant quatre heures avec quelqu'un de l'extérieur. La durée maximale d'une visite courte est en effet de deux heures. De plus ces visites peuvent être supprimées pour des raisons de discipline par le directeur de l'établissement. On voit également à quel point est limité l'envoi de courrier. Il semble en revanche que le détenu puisse recevoir un nombre illimité de lettres.

Un rouble de plus à mi-peine!

Récompense suprême accordée aux prisonniers en vertu du même article 69 : « Le détenu peut dépenser un rouble supplémentaire par mois lorsqu'il a purgé la moitié de sa peine. »

Cette disposition paraît totalement dérisoire quand on sait que ce rouble, équivalent à 10 francs français au taux officiel et à 3 ou 4 francs au change parallèle, ne permet d'acquérir que deux paquets de cigarettes par mois. A titre de référence, le salaire minimum soviétique est de 80 roubles (800 francs), une paire de chaussures ordinaires vaut 30 à 40 roubles, un kilo de viande – quand on en trouve – se vend 2 à 3 roubles et jusqu'à 10 roubles au marché kolkhozien, un roman en édition grand public vaut 3 roubles. De plus cette prime d'un rouble n'est accordée qu'aux détenus ayant eu une bonne conduite et ayant travaillé consciencieusement.

Courrier interdit aux régimes sévères

Le *régime sévère* dans les prisons est le plus pénible des états de détention en Union soviétique. Il constitue une sanction appliquée, en vertu de l'article 70 du règlement intérieur, aux grands récidivistes, aux détenus ayant commis un nouveau délit dans un établissement pénitentiaire, aux prisonniers du Goulag transférés en prison par mesure disciplinaire.

Ce régime a une durée de deux à six mois et, en raison de sa grande rigueur, il ne peut être appliqué ni aux femmes enceintes ni aux femmes en cours d'allaitement.

Les prisonniers n'ont plus le droit d'envoyer de lettres ni de recevoir de colis. Ils peuvent dépenser 2 roubles par mois (20 francs soit quatre paquets de cigarettes) et leur temps de promenade est ramené à une demi-heure par jour. Cette promenade, comme pour le régime commun, se déroule « en plein air, dans un lieu spécialement aménagé de la prison ». Elle peut être interrompue à tout moment par les gardiens, en cas d'infraction au règlement.

Ce régime sévère est synonyme de coupure totale avec l'extérieur mais aussi avec les autres détenus.

Cellules ouvertes pour les privilégiés

Certains rares prisonniers bénéficient d'un statut plus souple. Il s'agit des personnes en détention préventive ou des condamnés du Goulag affectés aux tâches ménagères des prisons. L'article 72 explique que leur situation s'apparente à celle des détenus des camps, nouvelle preuve que la sanction suprême est bien la prison.

Les cellules de ces privilégiés ne sont pas fermées à clef si bien qu'ils sont autorisés à circuler dans les couloirs. Leur temps de promenade en plein air est porté à deux heures par jour et ils peuvent recevoir de nombreuses visites. Surtout, exceptionnel avantage en URSS, ils « sont nourris gratuitement selon les normes en vigueur », dit le règlement.

Malheureusement ces normes ne sont pas précisées. Il n'y a pas un nombre de calories minimum garanti. La loi s'en tient à la formule aussi prudente qu'ambiguë : « Le prisonnier reçoit une ration alimentaire suffisante. » Suffisante pour quoi? Pour vivre? Pour survivre?

Un ancien prisonnier m'a résumé le problème en une formule ironique : « Voyez ce que les Russes mangent dehors et imaginez ce qu'ils mangent quand ils sont au trou [9]. » Il est vrai qu'on ne peut s'attendre à aucun miracle quand le problème alimentaire est l'un des plus dramatiques qu'ait à affronter le système. En URSS des produits de base comme la viande, le beurre, la farine sont rationnés dans de nombreuses grandes villes et introuvables à la campagne. Plusieurs régions sont soumises aux tickets alimentaires et le marché noir est actif également dans ce secteur. Au marché kolkhozien, le kilo de pommes de terre peut passer de 10 kopecks (1 franc) à 1 rouble (10 francs). Une tomate peut monter à... 3 roubles (30 francs) soit plus que la solde mensuelle du détenu! Le poulet se vend 8 roubles, 1/10 du salaire minimum garanti par l'État et plus que le minimum vieillesse. Les autorités admettent que de telles situations sont intolérables. Vous ne voudriez quand même pas, dans ces conditions, que le condamné soit bien nourri.

La sous-alimentation des prisonniers est au contraire un des éléments de la discipline. Priver le détenu de nourriture constitue une sanction officiellement inscrite au règlement. Tous les témoignages concordent : les détenus soviétiques ont faim. Il en a toujours été ainsi. Dans les années 50 le repas du Goulag consistait en 450 grammes de pain, deux morceaux de sucre, une soupe chaude deux fois par jour et l'eau bouillante du thé à volonté. Aujourd'hui, il est à peine plus riche. Plusieurs détenus m'ont dit : « Impossible de vous expliquer ce que nous mangions, tellement tout était infâme. La base de notre alimentation était une sorte de bouillie d'avoine dont les chevaux n'auraient pas voulu. En guise de viande, on nous donne trente grammes de lard par jour. »

Au Goulag comme dans les prisons, les gardiens se livrent à un prospère trafic sur les denrées alimentaires. Quant aux colis ils sont purement et simplement pillés, sous prétexte qu'il est interdit de faire passer de la charcuterie ou de la viande aux détenus.

A la sortie des camps, dans les régions lointaines et pauvres, la population locale fait l'assaut des parents venus visiter les condamnés. Après plusieurs jours de voyages, après des milliers de kilomètres en train... pour une ou deux heures d'entrevue avec le captif, on les harcèle : « Vendez-nous du saucisson. Ici il n'y a rien et vous ne pourrez pas le faire passer aux prisonniers. »

Les repas varient d'ailleurs d'une région à l'autre et d'un établissement à l'autre, en fonction des arrivages et des pénuries cycliques. La notion administrative de « ration alimentaire suffisante » recouvre en fait une triste réalité. Comme la plupart des articles apparemment anodins de cette loi du Goulag. La partie consacrée aux camps est généralement précise. Mais le chapitre sur les prisons contient ostensiblement des zones d'ombre inquiétantes. Il en résulte les plus larges interprétations d'un établissement à un autre, en fonction de la personnalité du directeur, (à noter que l'administration pénitentiaire est militaire en URSS, ainsi le Goulag est-il dirigé par un commandant en uniforme). Soljenitsyne, qui évoque brièvement la question des prisons dans ses œuvres, raconte par exemple qu'en 1947 la durée de la promenade pouvait varier de quinze à quarante-cinq minutes!

Le règlement ne fait pas allusion aux mesures réelles d'éducation ou de réinsertion des prisonniers, ni au travail idéologique en prison, sujet abordé par plusieurs articles sur les camps de travail. C'est à croire que le régime a réellement tiré un trait sur les éléments irrécupérables qui croupissent en prison, à moins qu'il ne s'agisse du seul lieu épargné par la propagande soviétique!

NOTES DU CHAPITRE 1

1. D'après Andreï Vychinski (1883-1954), théoricien de la justice stalinienne.
2. Michel Tatu, *Le Pouvoir en URSS*, éd. Grasset, 1967.
3. Recueil des dispositions législatives de la RSFSR, n° 65, 1918.
4. En 1923, on comptait déjà 355 camps de travail pour 105 prisons.
5. Délits prévus par les articles 64 à 73 du code pénal.
6. *L'Homme et la loi*, Moscou, avril 1980.
7. *Idem.*
8. Article 68 du règlement.
9. *Être au trou :* sidet' (littéralement : *y être, être assis*).

2

MOURIR FUSILLÉ

« La Révolution socialiste anéantit les causes sociales fondamentales qui, depuis des millénaires, engendraient le crime. Une société sans délits est parfaitement possible. La criminalité est le résultat inévitable de la propriété privée des moyens de production et de l'exploitation de l'homme par l'homme. »

Telle est la thèse officielle en Union soviétique [1]. Le monde se divise en deux parties : à droite le mal, à gauche le bien. A l'ouest le vice, à l'est la vertu. Le capitalisme engendre la délinquance. Le socialisme ne peut qu'enfanter l'Homme nouveau.

Comment expliquer, dans ces conditions, que le soviétisme ait institué un nouveau type de délit : le crime économique? Et comment justifier la peine de mort pour ces crimes économiques?

Le prix des biens socialistes serait-il supérieur au prix de la vie humaine? Et la suppression de la propriété privée n'aurait-elle pas permis, contre toute attente, contre tout raisonnement scientifique, de supprimer les voleurs?

A moins que la société soviétique ne soit pas socialiste!

Ces constatations méritent un développement. Avant d'étudier en détails la vie quotidienne au Goulag, à travers le règlement intérieur des camps, procédons à un tour d'horizon des autres châtiments dans l'univers socialiste prétendument débarrassé des criminels.

500 CONDAMNATIONS À MORT PAR AN

Suprême sanction par définition, la peine de mort qui tend à disparaître dans les pays capitalistes – empire du mal – n'est pas exceptionnelle en Union soviétique – empire du bien.

Elle y progresse au contraire, dans l'indifférence la plus totale. Qu'on en juge : dans les années 60, il semble que chaque année une cinquantaine de personnes étaient fusillées pour les seuls crimes économiques [2]. Or, sous le règne de Leonid Brejnev, le rythme annuel des condamnations à mort aura été de 500 dont 100 chaque année pour les délits économiques. Et encore, ce calcul est partiel, tiré des seules annonces parues dans la presse officielle, aucune statistique globale n'étant diffusée par les autorités.

Il est trop tôt pour avancer des chiffres sous Andropov, arrivé au pouvoir en novembre 1982. Mais les annonces d'exécutions n'ont pas fléchi. Au contraire, les appels répétés à la reprise en main, à la sanction pour les voleurs, les corrompus, les tricheurs, seront suivis par une plus grande sévérité des juges.

Il ne faut pas oublier en effet qu'en URSS la répression a un caractère politique – en ce sens qu'elle est décidée exclusivement par le Parti – et elle se produit par vagues à la suite de résolutions du comité central du PC.

Cela donne, à la lecture des journaux, cet étrange résultat : on a l'impression que tous les Russes se sont donné le mot pour voler le même mois, puis pour tuer le mois suivant, puis pour corrompre l'autre mois, etc.

Le crime serait-il lui aussi planifié? Ou, comme du temps de Staline, le châtiment répond-il toujours à un Plan?

En plus du crime économique (pillage de marchandises, corruption de grande envergure, capitalisme clandestin), la trahison à la patrie, l'espionnage, le viol, le banditisme (à prendre au sens large : les résistants afghans ne sont-ils pas des *bandits* aux yeux du Kremlin, tout comme certains éléments de l'opposition polonaise?), l'homicide, sont actuellement passibles de la mort en URSS, ou plutôt – soyons positifs – de « la mesure suprême de protection sociale ».

ON FUSILLAIT MOINS SOUS LES TSARS

La Grande Encyclopédie soviétique promet qu'il s'agit là d'une mesure provisoire, mais sans donner d'indications sur l'éventuelle levée du châtiment irrémédiable. La peine de mort ne suscite en effet aucun débat actuellement à Moscou – entendez que les dirigeants ne se posent pas le problème – sinon de la part de quelques idéalistes dont les voix sont étouffées, tel Andreï Sakharov. L'histoire russe a pourtant connu des abolitionnistes convaincus dont le grand-père, justement, du prix Nobel dissident. En 1908 les exécutions avaient d'ailleurs été supprimées. Mais elles seront rétablies par la Révolution. En 1918-1919, sur seize mois, on fusilla 16.000 personnes – 1.000 par mois – soit beaucoup plus que sous l'ancien régime. Mis à part la tragique répression de 1905, liée à la première révolution, les Tsars fusillaient moins de 20 personnes par an.

En 1945, Staline abolit la peine capitale, sauf pour les militaires et les crimes de guerre. Mais elle sera rétablie définitivement dès 1950... à la demande des syndicats. Dès lors son application ne cessera de s'élargir à un nombre croissant de délits [3]. Aujourd'hui *Izvestia,* organe du gouvernement [4], et *Pravda,* quotidien du Parti [5], se félicitent de l'application toujours rigoureuse de cette suprême sanction.

EXILÉ DE L'INTÉRIEUR

« Partir, c'est mourir un peu. » Si bien que le législateur soviétique a prévu l'exil intérieur, sanction très prisée en URSS. Selon les rumeurs circulant au Goulag, plusieurs millions de Soviétiques seraient actuellement soumis à cette peine qui vient souvent en complément d'une condamnation à plusieurs années de camp ou de prison. L'exil ne peut cependant pas, en théorie, excéder cinq ans.

L'objectif officiel de la déportation intérieure sans privation de liberté est de couper le *criminel* de son milieu naturel. Voilà donc l'arme idéale pour disloquer toute tentative d'organisation politique : les contestataires sont envoyés aux quatre coins du pays, retirés du circuit en douceur. La plupart des dissidents ont goûté à l'exil intérieur.

Mais la sanction s'applique aussi aux authentiques truands; on peut y voir un démenti cinglant à la thèse officielle selon laquelle la pègre aurait disparu de l'univers socialiste [6].

Cette thèse optimiste ne résiste d'ailleurs pas à l'observation, même superficielle, de la société soviétique contemporaine. Les romans policiers se situent dans le monde bien vivant des truands organisés. A titre d'exemple, résumons le scénario d'un de ces romans récemment acheté dans une gare de Moscou : un ancien détenu retourne, dès sa sortie de camp, au café où se réunissent les chefs de la pègre locale. Par malchance, au moment précis où il entre dans le bistrot et où il est reconnu par ses anciens compagnons, la police fait irruption et embarque tout le monde. Lui seul parvient à échapper à la rafle. Dès lors, le milieu croit qu'il a joué les indics. Et tous les truands du pays se lancent à ses trousses.

La presse officielle fait très souvent allusion à des fusillades entre malfaiteurs et policiers. Elle révèle des hold-up, des attaques de convois postaux et même des rapts de personnes avec demande de rançon, autant d'actions illicites nécessitant la réunion de plusieurs individus autour d'un projet criminel.

Aux portes des commissariats, la population consulte les photos des grands malfaiteurs en fuite. Certaines légendes expliquent : « Attention, cet homme échappé de prison se cache depuis trois ans. Il circule armé et est dangereux. » Une telle fuite, une telle vie clandestine dans un pays aussi bien quadrillé par la milice que l'est l'URSS impliquent un solide réseau de complicités souterraines liées à la pègre.

Autres indices de la survivance d'un milieu : le ministère de l'Intérieur édite un dictionnaire d'argot des truands, afin de faciliter le travail de la police. Ou encore : un trafiquant moscovite m'a affirmé, en juin 1983, qu'il existe un marché noir des armes à feu. Un pistolet soviétique se vend 300 roubles (3.000 francs), à peine plus cher qu'un jean, et un revolver de fabrication étrangère entre 6 et 700 roubles (6 à 7.000 francs).

En cas d'arrestation et après sa sortie de prison, le grand truand est donc assigné à résidence loin de sa région d'origine. Cela n'empêche pas la rechute : le mot de *récidiviste* fait lui aussi partie du patrimoine national.

Les femmes enceintes, les mères d'un enfant de moins de 8 ans et les mineurs ne peuvent pas être condamnés à l'exil intérieur.

Les conditions de cette déportation individuelle sont, dans la pratique, très variables en fonction des individus, de l'époque et des autorités locales. On m'a cité le cas d'un ancien détenu assigné à résidence dans un petit village russe. Il trouva un métier manuel, se maria sur place et fut même autorisé à construire une maison individuelle.

Mais Andreï Sakharov – dont l'Encyclopédie soviétique vante pourtant les éminents services rendus à la Patrie et les hautes qualités scientifiques – est sous surveillance constante de la milice, il ne peut pas recevoir de visites, il est coupé de la population locale et est interdit de téléphone. Il ne reçoit même pas le bulletin de l'Académie des Sciences dont il est membre. Pour l'en exclure, un vote secret – procédure exceptionnelle en URSS! – est nécessaire. Qui en prendra le risque?

CONDAMNÉ EN LIBERTÉ

Autre sanction, plus originale : le *travail rééducateur, sans privation de liberté.* Il s'agit d'une condamnation assez courante en URSS. Elle est prévue par plus de la moitié des articles du code pénal.

Pour éviter l'expérience traumatisante des camps ou de la prison, la société socialiste offre cette chance de rachat à certaines personnes condamnées pour la première fois si leur crime ne présente pas un caractère grave.

Le travail rééducateur, parfaitement cohérent avec l'idéologie socialiste, consiste à effectuer une tâche manuelle désignée par le tribunal sans percevoir son salaire intégral. Le citoyen condamné d'un mois à un an de travail rééducateur versera en moyenne à l'État 20 % de ses gains afin de racheter sa faute. Il ne s'agit pas, pour un Soviétique, d'une somme symbolique. Mais, en cas de *travail honnête,* ce temps pourra être pris en compte pour le calcul de la retraite (60 ans pour les hommes, 55 ans pour les femmes et pour certains métiers pénibles). La condamnation est cependant inscrite à vie sur le livret de travail, ce qui rendra difficile la recherche du prochain emploi.

Comme toujours dans l'étude de la société soviétique, nous nous heurtons à la maladie du secret : impossible de savoir combien de personnes sont soumises en permanence à cette sanction. Les autorités affirment cependant qu'elle donne d'excellents résultats [7]. Seule une minorité de citoyens purgeant une peine de travail rééducateur auraient à nouveau affaire avec la justice. Autre mesure populaire en URSS : la confiscation des biens du coupable d'un délit économique.

Mais il est temps, à présent, de nous rendre au Goulag.

NOTES DU CHAPITRE 2

1. *Socialisme : théorie et pratique,* n° 6, Moscou, juin 1981.
2. M. Tatu, *Le Pouvoir en URSS.*
3. En 1954, la peine de mort est étendue aux homicides; en 1961 à la dilapidation des biens socialistes, aux faux-monnayeurs, au terrorisme à l'intérieur des camps; en 1962 aux viols et à la corruption, en 1964 au terrorisme.
4. *Izvestia,* 5-12-1978.
5. *Pravda,* 27-04-1982.
6. *Socialisme : théorie et pratique,* juin 1981, sur la prétendue disparition de la pègre en URSS.
7. *L'Homme et la loi,* Moscou, avril 1980.

QUI EST EXÉCUTÉ ? QUI VA EN CAMP ? QUI VA EN PRISON ?

DÉLITS	SANCTIONS
trahison à la patrie (art. 64 du code)	de dix à quinze ans de prison ou peine de mort
espionnage (art. 65)	de sept à quinze ans de prison ou peine de mort
terrorisme (art. 62)	de huit à quinze ans de prison
homicide (art. 102)	de trois à quinze ans de prison ou de camp ou peine de mort
banditisme (art. 77)	de trois à quinze ans de prison ou de camp ou peine de mort
vol contre l'État (art. 86 à 96)	de trois à quinze ans de prison ou de camp ou peine de mort
viol (art. 117)	de trois à dix ans de camp ou de prison quinze ans ou peine de mort en cas de viol collectif ou de mineure
corruption (art. 173/174)	de trois à quinze ans de camp ou de prison
vol contre un particulier (art. 144)	de la simple amende à dix ans de camp (en cas de récidive)
proxénétisme (art. 226)	jusqu'à cinq ans de camp (la prostitution n'est pas prévue par le code)
homosexualité (art. 121)	jusqu'à cinq ans de camp jusqu'à huit ans de camp ou de prison avec mineur ou viol
spéculation (art. 154)	amende, confiscation des biens, jusqu'à sept ans de camp
parasitisme (art. 209)	un an de prison, parfois suivi d'une peine de relégation
industrie privée (art. 153)	jusqu'à cinq ans de camp avec confiscation des biens
résistance à l'autorité (art. 79)	de deux à quinze ans de camp ou de prison
propagande antisoviétique (art. 70)	de six mois à sept ans de camp ou de prison de trois à dix ans de camp ou prison en cas de récidive
houliganisme (art. 206)	amende, quinze jours de prison en cas de récidive : un à sept ans de camp

3
BIENVENUE AU GOULAG!

« Au camp, vous n'avez plus rien à vous!
Chez nous, au camp, c'est le communisme! »
Formule d'accueil à Kolyma [1].

« Camarade, tu es condamné à cinq ans de travail correctif à régime sévère. »

Dans la salle du tribunal, ornée de boiseries anciennes, aux lustres rococo et sous le portrait de Lénine (dans les tribunaux on lui donne un air mécontent, dans les écoles il est paternel), voilà que le monde vient de basculer pour cet homme. Dans sa tête, seulement dans la sienne, trois mots résonnent. Lui seul peut les comprendre réellement : cinq, comme les cinq années de *sa* vie qu'il va passer là-bas, et *régime sévère*.

Régime, dans la bouche d'un juge soviétique, ce n'est plus seulement un mot. C'est une notion. Un tout. Cela renferme un lieu géographique : régime sévère, c'est plus loin que régime simple et plus près que régime spécial. Cela signifie un degré de discipline intérieure : nul besoin de connaître le règlement des camps pour comprendre que sévère ne rime pas avec vie de château. Et c'est enfin un échelon dans la hiérarchie des travaux forcés.

Régime sévère, ça doit faire dans les sept ou huit mille kilomètres à l'est. Un sacré décalage horaire : « Je me lèverai quand les gosses iront au lit... et puis, petit à petit, je basculerai dans l'autre monde, celui des Goulags, sans plus de références à ici. »

L'horizon s'arrêtera à la cellule collective, au chantier, aux barbelés.

Avant la condamnation, il avait dit à sa femme : « Quand nous penserons l'un à l'autre, nous regarderons la lune. Comme cela, nous verrons la même chose en même temps. » Voilà maintenant que le juge rassemble ses dossiers, qu'il se pose une étrange question : « La lune est-elle identique à Moscou et en Sibérie? Peut-elle être pleine ici, mais simple croissant là-bas? » S'il rencontre un astronome au camp (l'URSS compte bien quelque Galilée), il l'interrogera à ce sujet [2].

En attendant, la petite foule (quelques parents en pleurs et les éternels retraités toujours à l'affût du moindre divertissement) se disperse en commentant le verdict : « Cinq ans de *sévère,* il ne s'en tire pas mal », estiment les habitués. Le petit peuple est ainsi fait, à Moscou comme partout ailleurs : pour lui, la justice est toujours trop clémente. Ouvrez la *Pravda,* le lecteur y réclame toujours plus de police, toujours plus de sanctions. Voilà un citoyen qui écrit : « Bientôt les honnêtes gens ne pourront plus se promener en toute sécurité. Les rues et les jardins publics ne sont pas sûrs. Que fait la milice? Le citoyen devra-t-il lui aussi circuler armé [3]? »

Et voilà que notre criminel de l'esprit, notre délinquant de la pensée trouve, lui aussi, le verdict plutôt clément : « Cinq ans de régime sévère pour propagande anti-soviétique? Sous Staline, j'étais bon pour le peloton d'exécution! » Comme quoi tout est relatif. Un rescapé des camps, à qui le Goulag a injustement volé une trentaine d'années de sa vie, ne m'a-t-il pas dit : « Finalement, j'ai eu de la chance. J'en suis sorti. Des millions y sont restés. » A chacun son bilan globalement positif...

La première étape vers le Goulag, immédiatement après le procès dont il faudra payer l'avocat (un des rares travailleurs rémunérés à la pièce en URSS!), c'est l'*isolateur*. Il s'agit de sections spéciales dans chaque prison. D'après le règlement, le passage à l'isolateur ne peut durer plus de dix jours. En fait, en raison de la longueur du voyage jusqu'au camp, le condamné connaîtra cinq ou six isolateurs différents. Un vrai cauchemar. J'ai recueilli des témoignages effroyables sur ces lieux de détention de transit. Nikolaï F. raconte : « Il s'agit la plupart du temps de pièces aveugles de 7 mètres sur 7 où peuvent cohabiter plus de 50 détenus! Le seul endroit pour dormir, c'est sous les lits, le nez dans la boue. Les poux et les cafards y pullulent. Ici, on peut se faire tuer sans que personne intervienne. »

Le transfert d'un isolateur à l'autre s'effectue généralement de nuit, selon un scénario déjà en cours sous Staline. Les condamnés rejoignent le Goulag en train. Ils montent dans les wagons sur des voies de garage à l'abri des regards, puis ces voitures aux allures extérieures innocentes sont accrochées en fin de convoi. Un ancien prisonnier m'a affirmé qu'il lui avait fallu plus d'une semaine d'un inconfortable voyage pour atteindre son camp définitif, en raison de la lenteur des chemins de fer. En Sibérie, le convoi s'immobilisait tous les 2 ou 3 kilomètres et les condamnés descendaient pour pelleter la neige et dégager la voie. En vingt-quatre heures, ils ne parcoururent que 250 kilomètres. Parfois, dans les lointaines villes de province, les colonnes des détenus se rendent à pied de la gare à l'isolateur puis, le lendemain matin, de l'isolateur à la gare. Mais la loi du Goulag précise qu'aucun condamné ne peut ainsi transiter ostensiblement par Moscou. La capitale doit rester présentable!

Après l'annonce du verdict, le juge doit communiquer à la famille l'adresse du futur lieu de détention du condamné, en vertu de l'article 14 du règlement du Goulag. En réalité, on ne fournit souvent qu'un numéro de code postal. Dans les cas extrêmes, le détenu ignorera lui-même où il se trouve en captivité. Le Français rescapé en 1981 du Goulag soviétique, qui apporte son témoignage ci-dessous, explique qu'il fut plusieurs fois transféré d'un camp à un autre sans que ni lui ni le directeur de l'établissement pénitentiaire sachent quelle serait sa prochaine destination.

Selon l'article 6 de la loi du Goulag, seules « les personnes condamnées pour la première fois sont détenues à proximité de leur lieu de résidence ». Et encore, le texte précise : « sauf cas exceptionnel ». Or, le choix de l'établissement est sans appel et les cas extraordinaires plutôt courants.

Le Goulag a en effet un objectif économique. L'article 37 du règlement rappelle que « le travail (y) est obligatoire » et que « l'administration pénitentiaire doit affecter les prisonniers à un travail socialement utile en fonction de leurs capacités et de leurs spécialités », étant entendu que les condamnés au régime sévère accomplissent « des travaux pénibles ». Or ces travaux définis comme socialement utiles, quels sont-ils? Des routes, des voies ferrées, des barrages, l'extraction de minerais, etc. La main-d'œuvre du Goulag sera affectée aux chantiers les plus durs et les plus éloignés, là où les travailleurs volontaires refusent d'aller. Voilà pourquoi l'homme des camps a toutes les chances d'être relégué très loin, dans quelque région hostile ou oubliée.

Le travailleur manuel (la population du Goulag compte six fois plus de personnes sans qualification professionnelle que la société civile [4]) sera le candidat idéal pour ces contrées. Quant à l'intellectuel, il n'aura pas meilleur sort dans la mesure où le même article 6 insiste : « Pour une meilleure rééducation, le détenu peut être acheminé vers un camp d'une autre République. » Jolie formule pour suggérer que la meilleure façon de redresser un esprit retors est la Sibérie. On y compte, on y a toujours compté, une très forte proportion de diplômés.

PREMIER CONTACT

Le condamné roule dans la campagne russe, dans son wagon grillagé. Les arrêts sont fréquents et il ne voit pas ce qui se passe à l'extérieur. Alors, il tente de reconstituer mentalement le puzzle du Goulag avec ce qu'il a entendu, par bribes. Il ne sait pas très bien ce qui est vrai et ce qui est légende. D'ailleurs, en URSS, on répugne à parler de ces choses-là, à les appeler par leur nom. On ne dit pas *terreur stalinienne* mais plutôt *période du culte de la personnalité,* pas *extermination massive* mais *déformation de l'héritage du grand Lénine* (il y a une touche positive dans cet exquis euphémisme) ou *violation de la légalité socialiste.* Cela cache ni plus ni moins que vingt millions de victimes innocentes. Bof! Et puis un jour la presse officielle oublie ces formules hypocrites comme si le plomb en avait été égaré par les typographes étourdis. Il faut gommer les petits excès de Staline.

Si bien que, à moins d'être un habitué de retour, le nouvel arrivant ne parvient pas à imaginer ce qui l'attend. Tous ceux qui en ont fait l'expérience le disent. Car le Goulag, ce n'est pas seulement quatre piquets reliés par du fil de fer barbelé. C'est une civilisation, non pas enfouie, mais bien vivante, même si elle se tient à l'écart des regards, loin des hommes. Il y a la langue des camps. Les rites, les traditions, la légende des camps colportée à l'intérieur du Goulag, orale, et qui n'en sort pas. A Moscou, j'ai été confronté à des hommes qui avaient passé des années au Goulag. Des citoyens ordinaires, mais aussi des gens du système, réhabilités en 1956. Ni les uns ni les autres ne veulent en parler. Ils sont marqués à tout jamais – ils le disent – mais ils veulent garder, au fond d'eux-mêmes, leur terrible secret.

Alors, il y a mille choses impossibles à deviner, à soupçonner, à reconstituer : le rythme, mélange d'engourdissement (quand on ne travaille pas) et de frénésie, de stakhanovisme pendant les travaux forcés. Les rapports entre les hommes. Avec les gardiens. La nouvelle échelle du bonheur : un morceau de sucre, une soupe plus épaisse qu'à l'accoutumée, le matelas dur après l'effort, un peu de chaleur du gros poêle de fonte que l'on bourre de bouleau jusqu'à la gueule. La nouvelle échelle du malheur : une cuillère perdue. « Camarade, tu es responsable du matériel que te confie l'État, c'est écrit dans le règlement. » Pendant des jours, le prisonnier (ancien professeur? ancien comptable? ancien ouvrier?) soupçonnera tout le monde. Le prix de la cuillère était gravé sur le manche : on le lui retiendra sur la prochaine solde. Nouvelle échelle des souffrances : l'isolement, les travaux forcés, la violence toujours présente. Chez les hommes. Chez les femmes. Chez les mineurs.

« Article 1 : L'application d'une peine ne doit pas provoquer de souffrances physiques ni humilier le détenu. »

Las! Aucun texte n'y pourra rien : le Goulag – comme sans doute n'importe quelle prison dans n'importe quel système – restera le Goulag. Oui, avec ses rites... sa culture comme l'écrit Soljenitsyne.

Enfin le voilà, ce camp. C'est presque un soulagement

pour le condamné. Il va pouvoir y plonger. Savoir. Le Goulag, là, devant lui. Cela existe. Il est conforme à la légende : ni les miradors, ni les uniformes des gardiens et des détenus, ni les baraques de bois, ni l'atmosphère n'ont changé. Logique : il y a tellement d'aménagements plus urgents à réaliser à l'extérieur!

Vingt pour cent des Soviétiques vivent encore en logements communautaires, c'est-à-dire que plusieurs familles cohabitent, partagent la cuisine, la salle de bains, l'entrée. Dans le couloir s'alignent plusieurs réfrigérateurs fermés à clef : un par famille. Les casseroles sont équipées de cadenas : le modèle est déposé. Cela évite les vols, mais aussi les méchantes poignées de sel jetées en cachette par la voisine. Une vieille Soviétique m'a donné la recette : « Quand ça nous arrivait, on ajoutait des pommes de terre à la soupe. Elles absorbaient le sel. »

Svetlana, 30 ans, journaliste à Moscou, occupe un pauvre appartement communautaire. Elle ne dispose que d'une chambre minuscule, remplie de livres. La famille adverse, comme elle dit, s'entasse dans une pièce sombre. Il faut partager la baignoire. « Avec eux, c'est la guerre froide », dit-elle. Traduisez : nous ne nous adressons même pas la parole, et pourtant nous sommes forcés de partager le même toit.

Alors, l'amélioration du Goulag, ça attendra! Cela aussi le détenu le sait... et avant que tous les Russes *en liberté* ne soient logés décemment, les bâtiments des camps resteront tels quels.

COMME UN VIOL

L'arrivée au camp, tous les condamnés s'en souviennent. Tous, de la forte tête, du caïd, au frêle intellectuel. Et contre cette expérience, l'article 1 de la loi du Goulag ne peut rien, une fois encore.

Soljenitsyne : « (Le capitaine) Kourilko se porte à la rencontre de la colonne des transférés, vêtu, comme les autres, de la longue capote de tchékistes aux terrifiants parements noirs (...) on dirait le présage de la mort (...). Il s'adresse aux arrivants avec une fureur inattendue, suraiguë : " Holà! Attention! ici ce n'est pas la République soviétique, mais soloviétique *! Enfoncez-vous bien ça dans la tête : jamais encore le procureur n'a posé le pied sur la terre soloviétique! et il ne le fera jamais! Dites-vous bien que vous n'avez pas été envoyés ici pour vous faire redresser! Allez donc redresser un bossu! " »

Puis ce responsable du camp imposait, d'entrée, un épuisant exercice physique aux *bleus* [5].

Les Français du Goulag, placés en camps soviétiques après avoir été libérés des camps allemands, ont conservé en mémoire ce premier contact. Parfois, ils l'ont vécu comme Soljenitsyne. Et, dans certains témoignages recueillis dès les années 45-50 par les autorités françaises auprès de ces rescapés, une comparaison apparaît déjà : la similitude dans le traitement infligé aux prisonniers par Hitler et par Staline. Pourquoi, malgré ces dépositions émanant de Français au-dessus de tout soupçon, qui y étaient passés, ces vérités n'ont-elles pas été révélées alors? Pourquoi Paris s'est-il tu? Un diplomate m'a affirmé : « Parce que nous espérions faire sortir d'autres compatriotes des camps soviétiques. Des centaines d'entre eux manquaient à l'appel. Il ne fallait pas compromettre les chances de négociations... Hélas! Nous avons été dupés. »

C'est souvent à pied, par colonnes de centaines et de centaines d'hommes et de femmes en guenilles, que ces détenus français innocents arrivaient dans les camps.

* Jeu de mots à partir du nom du camp.

Pour la plupart, la fin du cauchemar était proche. Pour d'autres, l'histoire allait se répéter :

« Nous étions à peine dépaysés, note l'un d'eux avec amertume. Il y avait là les chiens policiers aboyant, les rangées de barbelés, les miradors, l'enceinte de bois et les longs baraquements bas, alignés à perte de vue. Les dortoirs étaient ceux que nous avions connus en Allemagne, avec des rangées de châlits serrés les uns contre les autres, des minuscules fenêtres équipées de barreaux, un poêle de fonte unique dans un coin si bien que nous gelions sur nos couchettes, sans draps et sans couvertures. »

Certains Français font état de mutineries dans les camps, à cette époque, durement réprimées.

La Française Andrée Sentaurens, qui sera libérée dans les années 50 avec un dérisoire certificat attestant de sa *non-culpabilité* après dix-sept ans de Goulag, se souvient de son arrivée au camp :

« Le camp de Potma s'ouvrait par un grand portail entouré de fil de fer barbelé. Le chef des gardes nous fit défiler devant lui, une à une, avec nos papiers à la main. » Il faut crier son nom, dire le motif et le temps de la condamnation. En ce qui concerne cette Française, le crime est le suivant : *membre de la famille d'un ennemi du Peuple!* Elle avait vécu avec un professeur soviétique arrêté durant la terreur stalinienne...

On répartit ensuite, en pleine nuit car la vérification d'identité se poursuit fort tard, les détenues (ayant parcouru à pied une douzaine de kilomètres) dans les baraques, entassées à 150 par dortoir. On leur sert un verre d'eau chaude et de la bouillie d'avoine.

Nicolas Ch. retenu arbitrairement trente-quatre ans en URSS apporte un témoignage important. Non seulement il confirme les dépositions déjà enregistrées, mais surtout il dit que rien n'a vraiment changé. Or, Nicolas, qui est français, n'a quitté le Goulag qu'en 1981. Écoutez bien ses paroles :

« La vie des camps soviétiques en 1947 et en 1981 est identique. Ni le cadre, ni la discipline, ni les mœurs, ni la dureté des travaux forcés n'ont changé. Cela, tout le monde l'ignore. Il faut savoir que ce n'est pas du passé, mais aussi le présent, qu'il s'agit là d'un phénomène unique au monde par son ampleur et sa continuité. L'incrédulité de mes compatriotes à ce sujet m'épouvante : les Français sont surinformés si bien qu'ils en oublient l'essentiel, qu'ils en viennent à douter ou à ne plus réaliser ce que signifie la réalité. »

Et ce Français qui a connu le Goulag stalinien, puis khrouchtchévien, puis brejnévien, de poursuivre :

« A chaque fois j'ai retrouvé les mêmes camps, les mêmes poux, la même bouillie d'avoine infâme, les mêmes brimades, les mêmes innocents. Tout. Le règlement intérieur lui-même, qu'il faut savoir lire à la russe, présente le même caractère. Et le cercle vicieux du Goulag qui détruit l'homme et ne le libère plus jamais est resté stalinien. Comment faire comprendre cela? C'est l'horreur à grande échelle! »

D'autres rescapés français font état, dans les années 50, de camps spéciaux pour infirmes de naissance (« pas présentables dans le paysage socialiste », pense l'un de ces rescapés) et de centres pour mineurs délinquants ou pour orphelins, situés dans les vastes complexes du Goulag. Mme Sentaurens, dans son récit *Dix-Sept Ans dans les camps soviétiques,* raconte :

« Quelquefois, le soir, de notre baraque, nous entendions les enfants de la colonie chanter une chanson (...) interdite par le gouvernement sous prétexte qu'en URSS il n'y a plus d'enfants sans logis! » Elle cite un rite atroce : les gamins qui s'appliquaient à la tâche dans l'espoir d'être libérés étaient souvent pendus ou décapités par les chefs de bandes intérieures au camp [6].

Chacun des récits des Français rescapés du Goulag mériterait un livre. Tous se recoupent. Et tous sont confirmés par les Soviétiques qui ont connu, à une période de leur existence, le Goulag.

Ayant eu accès à certains de ces témoignages, je ne comprends pas les raisons du silence ou de l'indifférence. Les mots d'Andrée Sentaurens par exemple sont bouleversants. Voilà une sorte de Soljenitsyne français qui nous a alertés dès les années 60 sur ce qu'elle avait vécu, sur ce que d'autres Français ont vécu mais surtout sur le sort de millions et de millions de Soviétiques. Son cri d'alarme s'est étouffé ou s'est perdu. Nicolas a raison : nous devons être surinformés au point de ne pas capter l'essentiel. Et le témoignage de Nicolas – capital car touchant le présent – a bien failli se perdre lui aussi, comme si tout cela n'avait pas d'importance. Combien de réticences ai-je rencontrées, combien d'obstacles à surmonter, avant de pouvoir approcher, en France même, Nicolas Ch. Là encore, certains redoutaient la révélation de la vérité, des simples faits, à l'état brut... comme si nous avions honte de l'innocence de Nicolas, victime des mœurs soviétiques. Et ces situations dramatiques se perpétuent au Goulag, pour des millions de Russes.

Les témoignages les plus récents indiquent que le rite d'initiation au Goulag n'a pas évolué.

Olga, 40 ans, condamnée en 1979 pour détournement de produits de beauté dans un magasin. Trois ans de *régime simple* pour « vol contre l'État à fin de spéculation »: « J'avais l'impression d'être jetée au milieu d'une meute de chiens. Les gardiennes vous gueulent après comme des SS. Je sais pourquoi on appelle les flics *légavy* (chiens de chasse). On vous dépouille de tout, on ne respecte rien. Une condamnée, ça ne compte pas. On vous arrache votre valise, on vous déshabille. C'est comme un viol. Il faut tout de suite comprendre cela. Ça aide à tenir le coup plus tard. »

Après seulement, « le règlement intérieur est communiqué aux détenus », en vertu de l'article 23 du règlement intérieur du Goulag.

« Article 23 : Les établissements de travail correctif sont régis par un règlement *strict* [7] qui prévoit les conditions de travail du prisonnier, la conduite qu'il doit observer, les tâches à accomplir, les modalités de confiscation des objets interdits, les conditions dans lesquelles se déroulent les fouilles, les visites, la réception du courrier et des colis, la liste, la quantité et la nature des produits alimentaires et des objets de première nécessité dont l'acquisition et la détention sont autorisées. »

Ce règlement, camarade prisonnier, lis-le bien. Apprends-le par cœur. C'est ta Bible. Il te dit tes droits mais aussi tes devoirs.

« Article 7 : Les principaux moyens de correction et de rééducation (au Goulag) sont :
– le travail socialement utile (travaux forcés),
– le travail politico-éducatif,
– le régime de détention,
– la formation technico-professionnelle. »

Dans ce Goulag, que tu viens de découvrir, tu purgeras normalement la totalité de ta peine. C'est écrit à l'article 19. Qui précise, comme toujours : « Sauf circonstances exceptionnelles. »

Ces circonstances qui peuvent entraîner un transfert et qui peuvent modifier ton existence bien planifiée de bagnard ne sont pas précisées, mais tu les as devinées.

Le détenu est muté dans un établissement plus sévère en cas de mauvaise conduite, en cas de mutinerie collective ou en cas d'achèvement du chantier, quand le Goulag tout entier émigre vers des régions nouvelles à mettre en valeur, toujours plus éloignées, toujours plus rudes, toujours plus exigeantes.

NOTES DU CHAPITRE 3

1. *L'Archipel du Goulag*, t. 2.
2. A partir des souvenirs authentiques d'un ex-détenu.
3. *Izvestia*, lors d'un débat sur la violence dans les villes, en 1979.
4. *Socialisme : théorie et pratique*, Moscou, n° 6, juin 1981.
5. *L'Archipel du Goulag*, t. 2.
6. *Dix-Sept Ans dans les camps soviétiques*, A. Sentaurens, Gallimard.
7. C'est nous qui soulignons.

4
LES FRANÇAIS DU GOULAG

« Il n'y a que peu d'espoir de les revoir un jour. »
Général P. KELLER,
chef de la mission de rapatriement [1].

Les Russes appellent cela *l'été des bonnes femmes.* Nous, nous disons *l'été indien.* Le passant, lui, goûte ostensiblement ce sursis sur l'hiver. Sur les coupoles d'or du Kremlin, un ultime rayon de lumière tendre. Dans le parc Gorki, en plein air, on joue aux échecs. Sur les rives de la Moscova, les pères offrent au dernier né une promenade en landau aux couleurs criardes. Bientôt le fleuve va s'engourdir...

Comment, dans Moscou qui s'accorde exceptionnellement le temps de vivre, Nicolas pourrait-il passer inaperçu? Sur le bord du trottoir, il tremble et il trépigne. On le sent prêt à s'engouffrer dans la bouche de métro pour disparaître dans les entrailles de la ville. Nicolas anxieux, Nicolas traqué. Il enrage : le lieu de rendez-vous est bien mal choisi. C'est certain, « Ils vont m'embarquer. » Pensez! Le voilà sur l'avenue Kalinine, large et triste artère infestée de miliciens et d'agents du KGB en civil. Avec ses guérites suspendues, avec ses caméras, voilà bien l'endroit le mieux surveillé de Moscou. Chaque matin en effet un cortège d'imposantes Zil noires, soulevant un nuage de poussière ou de neige selon la saison, descend la Kalinine jusqu'au Kremlin, emportant Leonid Brejnev, 75 ans. Et chaque soir, le même cortège remonte l'avenue, jusqu'à la datcha du Secrétaire général, dans un bois de bouleaux, à l'orée de la capitale. Un monstrueux break noir ferme le convoi : l'ambulance personnelle de Brejnev, compagne indispensable à tous ses déplacements.

Nicolas implore un miracle. On l'a déposé là – abandonné? – avec comme unique consigne d'attendre : « Une Renault s'arrêtera à ta hauteur et tu monteras. Elle est immatriculée en D 07, ce qui signifie qu'elle appartient à un diplomate français. Dès lors, il ne pourra plus rien t'arriver. » Nicolas aimerait partager cet optimisme. Mais, lui qui ne sait même pas à quoi ressemble une Renault, ne croit plus guère aux miracles... depuis trente-quatre ans qu'il attend, depuis une demi-heure (plus longue encore que toutes ces années perdues) qu'il fait les cent pas ici, sur la Kalinine.

La voilà pourtant cette voiture française dont seuls quatre ou cinq exemplaires circulent en URSS. Déjà la porte s'est ouverte et une voix chaleureuse interpelle Nicolas :

« C'est la fin du cauchemar. Vous êtes sous la protection de la France et nous allons vous rapatrier à Paris. »

En guise de réponse, Nicolas – forgé au Goulag – pleure.

Le cortège de Leonid Brejnev, lancé à 130 kilomètres/heure, soulève son nuage de poussière quotidien sur l'avenue Kalinine. Le Secrétaire général ne se doute pas que la France aux quatre ministres communistes lui a joué, ici même et à cet instant, un bien mauvais tour. Un rapt au cœur de Moscou! Coup d'audace et de courage, poker diplomatique... qui ne sera jamais révélé au public. L'affaire s'est jouée en moins de deux heures, dans la salle ultra-secrète de l'ambassade de France, ce cube de dix mètres carrés monté sur quatre blocs de verre pour empêcher les Soviétiques d'y placer leurs oreilles indiscrètes. Le S.O.S. désespéré de Nicolas est enfin parvenu à nos diplomates : « Je suis français. Les Russes me retiennent en otage depuis trente-quatre ans. »

L'ambassadeur préside la réunion, entouré de quatre conseillers. Il faut agir vite : « Pas le temps d'alerter l'Élysée. » Il faut accepter un minimum de risques : Qui est ce Nicolas oublié? L'URSS autorisera-t-elle son départ pour Paris, une fois l'enlèvement accompli? Mais l'ambassadeur, bouleversé par le message de ce revenant, tranche : « On fonce. Impossible d'ignorer l'appel au secours. Si nous arrivons les premiers, notre Français a quelques chances de revoir son pays. Si le KGB nous devance... il finira ses jours au Goulag. »

La décision n'est cependant pas exclusivement passionnelle. Nos représentants à Moscou savent que l'URSS retient en otage de nombreux Français, pour des motifs divers, parfois depuis plus de quarante ans. L'ambassadeur connaît forcément le dossier : dans ses archives, il dispose d'une liste de plusieurs centaines de Français portés disparus en Union soviétique. Pour six cents d'entre eux au moins, tout espoir n'est pas perdu. Nicolas ne figurait pas sur cette liste non publiée. Cela signifie que plusieurs cas de disparitions ne sont pas connus. Cette affaire doit relancer le débat. Il faut rompre le silence qui ne peut profiter qu'au Kremlin. Après deux mois de négociations très difficiles, Moscou a dû céder : encadré de plusieurs diplomates français, sans aucun bagage malgré ses trente-quatre ans passé là-bas, Nicolas quittait enfin l'URSS, en septembre 1981. Aujourd'hui il vit à Paris et il apporte son témoignage dans cet ouvrage. Car les recherches doivent se poursuivre pour ceux qui n'ont pas eu la *chance* de Nicolas. J'apporte la preuve ici que d'autres Français, retenus arbitrairement en URSS, espèrent encore, nous interpellent, tentent d'alerter le monde sur leur existence même. Un peu vite en effet, nous avons gravé leurs noms sur nos monuments aux morts ou l'état civil les a portés dans la colonne des décès.

Pour comprendre l'itinéraire de ces Français, nous allons suivre Nicolas depuis ce jour lointain où il prit en touriste le train pour Moscou, sans soupçonner qu'il était tombé dans le cercle du Goulag. Chaque élément de son témoignage nous révèle comment on peut devenir l'otage de l'URSS et comment des centaines d'autres Français dont nous évoquerons la vie s'y sont laissé prendre.

En 1947 un jeune homme débarque en URSS, muni d'un visa de touriste délivré par l'ambassade soviétique à Paris. C'est Nicolas, qui ne parle pas deux mots de russe, venu rendre visite à un lointain parent de son père (d'origine russe) vivant dans le Caucase. En réalité Nicolas débarque au pays de Staline, où les arrestations succèdent aux arrestations, où la délation est un devoir, où règne la terreur comme le dira dix ans plus tard Khrouchtchev quand mourra le dictateur. Et Nicolas le touriste est immédiatement arrêté, tout étranger étant considéré comme un espion en puissance. En 1983, on tire sur un Boeing civil transportant 269 passagers. Qu'est-ce qu'un Nicolas de 20 ans vaut en 1947 dans l'URSS stalinienne?

Il est jugé à Moscou et... acquitté.

Nicolas, confiant, quitte le tribunal muni d'un certificat de non-culpabilité. Pourtant il est *cueilli* dès la sortie de la salle d'audience par la police politique de Staline : « Pour nous, vous êtes un espion. » Et, sans autre forme de procès, le voilà jeté au Goulag. Son attestation officielle d'innocence est mise sous enveloppe : il la retrouvera à sa libération. Le règlement, c'est le règlement. Et, aujourd'hui qu'il vit à Paris, Nicolas devenu employé de banque anonyme, se promène toujours avec ce petit morceau de papier dérisoire.

En 1949, notre Français – qui a appris le russe au Goulag – est libéré. Mais pas question de permettre à ce témoin des camps et de la réalité de l'univers soviétique, de rentrer en France pour raconter ce qui se passe réellement au pays des Soviets. Il est donc assigné à résidence dans un lointain village de Russie et les autorités lui imposent – pratique courante – la nationalité soviétique. Le voilà donc Nikolaï et dans l'impossibilité d'alerter sa famille ou notre gouvernement. Il est l'otage de l'Union soviétique. Au cours de ces trente-quatre ans forcés passés là-bas, il rencontrera d'autres otages.

Il ne renonce pourtant pas à ses tentatives de fuir. En permanence, et prenant des risques énormes, il porte sur lui une lettre manuscrite en français, un SOS à faire parvenir à la première occasion à notre ambassade, dans lequel il rappelle son existence et explique sa situation.

Hélas, dix ans, vingt ans, trente ans passent sans que Nicolas-Nikolaï rencontre un seul compatriote dans sa lointaine campagne. Sans qu'il puisse lancer son cri de détresse. Il ne renonce pas, non. Mais au fond de lui-même, il le pressent : il mourra ici, en URSS. Il mourra prisonnier dans ce pays étranger et fou, où il doit dissimuler jusqu'à ses origines françaises pour essayer de vivre plus ou moins en paix. Si bien que la lettre qui ne le quitte pas, c'est plutôt pour le principe. Pour se rappeler à lui-même qu'il n'est pas russe. Qu'il se bat...

Nicolas harcelé, Nicolas surveillé retournera au Goulag, accusé de *crime économique*. Il est tailleur de pierres. Les responsables du Parti lui passent commande de tombes en granit – un luxe en URSS – qu'ils ne payent évidemment pas. Nicolas fera les frais de cette indélicatesse : « Provocation », dit-il. Le juge l'admet mais elle avoue ne pas savoir pourquoi on lui cherche querelle. Elle ne soupçonne pas que Nicolas est français et que, régulièrement, les autorités le taquinent.

1979 : et le miracle eut lieu!

Sur une route de campagne, Nicolas Ch. croise une voiture de touristes français. Il circule à moto, fait demi-tour, rejoint ses compatriotes :

« J'ai rajeuni de vingt ans d'un coup, dit-il encore ému. Je les aurais embrassés, je voulais parler, leur poser mille questions. Mais tout cela était trop risqué. L'essentiel était de faire passer mon message! Je leur glisse ma lettre, l'enveloppe non cachetée et leur résume le problème en deux mots, puis je disparais. Personne ne nous avait vus. Finalement, la chance se présentait à moi. Incroyable! »

Dès lors, il est confiant : l'heure du retour en France est proche. Il imagine l'itinéraire des Français providentiels. Leur entrevue avec l'ambassadeur à Moscou. La rencontre de ce dernier avec un haut responsable du ministère des Affaires étrangères d'URSS. Les excuses des autorités soviétiques pour ce *malheureux malentendu.* Et tant pis s'il a duré trente-quatre ans, ce quiproquo : Nicolas est tellement heureux qu'il est disposé à tout pardonner...

Quelques jours plus tard, il est convoqué à la milice locale. Il s'y rend confiant : « L'affaire s'est débloquée rapidement. »

Nicolas déchante vite : on le soumet à un interrogatoire très poussé :

« Alors, comme ça, tu veux nous quitter? »

Il ne comprend pas. Il nie. Impossible, pense-t-il, que les choses tournent ainsi. Mais tout s'effondre quand un agent du KGB exhibe sa lettre manuscrite en lançant :

« Nous avons des amis parmi vos compatriotes. »

Nicolas : « Là, j'ai vieilli de vingt ans d'un coup. Ils me reprenaient tout ce qu'ils m'avaient donné comme espoir, ces Français de malheur. Ma lettre, ils l'avaient portée... à la milice soviétique. »

Nicolas, quatre ans après cet incident, assis à la terrasse d'un café parisien, un peu *retapé,* regarde la foule :

« Et dire qu'ils sont là, parmi nous, ceux qui m'ont dénoncé, ces Français qui en 1979 m'ont à nouveau livré au Goulag! » Car tel est le sort de ce Français qui voulut revoir la France : on l'envoie au camp. Un camp réservé aux étrangers. Oui, il existe en URSS des Goulags pour étrangers, comme il y a à Moscou des magasins spéciaux pour étrangers.

Qui a connaissance de ces camps? Qui, à part leurs pensionnaires comme Nicolas, a pu visiter ces Goulags totalement coupés du monde, dont on ignore le nombre exact, et les effectifs?

L'existence de tels camps dans l'URSS actuelle est pourtant révélée officiellement par le règlement intérieur du Goulag :

« Les étrangers et les apatrides sont affectés à des camps spéciaux », y lit-on à l'article 6. Voilà donc l'aveu. Ici, aucun droit de visite n'est accordé et souvent le droit d'écrire est refusé. Dans le meilleur des cas, les familles des détenus étrangers pourront s'adresser à une boîte postale à Moscou. Mais le prisonnier ne pourra, dans son éventuel courrier, faire allusion ni à ses conditions de vie ni à la localisation de son camp.

On y trouve certes des étrangers condamnés pour quelque forfait commis en URSS : trafic d'icônes, de devises ou de stupéfiants. Les étudiants africains y sont nombreux. Mais il y a aussi des étrangers innocents de tout crime, non répertoriés, qui y croupissent parfois depuis la Seconde Guerre mondiale. Ou encore ces

Chinois, très nombreux eux aussi selon Nicolas, qui ont franchi la frontière soviétique dans l'espoir d'y trouver leur Paradis, mais qui furent aussitôt arrêtés, condamnés pour espionnage et jetés au Goulag.

Avant d'évoquer en détail, preuves et témoignages irréfutables, souvent inédits, à l'appui, la situation de centaines de Français présumés retenus en URSS notamment depuis 1945, suivons Nicolas Ch. dans les camps où il est retourné en 1979 après la dénonciation de compatriotes *amis de l'URSS.*

Il est d'abord placé dans un camp ordinaire, pour citoyens soviétiques. Totalement désespéré, sachant que plus aucune occasion d'alerter Paris ne se représentera, il décide de se tourner directement vers Youri Andropov, le chef du KGB. Comme le prévoit le règlement du Goulag, Nicolas lui écrit et expose sa situation, depuis ce terrible jour de 1947 où il débarqua en URSS, « pour quelques jours ». L'incongrue démarche auprès du chef du KGB lui vaut une condamnation à deux ans supplémentaires de travaux forcés. Cette fois Nicolas est définitivement brisé.

Un matin pourtant, on annonce une amnistie qui concerne notre Français. Déjà sa valise est prête et voilà que se présentent au camp deux agents du KGB, tout sourire :

« Votre requête est acceptée, dit l'un d'eux. Vous n'êtes plus citoyen soviétique, mais apatride. »

Nicolas aurait préféré être rétabli dans sa citoyenneté française. Mais pas question de faire la fine bouche : voilà bien la première bonne nouvelle depuis une trentaine d'années.

L'agent du KGB, avec un plus grand sourire encore :

« Cela signifie que l'amnistie ne s'applique plus à vous. »

Sans commentaire.

Nicolas, le Français apatride, est orienté sur le camp pour étrangers de Mordovie, dans le Nord-Est des collines de la Volga, pas très loin de Gorki. D'autres Français y sont passés, témoigne Nicolas, mais on ignore leur identité.

La Mordovie, république autonome, est une région traditionnelle de camps de travail. Dans les années 60, elle a été largement défrichée par les prisonniers. Population en liberté : un million de personnes. En captivité : secret d'État.

Autour de son camp, Nicolas a compté en 1980 quelque 27 Goulags, dont un réservé aux militantes religieuses, un autre aux politiques, un autre aux anciens membres du Parti condamnés, etc.

Au camp pour étrangers, on travaille essentiellement le bois. Cette main-d'œuvre est appréciée des Soviétiques et elle fabrique des meubles de qualité ou des jouets destinés à l'exportation. Autant de produits *made in USSR* qui font l'admiration dans les fêtes des PC occidentaux. Mais Nicolas a également collaboré à la grande œuvre du Goulag des années 80 : le gazoduc eurosibérien. Pendant des jours et des jours, il a brossé les tubes du futur pipe-line. Il sera le seul détenu du Goulag à pouvoir bénéficier de son travail de bagnard, en allumant à Paris sa cuisinière alimentée par le gaz sibérien!

Il est une tradition au camp pour étrangers. Le premier sorti informe les différentes ambassades à Moscou sur le sort de tel ou tel détenu. Nicolas Ch. s'est lié à un étudiant centrafricain. Celui-ci lui indique l'adresse d'un ami noir, étudiant en province. Ce dernier, à la libération de Nicolas, alertera l'ambassade de France, permettant le *rapt* de cet otage des Russes. Il prendra des risques énormes pour sauver un Français envoyé au Goulag sur dénonciation de Français!

Nicolas affirme que le régime du Goulag pour étrangers est plus souple en Mordovie que celui réservé aux Soviétiques dans les autres Goulags. Mais sa description des conditions de détention, jusqu'en 1981, est malgré tout saisissante :

« Souvent je cherche un mot pour expliquer à un Français telle ou telle chose du Goulag, mais je n'en trouve pas, dit-il. Ainsi pour la nourriture : impossible de la définir. Ce que le menu – oui, il y a un *menu* au Goulag! – baptise la *semoule à la tatare* est en réalité de l'avoine pour chevaux, pourrie. Le peu de viande qu'on nous sert est du lard qui a un goût de poisson, car les porcs de la ferme du Goulag sont nourris exclusivement avec des déchets de poissons pourris. C'est infect. La sous-alimentation est terrible et beaucoup y perdent leurs dents. Pire : c'est avec le ventre creux que vous abordez votre journée de travaux forcés. Or il ne faut jamais sous-estimer le sens russe de l'expression *travaux forcés,* ni les conditions climatiques et d'habillement dans lesquels ils se pratiquent. »

Au magasin du Goulag – la cantine si souvent évoquée comme une caserne d'Ali Baba par le règlement intérieur – « on trouve peu de chose », poursuit Nicolas. Et les produits sont souvent inaccessibles au *zek* (prisonnier) moyen : « Seuls les truands, à l'origine de mille trafics avec les gardiens ou qui rançonnent les autres condamnés, s'en sortent », affirme-t-il.

Selon lui, les baraquements de bois sont bien tenus, car sous la responsabilité des zeks : « Tout manquement est sanctionné sévèrement. » Mais l'hygiène générale, notamment alimentaire, est plus que précaire. Il fait une description apocalyptique de l'infirmerie et montre, sur son ventre, une longue cicatrice : « Les médecins français qui m'ont ausculté à mon arrivée à Paris m'ont demandé si j'avais été opéré par des bouchers et ils ne donnaient pas cher de ma peau », note Nicolas, confirmé par un diplomate qui a suivi l'affaire.

Il souligne que la vie à l'intérieur des camps soviétiques est beaucoup plus pénible que ne le laisse supposer le règlement officiel (comme l'existence des Russes n'a rien à voir avec la Constitution ou les descriptions optimistes du programme du PC).

Il explique que, comme dans tous les camps, un règlement spécifique vient s'ajouter à la loi générale du Goulag (celle que nous publions ici) et la préciser pour rendre plus strict le régime réel de détention.

Ainsi le condamné doit toujours saluer, à deux pas, tout membre de l'administration, en se tenant au garde-à-vous et en lançant « à haute et intelligible voix » : « Bonjour, citoyen (Grajdanine) gardien ! » Le prisonnier n'est pas digne, en effet, d'employer le mot sacré de *camarade*.

La liste des obligations du détenu est longue et chaque manquement est sanctionné : il faut être rasé de près, mais les lames de rasoir sont interdites, il faut manger proprement, mais couteaux et fourchettes (instruments dangereux) sont prohibés, il faut qu'aucun bouton ne manque, mais fil et aiguilles sont *défitsitny* (déficitaires), il ne faut fumer qu'aux heures et dans les endroits prévus, etc. Dix ans de ce régime, ça vous *reforge* un homme.

Notre Français – qui se dit *effaré* par notre insouciance face au *danger du Goulag* – se souvient de son emploi du temps au camp pour étrangers de Mordovie :

– 6 heures : lever.
– 6 h 05 : toilette à l'eau froide, même en hiver.
– 6 h 10 : faire les lits.
– 6 h 15 : gymnastique en plein air, par tous les temps.

– 6 h 35 : appel collectif en plein air.
– 6 h 45 : petit déjeuner.
– 7 heures : transfert à pied sur les lieux de travail.
– 8 heures : début des travaux forcés.
– 12 heures : déjeuner.
– 12 h 30 : repos avec interdiction de s'allonger sur les lits et défense de fumer.
– 13 heures : reprise des travaux forcés.
– 17 heures : fin des travaux forcés. Retour au camp.
– 17 h 30 : fouille des prisonniers et des locaux.
– 18 heures : récréation.
– 19 heures : dîner.
– 20 heures : nouvelles du jour commentées par l'éducateur politique.
– 20 h 30 : temps libre, notamment pour courrier et télévision.
– 22 heures : extinction des feux.
– Minuit et 3 heures : rondes des gardiens, sans réveiller les détenus.

Les corvées sont effectuées durant les temps libres ou le jour de congé.

D'après les informations fournies par Nicolas et d'après les indications recueillies dans les ambassades occidentales à Moscou, deux autres Goulags pour étrangers sont connus : l'un au sud de Leningrad et l'autre près de Minsk, au régime très sévère. A Leningrad aurait été vu notamment il y a plusieurs années le diplomate suédois Raoul Wallenberg, disparu en 1945 après avoir sauvé environ 20.000 juifs des camps de la mort nazis. Il a disparu alors qu'il était sous la *protection* des Soviétiques, à Budapest. Son cas dramatique est identique à celui de plusieurs milliers de Français libérés par l'Armée Rouge des camps allemands, ayant transité par l'URSS et que l'on n'a jamais revus. En ce qui concerne le diplomate Wallenberg, les Soviétiques prétendent qu'il est mort. Non convaincus, les responsables américains en possession de témoignages troublants, ont donné à ce Suédois la nationalité américaine le 3 octobre 1983 afin de pouvoir légalement s'occuper de cette affaire.

Autre cas non élucidé : peu après le retour en France de Nicolas Ch. un diplomate français en voyage dans la province soviétique au printemps 82 est accosté par un inconnu qui affirme être un Français retenu de force en URSS. Il communique son nom, ses prénoms, sa date de naissance, l'année de sa disparition, des informations sur sa famille, etc. Les autorités françaises enquêtent : tous les renseignements fournis sont exacts et cet homme est bien porté disparu. Démarche auprès du ministère des Affaires étrangères d'URSS qui refuse de répondre. Affaire classée! Dans ce pays fermé, où tout déplacement des étrangers est soumis à l'autorisation des autorités, comment poursuivre l'enquête? Que faire pour ce Français dont notre gouvernement connaît l'identité? Révéler toute l'affaire : si l'opinion publique soviétique n'est d'aucun poids sur le Kremlin, l'opinion internationale compte parfois. Ainsi Andreï Sakharov a obtenu le visa de sortie de sa belle-fille, en 1982... parce que l'Occident bougeait.

MORT POUR LA FRANCE

Sur le monument aux morts de Bois-les-Pargny, dans l'Aisne, figure le nom de Paul Catrain, *mort pour la France à Dublin en 1945.*

Paul, on l'a forcément oublié. En 1980 pourtant, le petit village est en émoi : Paul Catrain a écrit! Il est vivant! Il se trouve en URSS!

Le maire de Bois-les-Pargny, M. Jean Delourme, m'explique en effet : « Catrain a envoyé une lettre, en russe, à l'ambassade de France à Moscou, dans laquelle il indique qu'il vit à Strikhovtsy en Ukraine, et qu'il voudrait revoir sa famille. Les renseignements contenus dans le message correspondent à Paul Catrain (qui a changé de nom en Flamme, d'après le nom de sa mère). Sa famille est convaincue qu'il s'agit bien de lui, et elle fait tout pour que Paul puisse rentrer. »

La France a demandé aux autorités soviétiques des explications sur cette affaire. Dès lors, tout contact avec Paul Catrain est devenu impossible. Pourtant, le ministère des Affaires étrangères d'URSS a admis le 6 octobre 1980, dans un document adressé officiellement à notre ambassade :

« M. Paul Flamme, prisonnier français des Allemands en 1939, au camp de Koenisberg, en Prusse-Orientale, puis à Kersilica, fut libéré par l'Armée Rouge et transféré dans un autre camp à Starokonstantinov en Ukraine, à environ 50 kilomètres de Kmelnitsky. Là, il rencontra une femme soviétique avec laquelle il vit dans cette même région. Il n'est pas marié et n'a pas d'enfants. M. Flamme a entretenu une correspondance avec sa famille pendant sa détention puis a perdu le contact avec celle-ci. »

Voilà donc l'aveu soviétique officiel que Paul Flamme (Paul Catrain pour l'état civil français) est vivant, qu'il se trouve en Ukraine et qu'il veut revoir son pays. Le ministère des Affaires étrangères d'URSS écrit en effet : « Le but de (sa) lettre était de rechercher sa famille afin de l'inviter puis de se rendre lui-même en France. » Mais ces mêmes autorités soviétiques, à peine ont-elles avoué, interdisent à nos représentants de rencontrer Paul Catrain et les empêchent de se présenter à notre ambassade. Après les accords d'Helsinki sur la libre circulation des hommes, peut-on accepter ce genre de veto, surtout lorsque l'otage est un Français ? Et que redoute Moscou ?

Que Paul Catrain n'apporte un témoignage accablant sur l'URSS, sur les conditions dans lesquelles il a été retenu en Ukraine? Sur d'autres Français, internés comme lui dans des camps de transit en 1945 et toujours bloqués là-bas? Ou ont-ils peur du récit de cet innocent pareil à celui de Nicolas Ch. qui aurait dû rester secret!

Il faut souligner que Paul Catrain, qui se manifeste en 1980, ne figure pas sur les listes officielles des milliers de disparus français en Union soviétique en 1945 – Français libérés des camps nazis et dont nous évoquons plus loin le sort – ce qui signifie que le nombre réel des manquants est supérieur aux données officielles.

Les Russes, eux, nous disent que depuis 1948 plus aucun Français ne se trouve retenu en URSS. Et tant pis si Paul Catrain prouve le contraire. Et tant pis si Nicolas – dont l'histoire peut être confirmée par notre gouvernement – est un démenti à ces affirmations. Et tant pis si d'autres Français ont *ressuscité* après 1948 du côté de Moscou ou de la Sibérie. Affaire classée, disent les Soviétiques.

1. En 1953 (alors que plus aucun Français n'est prisonnier en URSS!) réapparaît un compatriote, le père N. qui a enfin pu alerter notre ambassade sur son sort. Il fait état de nombreux Français, anciens détenus des nazis, travaillant dans les Goulags du Grand Nord et dont personne n'avait connaissance. Des Français dont on n'a plus eu de nouvelles et dont certains sont sans doute encore en vie.

Au père N. les Soviétiques ont dit : « Plus jamais vous ne verrez la France. » Et il a été pris dans le même cercle vicieux – ou la même logique pour les Russes – que Nicolas. Ce curé avait, lui aussi, vu trop de choses. Selon son expression ironique, il avait passé *onze ans au paradis soviétique.* Le récit qu'il livre aux autorités françaises, après avoir échappé à l'enfer, est poignant. Or, dans les archives du Quai d'Orsay, on trouve des dizaines de témoignages identiques.

Le père N. (j'ignore s'il est encore vivant) est né à Morlaix en 1901. A la demande du Vatican, il effectue une mission à Odessa en 1943 : superviser la restauration de l'église et du presbytère français de cette superbe station de la mer Noire. Il est assisté d'un curé italien, le père Léoni.

Quand l'Armée Rouge reprend la ville en mars 1944, les deux ecclésiastiques poursuivent leur mission et leurs relations initiales avec le pouvoir soviétique sont bonnes. Jusqu'en 1945, le père N. baptise et célèbre la messe ou les enterrements. Mais le 29 avril 1945 – « un dimanche, se souvient-il, j'allais dire la messe » – il est arrêté avec le père Léoni, tous deux accusés d'espionnage. Quel étranger à cette époque n'a-t-il pas connu le même sort en URSS? La soutane était une circonstance aggravante!

Notre curé français est transféré à Moscou, à la sinistre prison du KGB, la Loubianka. Il est soumis à... 250 heures d'interrogatoire, de nuit, en une cinquantaine de séances. Il sera condamné à huit ans de travaux forcés sans avoir commis un seul crime et sur simple décision administrative. Ces *péripéties* – qui n'émeuvent pas les *amis de l'URSS* – se reproduisent des millions de fois sous le règne de Staline que l'humanité entière pleurera en 1953! Le père N. est interné dans une cellule de 10 mètres carrés où s'entassent 180 prisonniers. Ironie du sort : il s'agit d'une ancienne chapelle.

Le 10 janvier 1946, selon le récit qu'il fera plus tard aux autorités françaises, il quitte Moscou par le train à destination du Goulag d'Agadyr (Karaganda), à 650 kilomètres de la frontière chinoise. Durant le voyage, les truands accaparent les couchettes supérieures et rançonnent les *politiques,* leur volant nourriture et habits – pratique toujours en cours dans l'URSS d'Andropov – avec la bénédiction des gardiens.

A Agadyr les prisonniers s'occupent d'un élevage de plusieurs milliers d'ovins, sur 5.000 hectares, mais ils mangent rarement quelques grammes de viande. Les condamnés passent régulièrement à la désinfection collective mais n'ont pas de savon. Le curé français garde la même chemise pendant dix mois et en 1947, quand Staline voue les *insectes nuisibles* à soutane au Grand Nord, le père N. est transféré dans les plus terribles des Goulags. Après deux mois d'un épuisant voyage, souvent à pied, il arrive au camp de Vorkouta. C'est là qu'il rencontre de nombreux Français travaillant dans les mines, d'anciens prisonniers des nazis.

Lorsqu'en 1953, le curé français est libéré, il est assigné à résidence dans un petit village russe, comme Nicolas, comme des milliers d'autres. Il y rencontre un autre Français, installé à Sivtikar, ancien résistant évadé des camps allemands et qui exerce la profession d'architecte. Un diplomate qui connaît bien le dossier des disparus m'a dit que jamais Paris n'avait pu obtenir auprès du Kremlin des informations sur ce compatriote signalé par le père N. Quelle est son histoire? Où vit-il aujourd'hui? Pourquoi ce silence soviétique?

Le curé français rapporte à nos représentants à Moscou que des mutineries ont éclaté en 1953 dans les camps en URSS, durement réprimées : dans un seul camp, 400 détenus ont été abattus à la mitraillette. Il note que l'alimentation compte au nombre des moyens de pression sur le condamné : ration améliorée pour qui remplit le Plan à 112 % mais réduite pour qui ne l'accomplit pas. A cette époque, on sert au petit déjeuner une soupe de poisson bouilli, au déjeuner une soupe et 250 grammes de pain avec un peu de lard. Enfin une bouillie pour le dîner. Nicolas Ch. m'affirme qu'en 1981, il a fait le même genre de repas dans son camp pour étrangers, en période de mauvais approvisionnement.

Enfin – et ce point est également mentionné dans la note remise aux autorités françaises – le curé français parle d'un camp d'où on ne revenait pas : l'espérance de survie y était de trois ans maximum, dit-il.

2. Une autre Française revenue à Paris dans les années 60, Mme Andrée Sentaurens, prouve que les Soviétiques mentent lorsqu'ils affirment que, depuis 1948, plus aucun de nos compatriotes n'est retenu en URSS.

Elle aussi a été l'otage du Kremlin, pendant dix-sept ans. Elle aussi parle de *miracle* lui ayant enfin permis de se précipiter dans le hall de notre ambassade à Moscou, après plusieurs tentatives malheureuses. Elle aussi a rencontré d'autres Français qui n'ont pas pu sortir d'URSS.

Et à Mme Sentaurens les Soviétiques avaient également dit : « Vous ne rentrerez jamais en France, après tout ce que vous avez vu ici. Le prolétariat des pays capitalistes ne doit pas être informé de ces choses-là. »

Quel était le crime initial de cette Française ordinaire? Née en 1907 à Mont-de-Marsan, elle avait rencontré à Paris, à l'âge de 19 ans, un jeune Soviétique travaillant à l'ambassade d'URSS et elle l'avait épousé. Elle fut jugée au titre de *parente d'un ennemi du Peuple.* Condamnée, officiellement, pour le crime présumé d'un autre. Oui, la loi stalinienne (que certains Français considéraient alors comme la plus avancée du monde) permettait ce genre de subtilité dont furent victimes des millions de Russes et quelques milliers d'étrangers. Dans son récit très fort, *Dix-Sept Ans dans les camps soviétiques* [2] qui ne bouleversa pas la France des années 60 car cette vérité-là aussi était, comme les autres *mains coupées de la Taïga,* prématurée, elle raconte comment une compatriote, ayant perdu tout espoir de retour, cachait son origine française pour tenter de *vivre en paix.* Mme Sentaurens, interrogée par les autorités françaises, parle de nombreux étrangers encore retenus au Goulag et affirme que certains d'entre eux ont été fusillés car ils s'étaient rebellés, las d'attendre un hypothétique rapatriement.

Elle révèle qu'en 1950 les Soviétiques ont procédé à un recensement général des étrangers du Goulag (sur lequel elle est portée). Mais jamais les gouvernements étrangers n'en seront informés. Cela signifie pourtant que le Kremlin a, lui aussi, des listes précises sur ces hommes et ces femmes retenus en otages (en camp, ou assignés à résidence, ou forcés d'adopter la nationalité soviétique). Le premier chef de la mission française de rapatriement de nos ressortissants en URSS, le général Keller, confirme que Moscou a toujours tenu à jour une comptabilité très minutieuse de ces soi-disant disparus ou de ces inconnus au bataillon [3].

Les témoignages de Nicolas Ch. – revenu en 1981 – du père N. – rentré en 1953 – de Mme Sentaurens – sauvée en 1957 – d'autres rescapés comme Mme Ferri-David (portée sur la liste officielle des disparus en 1945 et qui rentrera à Paris en 1962), oui, tous ces témoignages coïncident. Et tous nous incitent à penser que les otages sont encore nombreux là-bas et qu'ils peuvent être sauvés : « 500 à 600 Français sont dans ce cas-là », m'a affirmé à l'automne 1983 un fonctionnaire français, parfaitement au fait de ce dossier que nous ouvrons ici, en toute conscience. Un dossier solide, encore secret... mais qui occupe 3 mètres de rayonnage aux archives du Quai d'Orsay à Paris et au consulat de France à Moscou. Mme Ferri-David avait été, elle aussi, contrainte à la nationalité soviétique et, à plusieurs reprises, l'URSS avait nié purement et simplement sa présence sur son territoire.

Nous ne pouvons donc pas nous satisfaire de la vérité du Kremlin et, dans cette affaire, aucun Français ne peut s'élever contre la recherche de la vérité, ni se poser *a priori* en avocat de Moscou *contre* nos compatriotes restés là-bas. Ou alors ce serait, comme pour Nicolas en 1979, les livrer en quelque sorte à la milice...

LA MISSION DE RAPATRIEMENT

Les Français, dont l'immense majorité ne soupçonnent pas les mœurs soviétiques, se demanderont comment de telles choses sont possibles. Ou encore : pourquoi l'URSS qui a libéré, effectivement, des milliers d'hommes des camps nazis et qui fut notre compagnon d'armes, a pu et peut garder en otages certains Français dont certains sont d'authentiques héros de la Résistance?

L'évocation de la mission de rapatriement des prisonniers, créée en 1945, permettra de comprendre le processus de ces disparitions. Cette mission est décidée par le ministre des prisonniers, déportés et réfugiés, à Paris, dans le but « d'assurer l'identification des ressortissants français, anciens détenus (des SS), déportés ou enrôlés de force dans l'armée allemande » (les *malgré-nous* Alsaciens-Lorrains, les jeunes STO) « afin de prendre des dispositions nécessaires à leur rapatriement en France, en liaison avec les autorités soviétiques ».

Le Plan soviétique initial prévoyait que tous les libérés des camps nazis par l'Armée Rouge transiteraient par l'URSS, d'où un afflux de Français (plus de 8.000 résistants auxquels il faut ajouter plusieurs dizaines de milliers de *malgré-nous*).

Or – vu les circonstances c'est logique – cette mission a travaillé dans la plus grande confusion, avec des moyens dérisoires [4] : désorganisation des transports soviétiques, pagaille générale, mélange des prisonniers. A ces raisons compréhensibles se sont ajoutés des facteurs purement soviétiques : bureaucratie paralysante, régime stalinien, méfiance des autorités qui n'accordèrent que neuf visas pour toute la mission française à la recherche de milliers d'hommes et de femmes dans cet immense pays fermé, refus de visites des camps de transit, etc.

Le chef de la mission française estime en 1945-1946 qu'il lui faudrait 500 personnes en URSS pour mener à bien ses recherches et le rapatriement de nos compatriotes : le Kremlin ne permet pas l'entrée en Union soviétique à plus de deux Français de la mission pendant la période la plus critique, celle des premiers mois de l'afflux des prisonniers.

Les archives témoignent de la détresse des membres de la mission : « Très vite, nous avons compris que notre travail était impossible », écrit un fonctionnaire. Un autre se souvient : « Dans les faits, il était impossible de dresser une liste des Français présents dans les camps de transit en URSS. Il fallait s'en remettre aux Russes et nous savions que des milliers de compatriotes seraient oubliés ou perdus. » Le général Keller, dans ses Mémoires : « J'eus très vite l'impression que les Soviétiques ne voulaient pas qu'un étranger se mêlât de leurs affaires » – notez que *leurs affaires* sont le sort de nos compatriotes – « jamais je ne pus obtenir une réponse précise à une question précise » de la part des Soviétiques.

Moscou dissimule à la France l'existence de plusieurs camps de transit où sont retenus nos compatriotes : pourquoi, volontairement, le Kremlin tente-t-il dès cette époque de nier la présence de milliers de Français sur son territoire? Et comment retrouver les absents?

Voilà pourquoi un Paul Catrain, considéré comme mort pour la France, a pu réapparaître presque quarante ans plus tard, vivant... en Ukraine! Le général Keller évoque des camps de transit précisément en Ukraine où des compatriotes étaient placés mais dont les Soviétiques niaient alors l'existence. Le général cite le camp de Novokonstantinov. Et en 1980 le ministère des Affaires étrangères d'URSS admet que Paul Catrain a transité par le camp (voisin) de Starokonstantinov... qu'ils prétendaient ne pas connaître en 1945. Combien de Paul Catrain sont-ils retenus là-bas, en Ukraine? Impossible d'enquêter sur place : zone interdite. Et Paul Catrain n'est pas accessible : veto de Moscou.

Le général Keller entend parler d'un autre camp où des Français étaient internés en 1946. Démenti des Soviétiques et interdiction d'aller vérifier sur place, à 90 kilomètres de Moscou. Plus ou moins clandestinement, le chef de notre mission tente l'expédition et feint de tomber en panne avec sa voiture. Aussitôt, en pleine campagne russe, il est entouré par plusieurs Alsaciens et Lorrains : « Nous sommes prisonniers ici, nous sommes 32 dans ce cas et impossible de prendre contact avec la France. » La liste des 32 Français est présentée aux Soviétiques, interloqués. Ceux-là seront sauvés. Mais les autres?

La mission française comprend que chacune de ses visites dans les camps officiellement reconnus est précédée d'une mise en scène de la part des Soviétiques. Les Français hospitalisés ne peuvent pas être approchés. Le général Keller : « On me mène en bateau. » Ou encore, à son homologue soviétique : « Vous mentez continuellement. »

Plus le temps passe, plus la fraternité d'armes s'estompe, plus la méfiance puis la défiance s'installent. L'URSS se referme sur elle-même. Le stalinisme est omniprésent. La mission venue de Paris le sait : « Il faudra abandonner sur place des centaines, des milliers de compatriotes, qui resteront prisonniers de l'URSS sans avoir commis le moindre crime », me dit un diplomate, en 1983.

Aux camps de transit d'Odessa, 38.000 Français sont passés. A Tambov, à 600 kilomètres au sud-est de Moscou, 13.000 compatriotes (chiffre fourni par Moscou) sont noyés au milieu de 150.000 anciens soldats nazis. Ce sont des *malgré-nous* – des Français qui doivent être rapatriés selon la convention franco-soviétique : pas plus que les STO, ils ne purent échapper à l'enrôlement forcé par les Allemands – que l'URSS hésite à libérer : « Ils ont des noms allemands », répètent les officiers soviétiques.

En 1946 pourtant la mission parvient à faire rentrer en France 14.000 *malgré-nous.* Mais des milliers manquent à l'appel. Le gouvernement français possède leurs fiches, très précises, encore conservées dans les archives. En septembre 1945, quelque 1.500 *malgré-nous* étaient arrivés de Russie à Chalon-sur-Saône, en état pitoyable selon les témoins. Ils lancent un cri d'alarme : « 7.000 compagnons sont retenus dans notre camp de Tambov. » En 1960, le général Keller affirme que 15.000 *malgré-nous* ont disparu en URSS dont 8.000 sont présumés morts. Cela signifie que 7.000 absents sont peut-être encore vivants, là-bas! Aujourd'hui les diplomates français connaissant le dossier disent que des recherches se poursuivent pour environ 300 Alsaciens-Lorrains présumés en URSS... malgré le mur du silence des Soviétiques.

Un diplomate, interrogé en octobre 1983, m'a répondu : « Ces Français-là ont sans doute été forcés d'adopter la nationalité soviétique et sont assignés à résidence dans quelque lointaine région d'URSS où nous ne pourrons évidemment jamais nous rendre. C'est un scénario classique qui nous a été révélé par quelques cas isolés de Français ayant miraculeusement réapparu. »

Le général Keller fait état notamment de 55 *malgré-eux* rentrés au pays dans les années 50, nouvelle preuve du mensonge de Moscou, prétendant que tous les Français ont quitté l'URSS avant 1948.

A ces *malgré-nous*, aux otages oubliés comme Nicolas Ch., le père N., Mme Sentaurens ou Mme Ferri-David, au Français découvert par hasard par un diplomate en voyage près de Moscou au printemps 1982 et toujours *là-bas*, aux cas insoupçonnés et insoupçonnables, s'ajoute une liste d'environ 300 anciens déportés dont Moscou refuse de parler. Leurs familles continuent à se battre, dans la plus grande indifférence du public qui ignore l'existence de ces otages.

On pourrait extraire au hasard des dizaines de noms de ce triste fichier. Prenons l'un d'eux qui fut récemment évoqué, à la demande d'un organisme humanitaire international en possession d'éléments troublants. Ce cas fut soumis aux autorités soviétiques en 1982. La France, la Belgique et la RFA ont plaidé cette cause : Mme Charbonnel-Grimpel appartenait à la 2e DB, où elle était infirmière. Arrêtée par les nazis, elle fut *libérée* par l'Armée Rouge et est entrée en URSS en 1945 pour être placée dans un camp de transit. Jamais elle ne nous sera restituée. Des témoins affirment l'avoir vue, vivante, en URSS dans les années 50. Elle figure dans *l'Annuaire des anciens* de la 2e DB, dans la rubrique *Nos morts* de la 13e Brigade médicale.

Oui, 300 cas similaires restent en suspens.

Pourquoi l'URSS ne nous a-t-elle pas rendu ces hommes et ces femmes? Pourquoi ne le ferait-elle pas aujourd'hui?

A l'automne 1983, un diplomate français de haut rang m'a expliqué :

« A leur arrivée en URSS en 1945, les Français libérés des camps nazis par les Russes ont été groupés dans des centres de transit en URSS où les conditions initiales étaient acceptables. D'après les témoignages en notre possession, ils étaient mieux traités que les anciens prisonniers soviétiques considérés, *eux,* comme des renégats pour être tombés aux mains de l'ennemi et passibles, comme tels, de la peine de mort selon le code stalinien.

« Puis la situation s'est éternisée pour certains de nos compatriotes. De plus les Russes ne leur donnaient aucune nouvelle de l'extérieur et ne leur permettaient pas d'écrire à leurs familles. Il y eut donc tension, peut-être même rébellion. Certains Français ont donc été sanctionnés ou entraînés petit à petit dans le cercle du Goulag. » On les retrouve alors, comme en témoigne le père N., dans les mines du Grand Nord. Le diplomate de conclure : « Plus question, pour les Russes, de les libérer. Mieux valait prétendre ne pas les connaître. » Staline a su nous en convaincre : la vie d'un homme n'a pas la même valeur là-bas et ici. Certains ont pu être fusillés ou mourir, d'autres (peu nombreux) ont pu lier connaissance avec une femme soviétique et rester sur place (ce qui n'excuse pas le silence de l'URSS sur leur sort)... d'autres ont pu s'en sortir par miracle ou nous faire parvenir des SOS. Le témoignage de Paul Catrain serait précieux pour la connaissance des faits. C'est justement ce qui embarrasse le Kremlin...

Autre explication à ces disparitions, à cette non-restitution de Français retenus en URSS. Elle est donnée dans les années 60 par le chef de la mission de rapatriement [5]. Les Français en transit en URSS ne disposaient d'aucun argent de poche. Ils avaient peu à manger et rien à fumer. Mais ils étaient mieux vêtus que la population soviétique. Et comme un paquet de cigarettes valait, au noir, jusqu'à... 30 roubles, « certains (Français) libérés vendaient clandestinement leurs effets pour se procurer de l'argent (...) il en résultait un climat tendu dont faisaient les frais » nos compatriotes, raconte le général Keller. Bref : ces Français en situation désespérée ont pu être arrêtés ou condamnés pour avoir commercé avec la population locale.

D'autres enfin se sont *perdus* dans la confusion générale, ou ont été *oubliés* dans quelque hôpital, ou ont tenté l'évasion, las d'attendre un hypothétique rapatriement : « Dans tous les cas, la logique soviétique veut que l'on ne restitue pas le témoin gênant », nous dit, par expérience, Nicolas, ultime Français rescapé du Goulag.

Après trente-quatre ans, et alors que plus personne ne l'attendait, il nous est revenu telle une *main coupée de la Taïga.* Taquiner notre conscience. Impossible de fermer les yeux. Impossible de nier :

« D'une certaine façon, je suis un privilégié car j'en suis sorti, me lance Nicolas-Nikolaï marchant à grands pas sous la pluie de Paris. Mais d'autres Français sont encore les otages de l'URSS. Les Français vont-ils me croire? C'est déchirant de constater comme ils sont submergés d'informations au point d'être sceptiques sur l'essentiel, d'être fermés sur la vérité. Que puis-je faire de plus qu'apporter mon témoignage? Que de présenter ces trente-quatre années qu'ils m'ont volées? »

Affaire classée, répète Moscou.

Et si Paris rétorquait : affaire à suivre!

Le seul retour de Nicolas en France prouve que tout est possible : toutes les situations en URSS, tous les maquillages, toutes les disparitions arbitraires. Mais aussi, quand nous savons nous défendre, toutes les victoires.

NOTES DU CHAPITRE 4

1. Général P. Keller, *Au temps de Staline,* éd. du Scorpion, 1960.
2. Andrée Sentaurens, *Dix-Sept Ans dans les camps soviétiques,* éd. Gallimard, 1960.
3. Général Keller.
4. *Idem.*
5. *Idem.*

5

VIVRE AU GOULAG

« Ceux qui n'ont pas vécu *là-bas* ne peuvent pas savoir. »

Une ancienne détenue, Moscou, 1982.

Olga, une petite bonne femme anodine, la quarantaine mais déjà plus de formes, de pauvres habits, des chaussures d'homme, défendait le dernier éclat de ses yeux bleus, comme un ultime trésor. Ou comme la dernière lueur d'elle-même. Ce regard, qui ne correspondait pas au reste du personnage, ce devait être son patrimoine. Il semblait dire : « Voyez, ils ne m'ont pas totalement éteinte. Il y a encore une petite flamme! »

Olga sortait du Goulag. Pas celui de Staline, non. Le Goulag à visage humain (?), de Brejnev qui, moins de deux mois plus tard deviendrait le Goulag d'Andropov. Le Goulag, c'est un héritage que l'on se transmet, que personne ne dilapide, qui tient bon.

A chaque succession, le monde s'interroge sur l'avenir de l'URSS, sur les réformes qui seront peut-être entreprises, sur ce qui va changer. Mais jamais on ne pense au Goulag. Jamais on se pose seulement la question : « Et le nouveau? Que va-t-il faire des camps? » Car elle est inutile, cette interrogation. Olga le sait : « Il y aura toujours le Goulag chez nous. Vous pensez que *là-bas,* au camp, ce n'est plus comme avant. Vous vous trompez. Regardez les rues : rien ne bouge. La même foule triste, les mêmes vitrines vides, les files d'attente. On peut rester dix ans au trou, quand on ressort on n'est pas vraiment dépaysé. Alors pourquoi voulez-vous qu'au camp le monde évolue plus vite? Les Kapos sont toujours les Kapos. Les gardiennes sont de véritables *salopes* et nous, les détenues, nous sommes des chiennes. »

Je lui pose quelques questions : « Le règlement n'a-t-il pas évolué? Les travaux ne sont-ils pas moins pénibles et la nourriture meilleure? Le personnel plus humain? » Et son regard, son beau regard bleu, se brouille : « Ceux qui n'ont pas vécu *là-bas* ne peuvent pas savoir », dit-elle.

Elle semble renoncer à expliquer, Olga. D'ailleurs serait-elle écoutée? Serait-elle crue, cette femme qui sort d'un camp de femmes?

Trois ans pour avoir spéculé sur quelques tubes de rouge à lèvres, de fond de teint – des vrais trésors en URSS! – sur du vernis à ongles importé. Un rêve.

Son problème aujourd'hui, son problème immédiat maintenant qu'elle en est sortie, est de trouver 3 roubles (30 francs), pour manger ce soir. A peine libérée, elle a sauté dans le premier train pour Moscou. Et la voilà déjà en faute : l'administration, pour parachever la rééducation, l'avait inscrite au *travail économique* [1] à côté du camp. Mais elle a fui, en quelque sorte : « Une escroquerie, leur travail économique, dit-elle. Tu t'épuises, tu ne gagnes rien, tu fais une bêtise et on te remet au camp. C'est la porte à côté. »

Moscou-ville-lumière. Forcément, quand on sort du Goulag. Moscou où les anciennes compagnes de captivité vous attendent. Elles ont trouvé des hommes, d'anciens détenus. Et tout ce beau monde vit de petits expédients... en attendant d'être cueilli par la milice.

Olga est particulièrement vulnérable. Sans domicile fixe : on lui a retiré son logement après la condamnation. Elle dort dans les gares. Les halls offrent en permanence des visions d'exode : centaines de provinciaux repartant pour leur campagne, chargés de balluchons, de jouets, de pièces détachées pour les voitures, qui couchent là, à même le sol, avec la *Pravda* comme matelas. Olga espère passer inaperçue un certain temps... « Oui, avant d'être cueillie, c'est forcé, c'est écrit, c'est normal. *Ils* le font exprès. »

Encore un silence, encore un regard, de reproche : « Vous ne pouvez ni comprendre ni imaginer. »

Et enfin cette question terrible – terrible de vérité – ce défi : « D'ailleurs que pouvez-vous pour moi? »

Réponse : « Je ne peux rien, Olga. »

Elle m'autorise à citer son nom, son prénom. A tout dire, tout écrire : « Je n'ai rien à perdre », répète-t-elle. Elle insiste : « Dites mon nom, que les gens sachent... »

Rien, je ne peux rien sinon faire l'effort d'imaginer votre vie là-bas, où vous êtes retournée. C'était écrit, programmé, planifié, disiez-vous. Pour quelques produits cosmétiques, une vie gâchée. On pourrait dédier ce passage à toutes celles qui, un jour, ont chapardé quelques boîtes de maquillage dans un Prisunic.

Et cet ouvrage, c'est un peu une dette payée envers vous, Olga. Vous que nous allons suivre dans votre Goulag. Pas à pas. Vous imaginer dans votre uniforme de femme bagnard. Avec les milliers d'autres.

Les dispositions relatives à la vie quotidienne des prisonniers du Goulag soviétique sont énoncées dans le 4e chapitre du règlement intérieur des camps. L'article 22 stipule : « Les détenus portent un uniforme. » Sans autre précision. Il n'est pas très différent pour les hommes et pour les femmes, cet habit de grosse toile sans véritable couleur.

Cet uniforme n'est pas gratuit. Pas plus que les chaussettes, que les sous-vêtements, pas plus que les chaussures. Tout cela est prélevé sur la solde des prisonniers, avec bien d'autres choses encore, comme nous le verrons.

« Quand vous vous retrouvez, vous la vendeuse de 37 ans, avec les cheveux courts et cet uniforme, qui vous grattera des années après, vous n'avez plus d'âge. Vous êtes une vieille sans espoir au milieu de vieilles sans espoir. Vous n'êtes plus une femme. Et, la première fois, tout le monde vous nargue à vous en faire pleurer », raconte Olga.

« Et mes habits? » a-t-elle demandé.

Oui, on pense à ces choses-là, dans ces moments-là. Surtout en URSS. Surtout qu'elle doit abandonner son manteau au vestiaire – comme dans les restaurants! – et que ce manteau est un peu responsable de tout.

« Nous, les Russes, nous traficotons tous. Nous achetons tous des habits, des disques, des tas de choses *na lievo* (au noir). Je gagnais 95 roubles par mois. Un ami m'a proposé un beau manteau pour 400 roubles. Il me fallait trouver la différence. »

Son boucher, son épicier, le marchand de meubles, le mécanicien, le plombier, la couturière, tous ces fonctionnaires ordinaires auraient pu, eux aussi, se faire prendre la main dans le sac. Tous « touchent ». Ou glissent la pièce, la bouteille de vodka, le bakchich « sous le comptoir ». Mais on ne peut tout de même pas arrêter tout le monde. Alors, on fait des exemples : Olga, c'est un exemple négatif.

Voilà pourquoi la presse annonce avec autant de régularité, autant de précision, les condamnations. Pas pour démontrer que le vol ou la corruption sont des phénomènes négatifs généralisés. Pas pour informer le public :

les journaux soviétiques pourront passer sous silence des catastrophes nationales aussi bien que des événements mondiaux aussi spectaculaires que le lancement de la première navette spatiale américaine. Non, l'intérêt réside dans l'exemple, dans l'avertissement implicite répété chaque jour aux 275 millions de Soviétiques. Car ces articles ont toujours une morale à offrir au lecteur : « Le coupable a été condamné à X années de camp de travail. »

Olga a donc, à sa façon, participé à l'édification du socialisme en se prêtant au rôle ingrat de *l'exemple négatif*. Elle aurait pu tout aussi bien incarner l'exemple positif, recevoir une médaille et voir sa photo affichée au tableau des citoyens méritants, dans la rue. Éternelle dualité du soviétisme : saboteur/héros. Le premier pour expliquer les échecs du régime et le second pour donner du courage. Un film sorti sur les écrans de Moscou en 1982, *Le train s'est arrêté,* montre même comment le Parti fabrique des héros, quand il est à court. Eux aussi planifiés.

« Ton manteau, tu le reprendras à la sortie », a ironisé une employée du camp.

Trois ans après, Olga pensait l'avoir finalement payé, ce manteau de malheur. Elle s'est présentée au vestiaire. Mais il ne l'avait pas attendue. Trois ans pour rien.

« Tu veux déposer une plainte auprès du directeur? »

« Non. »

Et elle a sauté dans le premier train pour Moscou.

LES NEUF COMMANDEMENTS DU GOULAG

Les « conditions fondamentales du régime de privation de liberté » sont rappelées au détenu dès son arrivée au camp.

« Article 22 : Les conditions générales sont :

– Les condamnés sont isolés et sous surveillance constante.

– Les condamnés sont astreints à exécuter strictement leurs obligations.

– Les conditions de détention sont en rapport avec la nature du délit commis et le niveau de danger social du détenu.

– Les déplacements à l'intérieur du camp sont fixés par le règlement (ils peuvent varier d'un établissement à un autre).

– Le courrier est soumis à la censure, à l'arrivée et au départ.

– Les colis sont ouverts par l'administration.

– Les condamnés au régime spécial sont internés dans des cellules et portent un uniforme distinct.

– Les condamnés n'ont pas le droit de détenir de l'argent, des objets de valeur ou non prévus par le règlement. Les objets et l'argent confisqués sont soit gardés en dépôt jusqu'à la libération, soit détruits en fonction des circonstances de la découverte.

– Les condamnés subissent la fouille. Corporelle, elle doit être effectuée par une personne du même sexe. »

ARGENT DE POCHE

Si les condamnés n'ont pas le droit de posséder d'argent liquide, un système de crédit interne au camp leur confère un certain pouvoir d'achat à la cantine du Goulag. Selon l'article 24 :

« Les prisonniers peuvent acquérir divers produits avec le salaire qu'ils perçoivent pour leur travail au camp. Les personnes inaptes au travail, les femmes enceintes ou en cours d'allaitement peuvent effectuer ces achats avec de l'argent reçu par virement. »

Le règlement en notre possession ne dresse pas la liste des produits disponibles à l'épicerie du Goulag. Et pour cause : l'État est incapable d'assurer, dans aucun secteur, un approvisionnement régulier. Impossible donc de prendre de tels engagements. Généralement la cantine des camps soviétiques propose du saindoux, des cigarettes, de l'huile, du poisson séché. Rarement plus. L'alcool y est évidemment prohibé, mais la vodka est introduite clandestinement par des gardiens : le litre est vendu... 40 roubles aux détenus (400 francs), soit cinq fois plus qu'en magasin d'État. Les gardiens triplent ainsi leur salaire, assurent les anciens condamnés.

Quant à certains prisonniers, ils parviennent à faire entrer de l'argent au camp, toujours avec la complicité de gardiens qui prélèvent au passage leur pourcentage. Chacun y trouve son compte. Cela fait aussi partie des lois (occultes) du Goulag.

« Les prisonniers qui dépassent les normes (de travaux forcés) ou qui se distinguent par la qualité de leur tâche, peuvent dépenser 2 roubles supplémentaires par mois », lit-on à l'article 24. Appréciable privilège! 2 roubles pour un travail de forçat – au sens propre et figuré – cela représente 20 francs français. Et pour avoir le droit de dépenser ces 2 roubles gagnés à la sueur de son front, il faut se comporter parfaitement bien et surtout remplir le Plan, réputé élevé, imparti aux hommes des camps. Quasiment impossible.

Si bien que la plupart des détenus renoncent à cette prime dérisoire en tenant le raisonnement suivant : pour gagner ces 2 misérables roubles, je dois me surpasser à la tâche. Cet effort nécessitera un surplus de nourriture dont le prix, à la cantine du Goulag, est bien supérieur à 2 roubles. Conclusion : je renonce à la prime, mais je me fatigue moins. Nul doute : il y a une logique des camps!

L'article 24 du règlement intérieur des camps n'en finit pas d'énumérer les largesses accordées aux prisonniers. Les bagnards affectés à des travaux dans le Grand Nord ou dans les régions assimilées à cet enfer du froid « peuvent dépenser 4 roubles supplémentaires par mois, en cas de bonne conduite et d'assiduité au travail ». En quelque sorte, leur prime est doublée, comme est doublée celle des travailleurs volontaires sibériens.

Autant dire tout de suite qu'aucun détenu des camps chauds d'Asie centrale ou même de la « tempérée » Russie n'envie ces 4 roubles. D'abord parce que Grand Nord est synonyme de *régime spécial*. Les limites de l'humain. Ensuite parce que 4 roubles (40 francs français) ne seraient même pas une compensation pour une heure passée dans l'hiver du Grand Nord. Souvenez-vous du chant du Goulag :

Ici, l'hiver dure douze mois.
Le reste du temps, c'est l'été.

Nuit polaire, pôle du froid, blizzard qui transperce le corps. Ici, la norme est de – 50 degrés. Un journaliste occidental de retour du Grand Nord explique : « Même avec un équipement spécial de première qualité, on ne tient pas une heure dehors. » Mais les prisonniers, eux, tiennent plus d'une heure. Sans ces équipements en matériaux modernes dont parle notre correspondant. Et ils travaillent. Le règlement prévoit des retenues supplémentaires pour la nourriture (voilà que ces criminels consomment des calories!), mais pas de réduction du temps de travail. En 1880 pourtant, la législation tsariste fixait à sept heures la durée des travaux forcés par jour dans le Grand Nord, et à huit heures sur le reste du territoire. Un siècle plus tard, la loi socialiste du Goulag a supprimé à sa façon les inégalités : huit heures partout, même dans le Grand Nord. Même quand souffle le blizzard, même quand le compagnon qui travaille à 50 centimètres de vous n'est qu'une silhouette sans visage.

Même quand gèle la vodka. Même quand le nez est pris en glace. Quel est le risque, camarade? Si tu t'éloignes d'un mètre, ce sera la mort. On ne s'évade pas du Grand Nord. Ici, c'est le froid qui monte la garde. Cela vaut bien 13 kopecks de récompense par jour, 1,30 F au change officiel.

Aucun condamné n'a le droit de dépenser plus de 15 roubles par mois (150 francs théoriques) et ce exclusivement à la cantine du camp. Cela signifie, pour un prisonnier ordinaire, que le plafond est à 9 roubles (il n'a droit ni aux 4 roubles du Grand Nord, ni aux 2 roubles réservés aux stakhanovistes). Or une économie mensuelle de 9 roubles (90 francs) serait déjà un miracle, malgré le travail abattu, témoignent les rescapés. D'abord une famille soviétique moyenne, avec deux salaires (93 % des femmes travaillent en URSS) ne parvient pas toujours à mettre 9 roubles de côté. Ensuite, d'après les témoignages obtenus, le prisonnier ne dispose en fait que de 3 à 4 roubles par mois pour ses achats à l'épicerie du camp. Car, là encore, il faut savoir lire les textes officiels entre les lignes. L'article 39 de la loi du Goulag ne va-t-il pas jusqu'à affirmer :

« Le travail des détenus est rémunéré en fonction de sa qualité et de sa quantité. » Qui soupçonnait que le détenu soviétique est payé? Plus : le même article spécifie que ce salaire est aligné sur les « tarifs en vigueur dans l'économie nationale ». Merveilleux.

En réalité l'essentiel se trouve un peu plus loin :

« La rémunération *effectivement* perçue par le prisonnier tient compte de ses frais d'entretien au camp. » Voilà les honnêtes gens rassurés. D'autant plus que l'article 40 énumère :

« Les retenues sur le salaire du prisonnier sont effectuées (automatiquement par l'administration) pour la nourriture, l'habillement, le linge, les chaussures, éventuellement les repas et les vêtements spéciaux, les diverses formalités prévues par la loi, le versement de pensions alimentaires aux enfants à charge. » Il est au moins un endroit où la gestion est rigoureuse en URSS : le Goulag. Pensez que le prisonnier du Grand Nord paye jusqu'aux calories supplémentaires qu'il a le mauvais goût de consommer, jusqu'à ses sous-vêtements plus chauds.

QUATRE-VINGT-DIX POUR CENT DE RETENUES

Quand on procède finalement à l'addition, on comprend que le prisonnier ne coûte pas cher à l'État soviétique. L'article 39 est d'ailleurs très explicite à ce sujet quand il révèle qu'en récompense suprême, l'administration laissera aux détenus « qui font preuve de bonne volonté et remplissent les normes de travail » 10 % de leur salaire théorique.

Le salaire de base étant de 80 roubles (800 francs), les meilleurs éléments percevront... 8 roubles (80 francs) par mois. Ainsi, comme il ira quelquefois à la cantine, le condamné quittera le Goulag avec 2 ou 300 roubles en poche après sept ou huit ans de travaux forcés. En tout et pour tout, son travail des plus utiles à l'État lui aura rapporté l'équivalent d'un ou deux mois de salaire moyen soviétique. Olga, elle, a tout simplement retrouvé sa liberté avec assez d'argent pour prendre le train jusqu'à Moscou et survivre une dizaine de jours.

Quand on sait le nombre des réalisations socialistes à mettre au crédit des prisonniers du Goulag, on devine la colossale économie réalisée par le régime depuis soixante-cinq ans. Certes, on ne demande pas à l'État soviétique d'assurer la prospérité de ses détenus. Mais cette démonstration prouve comment le système tente toujours de se donner bonne conscience. Quelle magie du verbe et de la fiction!

HUIT HEURES DE TRAVAIL...

La durée légale du travail dans l'ensemble des camps, est de huit heures par jour, selon l'article 38 du règlement intérieur. Mais les anciens détenus affirment que cette protection est toute théorique : « Il n'est pas rare de rester neuf ou dix heures d'affilée sur un chantier », prétend un dissident moscovite.

Quel est, effectivement, le moyen pour un détenu de faire respecter le code du travail au Goulag? Tout recours légal est filtré. La plainte a peu de chance d'aboutir. Mais la mesure de représailles est garantie. D'autant plus que, comme tout responsable de l'économie, le chef du camp (un militaire) a lui aussi un Plan de production à remplir. En cas de retard, il sera mal noté, lui qui mise sur un avancement qui le ramènera enfin sous un ciel plus clément. « Travaille donc, prisonnier. Veux-tu mon malheur? »

Il faut lire à ce sujet les terribles pages de Soljenitsyne contant l'histoire du canal Staline mer Blanche-Baltique, de septembre 1931 à avril 1933 : vingt mois pour creuser à la pelle, avec des brouettes sans roues, 226 kilomètres de canal clef en main, dans la roche et les marais. Vingt mois pour 7 écluses géantes, réalisées au marteau et à la scie à main. 100.000 prisonniers y travaillèrent simultanément :

« Les ingénieurs disent : il nous faut des tracteurs, des grues, des machines (...) Vous n'aurez rien de tout cela! Faites tout à la main! »

Le jour et la nuit. Les hommes et les femmes.

C'était il y a très longtemps, quelque part?

Les mains coupées de la Taïga mettent du temps à nous parvenir.

Les mains coupées s'oublient rapidement.

Les militants des droits de l'homme en URSS, dont la plupart ont effectué plusieurs séjours au Goulag et y sont à nouveau, nous disent que les choses n'ont pas totalement changé. Et aucune commission d'enquête internationale ne sera autorisée à se rendre sur place. Jamais cela ne s'est produit. Et cela ne se produira jamais. Affaires intérieures d'un État souverain, l'URSS.

...SIX JOURS PAR SEMAINE, PLUS LES CORVÉES

Le Goulag ne s'arrête jamais : en Sibérie, les écoles ferment à – 40 degrés, les chantiers à – 45. Mais les détenus, eux, continuent. Ils bénéficient cependant d'une journée de repos hebdomadaire qui n'est pas fixe. L'article 38 prévoit que, « sous certaines conditions, ils peuvent chômer les jours fériés », avant de souligner qu'en « aucun cas le temps de détention ne sera pris en compte pour le calcul de la retraite ». Seule exception historique à cette règle : lorsque les déportés innocents de Staline ont été réhabilités, ils ont été rétablis dans l'intégralité de leurs droits.

Les hommes du Goulag sont astreints à des corvées dont la nature, non précisée par le règlement, est facilement imaginable.

« Article 41 : Les détenus peuvent être amenés à effectuer, à titre gratuit, des corvées à l'intérieur du camp ou à participer à l'amélioration du niveau socioculturel des autres détenus. Ces tâches sont effectuées en dehors des heures de travail et leur durée quotidienne ne peut excéder deux heures. »

Commentaire amer ou provocateur d'un dissident : « Vider les latrines ou bourrer les cerveaux, c'est la même chose pour le règlement ! »

Le personnel civil étant limité au minimum dans les Goulags, afin de couper les ouvertures sur l'extérieur, les travaux d'entretien, de construction ou d'agrandissement sont à la charge des prisonniers. Il en résulte que la journée effective de travail compte dix ou onze heures.

Le lecteur doit être conscient ici de la dureté des travaux forcés. Le touriste occidental de passage en URSS est toujours frappé par les tâches pénibles affectées aux femmes soviétiques, construisant les routes ou travaillant dans le bâtiment. On les voit, dans leurs vêtements de travail gris qui gomment toutes les formes, porter des charges lourdes, manier la pelle ou le pic, pousser de pesantes brouettes, bien que la législation soviétique interdise théoriquement ce genre de choses. Cela permet d'imaginer quels travaux sont confiés à des hommes prisonniers, à l'abri des regards indiscrets, sous la menace des armes (le règlement précise que leur usage est autorisé en cas de tentative de fuite ou de rébellion) et, quand l'article 37 de la loi du Goulag annonce en toutes lettres : « Les condamnés au régime spécial accomplissent des travaux pénibles », il ne faut jamais oublier le sens russe des mots.

LA MULTINATIONALE DU GOULAG

Les détenus ne sont pas uniquement affectés à la construction de grands travaux. Le Goulag est également une immense société industrielle. L'article 37 du règlement général, ouvrant le chapitre 5 consacré au travail des condamnés, explique qu'il existe des « entreprises dépendant de l'établissement de travail correctif » et auxquelles sont « affectés les prisonniers du camp correspondant ».

Les produits fabriqués par la multinationale du Goulag (on compte en Union soviétique plus de 90 nationalités différentes) sont introduits normalement dans le réseau de distribution d'État et vendus, au profit de l'État, sur l'ensemble du territoire. Certains articles sont même exportés : le jouet *made in USSR* de votre enfant a peut-être été construit au Goulag. Le message est évidemment plus civilisé que les mains coupées des années 30.

Ces entreprises ont inspiré un dessin poignant au caricaturiste dissident soviétique, actuellement en camp, Syssoev : on y voit un Soviétique offrir à son fils un Goulag en Meccano...

Le règlement de ces entreprises du Goulag est très strict. Ainsi, aux termes de l'article 34, « la proportion maximale du personnel autre que les détenus ne peut pas dépasser 15 % de l'effectif total ». Ces employés extérieurs, triés sur le volet, sont eux-mêmes soumis à des contrôles rigoureux et le moindre écart est sanctionné : il est loin le temps où la population, par charité, jetait du pain aux colonnes de bagnards rencontrées dans les rues.

« Article 34 : L'administration pénitentiaire peut procéder à des fouilles sur tous les lieux de travail où sont employés des détenus, y compris s'il ne s'agit pas d'entreprises dépendant du camp. »

Le même article rappelle évidemment aux civils que « la remise de lettres, de produits alimentaires, d'argent et d'objets aux prisonniers est formellement interdite ».

Enfin l'article 37 de la loi du Goulag précise qu'un détenu affecté à un travail hors du camp et hors d'une entreprise dépendant du camp doit être parfaitement isolé du reste du personnel et sous surveillance constante. De cette indication, on peut déduire que le réservoir à main-d'œuvre du Goulag rend bien des services à l'économie nationale, fournissant du personnel intérimaire aux usines et aux chantiers en mal d'ouvriers. Dans ce cas, l'entreprise demandeuse de bras versera les heures de travail directement à l'administration du Goulag.

Les rescapés du Goulag font état de nombreux accidents des travaux forcés : le prisonnier est affecté presque exclusivement à des tâches manuelles, souvent dangereuses et dans des conditions difficiles. Il travaille dans des secteurs de l'économie connaissant traditionnellement un taux élevé d'accidents.

Ce n'est donc pas un hasard si la loi du Goulag actuellement en vigueur sur l'ensemble du territoire soviétique a prévu des indemnités en cas de malheur.

« Article 42 : Les condamnés devenus invalides durant leur détention ont droit, à leur libération, à une pension si leur invalidité les rend inaptes au travail [2]. »

Remarque : même s'il perd deux jambes, le détenu doit purger l'intégralité de sa peine dans le même établissement. Et, son salaire étant forcément réduit au strict minimum, il n'aura accès aux achats supplémentaires qu'en cas de réception de mandats. Le texte ne donne pas d'indication sur le montant de la pension. On sait cependant qu'en URSS les pensionnés ont de faibles revenus. Ils s'en plaignent régulièrement à la *Pravda* qui publie souvent leurs lettres. Morale : mieux vaut sortir bien portant du camp...

UNE IMAGE CHOC

De nombreux ouvrages, de grands témoins, ont décrit avec intensité les travaux forcés en URSS. Nous ne pouvons évidemment rien apporter de plus à leurs récits déchirants. Mais comment ne pas glisser entre ces pages une image choc qui n'a pas jauni, une image de l'URSS d'aujourd'hui, des années 80? Elle résume tellement de choses.

C'est l'image d'une ville nouvelle, typiquement soviétique, portant le nom d'un serf émancipé en 1838 et devenu poète, avant de finir aux bagnes sibériens des tsars : Chevtchenko. L'histoire a d'étranges coïncidences : Chevtchenko, sur la mer Caspienne, la ville rouge, a été entièrement construite par les prisonniers du socialisme réel. La région est parsemée de camps. Et, aujourd'hui encore, les chantiers en cours sont entourés de barbelés et surmontés de miradors. Comme les Goulags des environs.

Entre ces camps et ces chantiers, on assiste à un étrange ballet de camions semi-remorques hermétiquement fermés. En y regardant de plus près, on distingue, tout en haut, de minuscules meurtrières afin que les hommes qui y sont entassés puissent respirer. L'air en *quantité suffisante* fait partie des droits acquis, si bien que le règlement n'en parle pas.

A l'avant et à l'arrière de ces remorques, des plates-formes accueillent les gardiens armés et les chiens-loups. Quelques Français, spécialistes de haut niveau en poste en URSS, sont témoins de ce spectacle banal et quotidien. Dans la région, on a scellé des barreaux aux fenêtres des immeubles, en prévision d'éventuelles évasions *là-bas,* aux camps.

NE TIREZ PAS SUR LES FEMMES

Les mesures de sécurité sont très élaborées au Goulag et jamais le détenu n'échappe à la surveillance des gardiens omniprésents : fouilles constantes, miradors, barbelés, chiens, éclairage permanent du camp et de ses abords, mouchards habilement répartis dans les cellules, ouverture des lettres et des colis, limitation du personnel civil au camp, localisation géographique (régions froides, de marais, désertiques ou îles; le territoire soviétique offre des possibilités inépuisables), isolement en cellules sont autant de moyens pour décourager les candidats à l'évasion. Sans parler du réseau traditionnel de délation spontanée à l'extérieur. Le régime a les moyens de ramener dans le droit chemin le moindre de ses 275 millions de citoyens, il a également les moyens de surveiller, pas à pas, ses condamnés.

La mesure suprême – ou ultime – de protection est le tir à vue.

« Article 35 : Lorsqu'un prisonnier oppose une résistance physique au personnel de l'établissement de travail correctif, provoque des désordres ou se livre à des actes de violence, l'usage de la camisole de force est autorisé. »

Cette camisole ne peut être appliquée, selon le texte, que sous contrôle médical et elle ne peut être passée ni aux femmes ni aux mineurs.

« En cas de violence mettant en danger la vie d'un employé de l'établissement correctif ou de tentative de fuite, l'usage des armes à feu est autorisé si aucun autre moyen ne peut être utilisé. Cette disposition ne s'applique pas si ces actes sont commis par des femmes ou des mineurs. »

LE DÉTENU PEUT ÉCRIRE AU KREMLIN...

En vertu de l'article 36 du règlement intérieur, « tout prisonnier (du Goulag) a le droit d'adresser des plaintes, des requêtes et des lettres aux organes gouvernementaux, aux organisations sociales et aux cadres de l'administration ». Ainsi, le matricule X peut-il s'adresser au Kremlin s'il le désire et surtout s'il juge qu'une telle démarche peut lui être utile.

Nombreux sont les dissidents qui utilisent ce droit, par principe mais sans aucune illusion. Vladimir Boukovski prône cette stratégie d'utilisation à outrance des canaux légaux d'expression ou de protestation, de rappel permanent des droits constitutionnels. Personne ne croit à l'efficacité réelle de cette méthode, mais elle a au moins deux avantages : elle met en évidence la violation permanente des lois en URSS par les autorités (la Constitution prétend garantir le droit de manifestation et d'association : tentez de défiler à Moscou, ne serait-ce qu'aux cris de *Paix dans le monde,* en dehors du Premier Mai, et on vous arrêtera. Tout comme on emprisonne pacifistes ou syndicalistes non officiels) et elle provoque la panique à tous les échelons de la bureaucratie. Une telle requête doit en effet être suivie d'une réponse de l'administration. Écrivez dix lettres et un fonctionnaire devra prendre dix fois la plume pour dialoguer avec vous, le délinquant, le dissident, le saboteur!

Mais on n'écrit pas aux organisations internationales (non mentionnées par l'article 36) : pas à l'ONU, pas à la Croix-Rouge et à plus forte raison pas à Amnesty International, annexe de la CIA selon la presse soviétique. Ce qui se passe au Goulag est une affaire exclusivement intérieure à l'URSS.

Ces lettres aux autorités soviétiques transitent par l'administration du Goulag qui est tenue à les transmettre sans droit de censure dans les vingt-quatre heures. Autant dire que la plupart des détenus qui ont tenté l'expérience se souviennent plus de sanctions à leur détriment que d'amélioration de leur sort. Notre témoin français raconte qu'une missive adressée à Andropov, alors chef du KGB, pour tenter de l'alerter sur l'erreur judiciaire dont il était victime, lui valut... quelques années supplémentaires de détention. Et c'est – oserais-je dire! – logique : l'appareil répressif soviétique forme un tout. Il n'y a pas séparation des pouvoirs, mais un seul pouvoir.

Des autorisations de sortie du Goulag sont distribuées exceptionnellement à certaines catégories de détenus : seuls peuvent en bénéficier les condamnés au régime simple. Il n'y a pas de permission en prison, ni en régime sévère, renforcé ou spécial. Selon l'article 27, « elles ne peuvent en aucun cas excéder sept jours auxquels peuvent s'ajouter le cas échéant jusqu'à cinq jours de délais de route aller et retour. Elles sont accordées pour des circonstances extraordinaires comme la mort ou la maladie mortelle d'un proche parent, une catastrophe naturelle ayant causé un préjudice matériel important au prisonnier ou à sa famille ».

Ces rares dérogations sont accordées exclusivement par le commandant du camp. Ni la presse ni les autorités ne nous disent le nombre de ces permissions concédées chaque année, ni les éventuelles *bavures* qui en découlent. Il faut noter cependant, en règle générale, que les prisonniers estiment à seulement 10 % le nombre d'entre eux qui bénéficient effectivement des quelques avantages prévus par le règlement que nous étudions ici (droit aux colis, aux visites longues, etc.). Cela donne une idée des conditions de vie réelles au camp et de la sévérité de la discipline qui y règne.

SURVIVRE AU GOULAG

C'est pourquoi les condamnés préfèrent parler de *survie.* Nous avons vu comment l'article 56 stipule que « la nourriture doit être suffisante pour un organisme normal ». Elle est, lit-on en toutes lettres, « adaptée (...) à l'ardeur du prisonnier à la tâche » et les rations sont réduites pour les personnes placées en isolateur punitif ou disciplinaire, en cachot ou en cellule. Ainsi la loi du Goulag prévoit-elle le jeûne comme sanction officielle : si on réduit les rations suffisantes, l'alimentation devient forcément insuffisante.

L'assistance médicale répond aux mêmes critères. Elle est, elle aussi, suffisante [3]. Mais aucune norme précise n'est fixée. La question de la santé, dont le régime se dit tellement préoccupé, est expédiée en deux courts articles, alors que le problème des sanctions nécessite un chapitre entier. L'administration du Goulag fait en sorte que les détenus tiennent debout, soient aptes au travail. Dans une URSS où – phénomène unique au monde – l'espérance de vie régresse depuis dix ans (35e rang mondial) au point d'être tombée à 62 ans en 1982, contre plus de 70 ans pour un Français, on ne peut s'attendre à des miracles de la médecine du Goulag. Les témoignages sont au contraire accablants et les anciens détenus sont le plus souvent en triste état. Qui s'en étonnera? A l'extérieur les soins sont rustiques, les hôpitaux sous-équipés et bondés, les médecins sous-payés, de formation médiocre (mis à part les grands patrons), les médicaments manquent, etc. Au Goulag, la situation sanitaire ne peut être que catastrophique. Un dissident se souvient : « Par mesure d'hygiène, il faut entendre que nous avons le crâne rasé à cause des poux, grands ennemis des détenus. Tout le reste, c'est du luxe, même le savon, même le dentifrice déjà problématique à trouver quand on est un citoyen en liberté. »

LA DROGUE AU RÈGLEMENT

Le règlement s'en tient donc à la formule minimale suivante : « Des services d'assistance médicale *nécessaire* fonctionnent sur les lieux de privation de liberté [4]. » De tout temps d'ailleurs des appels désespérés nous sont parvenus du Goulag pour alerter l'opinion publique internationale sur les conditions sanitaires dramatiques de tel ou tel détenu ou pour dénoncer l'indifférence des autorités devant l'agonie d'un gréviste de la faim.

L'URSS ne détient pas – hélas! – l'exclusivité de tels internements. On ne peut ignorer dans un tel ouvrage les prisons turques, chiliennes, brésiliennes, africaines, coréennes, des Philippines et d'ailleurs. On ne peut oublier les tortures de l'Amérique latine, les massacres et les violations des Droits de l'homme sous d'autres cieux, non soviétiques. Ayant recueilli les premiers témoignages, insoutenables, des victimes torturées du Shah à Téhéran puis de son successeur, je ne peux que condamner en bloc : il n'y a pas de dictateurs respectables ni de tortures pardonnables, ou admissibles. Il ne peut y avoir de lutte sélective pour les Droits de l'homme. Ces principes posés mais souvent oubliés, on peut se demander si les SOS lancés aujourd'hui depuis le Goulag en dépassent seulement l'enclos, maintenant que les structures de la dissidence sont démantelées. Car, là, il s'agit bien d'un phénomène unique au monde : la destruction totale de toute opposition [5]!

Malgré son extrême concision, l'article 58 de la loi du Goulag nous fournit d'inédites et de précieuses indications sur les maladies de l'univers carcéral soviétique :

« Les soins sont obligatoires pour les détenus alcooliques et *drogués.* [6] »

Que la vodka ait imprégné jusqu'au Goulag n'étonnera personne : « Nous sommes tous égaux devant la vodka », plaisantent les Russes. Mais la mention explicite de la drogue, que nous avons soulignée, est plus inattendue. Elle présente même un caractère nettement insolite dans un texte officiel. Or, si le législateur a estimé nécessaire d'inclure ce point, c'est qu'il y a véritablement problème.

En réalité la question est double : 1) en URSS, le toxicomane est un criminel, passible de cinq ans de détention (dix ans en cas de récidive). Il sera donc orienté sur le Goulag en cas d'arrestation. D'où l'obligation faite à l'administration de soigner cette victime/coupable; 2) le camp est un milieu propice à la découverte de la drogue, unique mode d'évasion avec l'alcool pour celui qui a perdu tout espoir de franchir les barbelés. Et rien n'arrête l'adepte des paradis artificiels : au Goulag, comme dans les casernes, les tartines de cirage, grillées sur le poêle, sont très prisées, selon de nombreux témoignages. Comme certaines variétés de colles. Quand ce n'est pas, comme dans les camps de travail situés en

Asie centrale, l'*herbe* cultivée dans les champs de ces Républiques musulmanes malgré l'interdiction votée en 1974 au Soviet Suprême à Moscou.

D'ailleurs les stupéfiants qui circulent au Goulag, ces stupéfiants évoqués en toutes lettres dans le règlement intérieur des camps, commencent à gagner la jeunesse à l'extérieur. En 1976 déjà, le vice-ministre de la Justice de la République de Russie, M. Vladimir Blinov, reconnaissait que « cette question peut devenir très grave (...) nous avons un problème de drogue chez nous, même s'il ne s'agit pas encore d'un mouvement de masse » [7].

Durant l'été 1983, j'ai recueilli en URSS des informations précises sur la toxicomanie au pays de Lénine. La plus forte proportion de drogués se trouve dans les milieux estudiantins de Géorgie (ce que la presse locale a admis) et d'Arménie. Dans la capitale de cette dernière République, d'importantes quantités de haschisch parviennent directement du Liban, selon les informations qui m'ont été apportées de sources très sûres. Précision : une ligne aérienne Beyrouth-Érévan [8] hebdomadaire fonctionne depuis plusieurs années, en raison du grand nombre d'étudiants libanais dans la capitale de l'Arménie soviétique, ligne qui rend bien des services.

Voici le témoignage d'un détenu du Goulag, aujourd'hui exilé en France : « Au camp, les hommes se droguent très souvent et ils ont des recettes incroyables pour cela. La plus répandue consiste à placer un paquet de thé dans un récipient, à y ajouter très, très peu d'eau pour qu'il soit concentré à outrance, puis à mélanger ce breuvage à des chiffons brûlés. Cela provoque un choc terrible, les membres se transforment en caoutchouc et le cœur bat à une vitesse vertigineuse. Le prisonnier oublie tout et cela dure trois quarts d'heure. Les autres assistent à ce spectacle dans la plus grande indifférence, tout comme les gardiens. Je n'ai jamais entendu parler d'accidents sérieux dus à ce genre de traitement de choc... »

Sans commentaire.

DES CRÈCHES AU GOULAG

Parce qu'une femme enceinte peut être condamnée, des enfants naissent au Goulag et des enfants y grandissent. L'article 57 du règlement intérieur prévoit donc que « des crèches peuvent être ouvertes en cas de besoin dans les camps de travail correctif. Les détenues peuvent y placer leurs enfants âgés de moins de 2 ans ».

Selon le même article, « les enfants de plus de 2 ans dont la mère est prisonnière sont placés dans une institution spécialisée à moins qu'une commission compétente ne décide de les confier à un membre de la famille ou de les mettre en tutelle ».

Ces crèches du Goulag sont gratuites (le règlement ne fait, cette fois, aucune allusion aux retenues sur salaire!) mais les conditions dans lesquelles les mères visitent leur bébé ne sont pas précisées.

DEUX MÈTRES CARRÉS PAR DÉTENU

« Article 56 : La surface habitable ne peut être inférieure à 2 mètres carrés dans les camps de travail et à 2,50 mètres dans les prisons. »

Rapide calcul et tout est dit : dans 100 mètres carrés, l'administration du Goulag vous place 50 personnes et dans un studio parisien elle fait vivre 15 hommes. Ils sont des millions, actuellement, à passer des années de leur vie dans de telles conditions officielles, légales, de surpeuplement interdisant toute dignité humaine. Et encore, il s'agit là de la norme idéale. Soljenitsyne n'écrivait-il pas : « La cellule n'était pas excessivement peuplée. Prévue pour 25 personnes, elle en contenait 80. » Les prisonniers d'Andropov affirment que les conditions n'ont pas évolué fondamentalement.

2 mètres carrés garantis, en lits superposés, cela fait un espace vital de cinq fois inférieur à celui des citoyens soviétiques en liberté et qui déplorent déjà leur entassement. Mais comme 20 % des Soviétiques vivent en appartement communautaire, qu'un jeune couple ne peut pas prétendre à un logement à lui, le détenu n'a pas à se plaindre. Les Plans quinquennaux ne prévoient pas d'amélioration des normes au Goulag. Après une éreintante journée de travaux forcés, 2 mètres carrés cela suffit à se retourner.

Chaque détenu dispose, toujours selon l'article 56, d'une couchette individuelle, ainsi que de draps et de couvertures, en fonction des conditions climatiques, de vêtements, de linge et de chaussures (les condamnés des années 30 racontent comment, à l'époque, ils devaient se prêter à tour de rôle habits et chaussures qui n'étaient pas fournis en nombre suffisant. La précision sur ce nouveau *droit* des prisonniers n'est donc pas superflue).

Le règlement révèle toutefois que « l'usage des draps et des couvertures est interdit dans les cachots et les isolateurs punitifs ».

Cette mesure disciplinaire mérite d'être éclairée par la remarque d'un envoyé spécial de *L'Humanité* dans le Grand Nord sibérien :

« Même avec l'équipement spécial, on ne peut guère tenir plus de vingt-quatre heures, sans feu, par – 30° ou – 40°, surtout dans le blizzard. [9] »

Même avec les murs du cachot comme protection, sans draps et sans couvertures, combien de temps doit-on *tenir?* Dix jours, répond le règlement des camps [10].

NOTES DU CHAPITRE 5

1. L'expression est celle utilisée par l'ancienne détenue. Nous n'en trouvons pas trace dans les textes soviétiques.
2. Pour les invalides 25 % et en colonie de peuplement 40 %, selon le même article.
3. L'article 56 dit seulement : « Les prisonniers ont droit à des conditions de vie conformes aux normes d'hygiène et sanitaires. »
4. C'est nous qui soulignons.
5. Décret du Soviet Suprême voté en 1974. Les trafiquants risquent d'un à cinq ans de privation de liberté, soit moins que le toxicomane.
6. C'est nous qui soulignons.
7. Interview à l'AFP, 28 août 1976.
8. Érévan, 800.000 habitants, capitale de la république d'Arménie.
9. Max Léon, *URSS familière et secrète*, éd. du Progrès, Moscou, 1981.
10. Article 53 du règlement intérieur des camps de travail.

6

BOUFFÉES D'AIR ET SANCTIONS

> « C'est comme une porte qui claque dans la tempête. »
>
> OLGA, ancienne détenue.

Aussi éloigné qu'est le Goulag, aussi rigoureux que sont les hivers, le règlement et les hommes, il parvient toujours quelques bouffées d'air au détenu. Un bon air de l'autre monde, celui des vivants.

« On le respire à pleins poumons cet air, égoïstement, se souvient Olga. C'est comme une porte qui claque dans la tempête, ouverte sur l'extérieur. Ça vous prend de court, quelqu'un se précipitera forcément pour fermer cette porte. L'instant est enivrant et vous restez abasourdie. »

Olga n'est ni poète ni philosophe : « Je suis une fille simple », concède-t-elle sans honte. Mais elle a cette sensibilité des femmes russes qui, de génération en génération, se transmettent un héritage de souffrance. Et qui assument ce tragique héritage avec fatalité.

Non, elle n'est ni poète ni philosophe. Et voilà pourtant qu'elle parle comme Soljenitsyne écrit, même si ce nom « ne (lui) dit rien ». Parce qu'ils ont vécu la même expérience, à un bon quart de siècle de distance, ils ne comprennent plus la tristesse de la foule : « Ces gens ont oublié que le bonheur, c'est de traverser une rue, d'entrer dans un cinéma, aux bains, dans un magasin, de téléphoner à un ami, de déboucher à trois une bouteille de vodka que l'on boira ensemble sur un banc. C'est d'être *libre* », dit-elle.

Être libre, pour Olga, n'a aucune signification politique. Ce n'est pas être libre de penser, de critiquer, de voyager. C'est plus simplement avoir le droit de traverser seule cette rue, cette place.

« Article 22 : Les condamnés sont sous surveillance constante. »

Si elle sortait d'une prison de New York, Olga tiendrait sans doute le même discours.

« Les gens d'ici ont oublié jusqu'à l'odeur du bonheur...

– L'odeur?

– Oui. L'odeur d'une lettre reçue de Tbilissi [1], d'une mère arrivée de Moscou (premières retrouvailles depuis six mois!), d'un mari quand il ose venir au camp, d'un enfant. Ça sent bon la maison. »

De telles bouffées de vent sont programmées par la loi du Goulag.

VISITES DE LONGUE DURÉE

Le règlement général prévoit trois types de visites aux détenus. Leur fréquence annuelle varie selon le régime de captivité et le comportement du condamné.

Selon l'article 26, il existe des visites :

– de courte durée, moins de deux heures, en présence d'un représentant de l'administration au parloir du camp.

– prolongées, jusqu'à quatre heures, toujours avec témoin.

– de longue durée, c'est-à-dire jusqu'à trois jours et sans surveillance rapprochée, dans une pièce individuelle.

Ces visites de longue durée, particularité mal connue du système pénitentiaire soviétique, sont autorisées aux plus proches parents : époux, père ou mère, enfants, frères et sœurs, grands-parents ou petits-enfants.

Durant ces visites longues, la cohabitation du détenu avec ses proches est permise dans l'enceinte du Goulag. Les condamnés au régime le plus souple ont droit à trois visites de courte durée par an (soit un total de six heures annuelles d'entretiens) et à deux visites longues. Mais elles sont livrées à l'arbitrage exclusif du directeur de l'établissement, l'article 53 posant en effet ce principe : « En cas d'infraction au règlement, le condamné peut être privé de visite. » Le prisonnier n'a droit évidemment à aucune compensation. Or, dans la vie des camps, les occasions de sanctions sont nombreuses. Elles sont quotidiennes. Si bien que, dans les faits, la visite de longue durée constitue un événement exceptionnel auquel beaucoup n'ont pas accès.

Je me souviens de ces coups de téléphone que recevaient les correspondants des journaux occidentaux en poste à Moscou, quand la mère ou l'épouse d'un dissident annonçait triomphante : « Ils m'ont autorisée à voir mon fils (mon mari), pour une visite longue! » Ces femmes préparaient leur voyage pendant des semaines, se battaient pour obtenir une semaine de congés, couraient de *gastronome* en *gastronome* (magasin d'alimentation), faisaient la queue pendant des heures pour apporter du jambon et des saucissons au Goulag, une brosse à dents, du dentifrice, une paire de bonnes chaussettes. Elles préparaient la fête. Leur fête. Puis elles se glissaient dans la file d'attente pour acheter le billet de train. Enfin, elles partaient! Pour certaines d'entre elles, il s'agissait du premier voyage hors de Moscou. Leurs grosses valises de carton débordaient de victuailles. Et elles apportaient des nouvelles, des lettres des amis : « Vladimir va être jugé, mais il est optimiste. Le Guébé [2] n'a rien trouvé de très compromettant chez lui. Une ou deux Bibles, un manuscrit », « Tania va bientôt sortir », « Pour Boris, les choses vont mal. Ils sont venus fouiller son appartement, ils ont tout retourné. Ensuite ils l'ont conduit à sa datcha. Ils savaient ce qu'ils cherchaient et ils ont trouvé. Pour lui, ce sera l'article 70 », « Vadim, on a perdu sa trace. Il a sans doute été transféré en province ».

Mêmes tristes, les nouvelles aident à tenir au camp. Par lettres, impossible de dire quoi que ce soit. Avec la visite longue, le détenu a le sentiment d'être à nouveau dans le cercle des amis, de participer à leur combat... L'espace de trois jours dans l'année.

Les discours d'Andreï Gromyko, de Dmitri Oustinov [3], tombent sur les téléscripteurs de l'agence Tass. Les correspondants étrangers ont oublié le voyage de ces femmes vers la Sibérie, vers les camps. Un matin, un appel téléphonique : « Je n'ai pas pu *le* voir. » La voix n'est plus la même. Résignée et sur écoute. La mère ou l'épouse du dissident qui depuis longtemps ne fait plus la une à l'Ouest ne parlera pas longtemps :

« Je n'ai même pas pu remettre un colis. J'avais parcouru 5.000 kilomètres, j'étais épuisée, il était là, à quelques mètres, mais il était interdit de lui parler, de lui adresser seulement un signe de la main.

– Pourquoi?

– Il paraît qu'il ne se comporte pas bien...

– Et la prochaine visite?

– Dans six mois, s'il manifeste plus d'ardeur au travail. Mais je ne suis pas certaine d'obtenir un autre congé. »

Quelques parasites sur la ligne téléphonique. Et puis au revoir.

Le détenu bien noté – « le mouchard! » s'emporte Olga – aura droit à une visite longue supplémentaire par an, après avoir purgé la moitié de sa peine. En cas de maladie mettant en péril la vie du détenu, le directeur peut autoriser la visite d'un parent proche, selon l'article 26. Cette disposition permet de vérifier, régulièrement, les pouvoirs effectifs des chefs d'établissements. On a vu en effet ce droit de visite exceptionnel accordé ou refusé dans des circonstances analogues, notamment à l'occasion de grève de la faim. C'est l'intérêt du Goulag qui semble alors emporter la décision, la famille étant utilisée comme moyen de pression sur le détenu retors. 1) Le directeur du camp veut empêcher à tout prix la mort du condamné refusant de s'alimenter (quand il s'agit d'une figure de la dissidence dont la disparition provoquerait une émotion internationale). Il tente donc d'obtenir la collaboration de la famille (avez-vous déjà vu une mère ou une épouse qui pousse son fils ou son mari au suicide dans ces circonstances?) et il autorise la visite, un peu comme on ouvre une négociation. 2) Le gréviste de la faim peut mourir dans l'indifférence la plus totale. Un refus de visite soulignera la détermination de l'administration et le condamné, comprenant sa défaite, mettra fin à son mouvement de protestation de lui-même. La méthode est parfaitement au point.

En régime renforcé, les prisonniers du Goulag bénéficient toujours de deux visites longues par an, mais le nombre des visites courtes tombe à deux. En régime sévère, le détenu a droit à une seule visite de longue durée et à deux de courte durée. Si son comportement général donne satisfaction, il pourra cependant revendiquer une seconde visite de longue durée dans l'année.

UNE VISITE TOUS LES SIX MOIS

En camp à régime spécial, le droit de visite extérieure est limité au plus strict minimum : dans le meilleur des cas, s'il se conduit d'une façon exemplaire, le condamné n'aura droit qu'à une visite tous les six mois. Deux visites par an, en tout et pour tout. Et encore : une visite courte et une visite longue. Dans ce contexte, il n'est pas rare qu'un prisonnier soit totalement coupé de l'extérieur pendant plus d'un an. Isolement d'autant plus complet que la sanction porte également sur l'échange de correspondance.

D'une façon générale, cette partie du règlement apparaît très restrictive. En effet, malgré la formule originale de la visite longue qui permet une cohabitation du condamné avec sa famille – parenthèse de bonheur privé au camp! – il n'est pas question en Union soviétique de visite hebdomadaire ou même mensuelle au prisonnier, mais bi-annuelle. Parfois moins. Le monde du Goulag, et plus encore celui des prisons, est donc fermé sur lui-même. Un monde clos, parallèle, en marge de la société soviétique. Nul doute qu'à ce régime-là, l'homme en ressorte *reforgé*.

Le taux élevé des sanctions, la dureté des travaux forcés, la discipline outrancière définie souvent par des règles orales de type militaire (on salue tout gradé à deux pas de distance), l'inconfort, la violence ambiante, l'injustice de nombreux cas d'internement font que l'expression *bouffées d'air* – utilisée par Olga – a choqué plusieurs ex-détenus que j'ai pu rencontrer.

L'un deux a, par exemple, pointé son index sur l'article 25 du règlement intérieur des camps : « Voilà ce qu'ils entendent par bouffées d'air. Le droit de lire la *Pravda* tous les jours ou d'assister à des séances de cinéma de propagande! »

Et cet article stipule effectivement que les détenus peuvent « commander tous les ouvrages, journaux, revues et brochures publiés en URSS », par l'intermédiaire d'une librairie centrale des Goulags. Un droit à l'évasion limité et forcément très orienté.

TABLEAU D'HONNEUR POUR PRISONNIER MODÈLE

La société du Goulag est à la fois brutale et puérile dans son organisation, qui prétend fonctionner avec un mélange de réelles contraintes et de récompenses le plus souvent fictives.

Ici le bon point signifie dans le meilleur des cas un supplément de ration alimentaire (un point acquis qui se consomme sur place, la promesse d'une visite pouvant être remise en question à tout moment), parfois droit de dépenser quelques roubles de plus à la cantine, mais le plus souvent il prend d'inattendues allures qui feront sourire le lecteur occidental. Il faut pourtant en prendre connaissance avec le plus grand sérieux : elles sont calquées, ces récompenses dérisoires, sur les stimulants de la société civile soviétique. Ainsi l'État socialiste russe rémunère ses citoyens méritants : en liberté ou en camp! Ainsi le même État s'étonne-t-il des ratés de la machine! Le peuple est terriblement ingrat.

Qu'on en juge :

« Article 51 : Les détenus faisant preuve de bonne conduite ou d'ardeur au travail et dans l'éducation des autres condamnés peuvent recevoir les gratifications suivantes :

1. Expression de reconnaissance.
2. Insertion au tableau d'honneur, ou des producteurs d'avant-garde.
3. Prix du travail exemplaire.
4. Autorisation de recevoir un paquet supplémentaire dans l'année.

5. Autorisation de recevoir une visite supplémentaire dans l'année.
6. Autorisation de dépenser 2 roubles de plus par mois pour l'achat de produits alimentaires ou de première nécessité.
7. Remise d'une sanction.
8. Transfert d'un établissement de type cellulaire dans un camp à régime spécial pour les prisonniers ayant déjà purgé le tiers de leur peine.
9. Durée des promenades augmentée.
10. Réduction de peine ou liberté anticipée pour les prisonniers dont la conduite et le travail sont exemplaires. »

Je me suis amusé à soumettre cet article à un ancien détenu du Goulag, vivant aujourd'hui en RFA, et à lui demander son appréciation sur chacune des mesures d'encouragement énoncées. Le résultat apporte lui aussi une bouffée d'air dans cet ouvrage!

1. Merci patron!
2. Mal vu par les copains, réservé aux mouchards.
3. Au Goulag, le travail n'a pas de prix.
4. Pillé à l'arrivée par les gardiens et les copains.
5. Déjà plus intéressant, mais nécessite trop de compromissions.
6. Merci patron *(bis)!*
7. Tu as été sage, je te donne un bonbon. Le cadeau sera vite repris.
8. Le principe du sas. Ou : « Quand on arrête de taper, ça fait du bien. »
9. Jamais entendu parler.
10. Ne jamais refuser, mais je vous renvoie à ma remarque numéro 2. La tendance est plutôt à l'extension de la peine.

DEUX COLIS PAR AN

La réception de colis, après avoir purgé la moitié de sa peine, figure parmi les privilèges accordés aux hommes du Goulag, en fonction de la bonne conduite des intéressés. Ils ne peuvent excéder le poids de 5 kilos, emballage compris.

Dans le meilleur des cas, le condamné recevra deux colis par an avec, en régime normal exclusivement, la possibilité d'un troisième paquet à mi-peine.

Voici, selon le règlement intérieur, le statut des détenus en fonction de la nature du Goulag.

I. Régime normal.

« Article 62 : Les condamnés :

– sont logés dans des locaux normaux (dortoirs, baraquements),

– peuvent dépenser jusqu'à 7 roubles par mois,

– ont droit à trois visites de courte durée et deux visites longues par an,

– peuvent recevoir jusqu'à deux colis par an et envoyer des lettres sans limitation de nombre mais censurées,

– sous réserve que leur conduite donne satisfaction, ils peuvent dépenser 4 roubles supplémentaires à mi-peine,

– recevoir une visite longue durée de plus dans l'année, à mi-peine. »

II. Régime renforcé.

Selon l'article 63, la différence essentielle de statut est la suivante :

– les dépenses autorisées tombent à 6 roubles (60 francs) par mois,

– les visites courtes à deux par an,

– l'envoi de lettres est limité à trois par mois,

– à mi-peine, autorisation de dépenser 3 roubles supplémentaires.

III. Régime sévère.

Selon l'article 64, les détenus peuvent :

– dépenser 5 roubles par mois,

– recevoir deux visites courtes et une longue par an,

– envoyer deux lettres par mois,

– à mi-peine, ils peuvent dépenser 2 roubles de plus par mois,

– recevoir un colis par an, « s'ils font preuve de bonne volonté et d'ardeur au travail ».

IV. Régime spécial.

Selon l'article 65, les grands criminels soumis à ce régime :

– sont strictement isolés et logent dans des cellules,

– peuvent dépenser 4 roubles par mois (40 francs),

– ont droit à une visite longue et une courte par an,

– peuvent recevoir deux colis par an,

– peuvent envoyer une lettre par mois.

Lorsqu'ils ont purgé la moitié de leur peine et toujours « s'ils font preuve de bonne volonté et d'ardeur au travail », ils peuvent :

– recevoir un colis supplémentaire par an,

– dépenser 1 rouble de plus par mois (10 francs),

– recevoir une autre visite longue de proches parents.

Le régime de détention réservé aux mineurs, dans les centres de redressement à la discipline rigoureuse, est plus sévère par certains aspects que le statut des adultes. Ainsi la formule originale de la visite longue n'existe pas pour les délinquants de moins de 18 ans. En tout et pour tout, ils pourront s'entretenir un maximum de douze heures non consécutives par an avec leurs proches et en présence d'un représentant du centre. Ce droit est d'ailleurs soumis à la stricte appréciation du directeur.

L'article 75 du Goulag précise que le régime commun donne droit aux mineurs (garçons et filles) à :

– six visites courtes par an,
– 7 roubles de dépenses par mois,
– un logement en locaux non cellulaires,
– six colis transmis par l'administration et cinq par la poste (mais également ouverts),
– l'envoi illimité de lettres soumises à la censure.

En régime renforcé, le mineur est toujours logé en dortoir mais ses dépenses personnelles tombent à 5 roubles (50 francs) par mois. Il n'a droit qu'à quatre visites de courte durée dans l'année, soit concrètement à huit heures d'entretien avec ses parents, et à six colis.

A l'âge de 18 ans, le mineur est transféré dans un camp de travail pour adultes à régime simple ou renforcé, « selon le degré de danger social du délinquant et la gravité de son crime » (art. 77). La durée maximale de la détention est de dix ans pour un mineur. Mais, « s'ils se sont fermement engagés sur la voie de l'amendement », les adolescents peuvent être maintenus à la maison de correction au-delà de la limite d'âge, plutôt que d'être dirigés sur les camps pour adultes où ils se heurteront à la violence (art. 78). La décision est prise par le directeur de la maison de correction, après accord de la commission des mineurs et du procureur.

PRIVÉ DE CINÉMA

L'émulation socialiste est parvenue jusqu'au Goulag. Car l'esprit est là. A l'usine, le travailleur de choc verra sa photo épinglée au tableau d'honneur à la porte de l'entreprise – sur ce tableau rouge que plus personne ne consulte depuis fort longtemps – ou recevra un diplôme de producteur d'avant-garde. Dans les régions mal approvisionnées, celles qui ne sont pas prioritaires [4], il aura droit à quelques tickets de rationnement supplémentaires ou accès aux magasins des syndicats, notamment pour l'habillement. S'il fait réellement preuve d'une exceptionnelle « ardeur au travail », son nom pourra figurer en tête de liste pour l'achat d'une voiture dont le prix représente quatre ans de salaire, ou sa demande de logement sera appuyée par le Parti. Bref, lui aussi aura droit à un changement de *régime!*

Dans la vie courante, ces choses-là sont rares car elles impliquent vraiment trop d'efforts, soutenus sur une longue période. Et l'État est exigeant. Fini le temps des compétitions entre usines – « Dépassons le Plan! Soyons les premiers! » – pour le seul plaisir d'être cité par la *Pravda.* Ce stimulant-là s'est émoussé. Le citoyen ordinaire trouve plus d'avantages à investir dans la société souterraine, sachant parfaitement que son salaire lui est garanti. Cela est tellement vrai que les dirigeants soviétiques s'interrogent désormais sur l'efficacité des stimulants traditionnels. Les médailles, c'est bien. Les primes, c'est mieux.

Au Goulag, l'échelle et l'esprit des récompenses sont comparables. Leur attribution répond aux mêmes critères : forger un héros qui entraînera la masse par son exemple exaltant et s'assurer le concours d'hommes qui jouent le jeu. Un jeu refusé fondamentalement par la majorité de la population. Sans cela, nul besoin de ces dérisoires tableaux d'honneur pour citoyens adultes et responsables. A l'extérieur comme aux camps, c'est *l'ardeur au travail* qui est sublimée. Objectif suprême et unique du socialisme réel. Mais là encore, la répétition rituelle de la formule magique n'est-elle pas précisément l'aveu de l'absence générale d'ardeur?

Il en résulte que les bons points ne suffisent pas à faire tourner la machine socialiste, la société civile. Pas plus qu'ils ne donnent de l'entrain aux prisonniers du Goulag. Le régime fait donc appel à son second type de stimulants que j'appellerai *stimulants par défaut :* la sanction. Elle aussi connaît son échelle des valeurs. Beaucoup plus concrète : il est plus aisé et moins coûteux de punir que de primer. La loi du Goulag nous en apporte une preuve éclatante. Il suffit pour cela de comparer les articles 51 (mesures d'encouragement) cité ci-dessus et 53 (sanctions) reproduit ci-dessous.

« Article 53 : En cas d'infraction aux règlements de l'établissement pénitentiaire les sanctions peuvent être les suivantes :

– avertissement,

– tour de corvée supplémentaire,

– privation de séance de cinéma, de concert ou d'activité sportive,

– privation de visite,

– privation de colis ou d'achats alimentaires,

– annulation des mesures visant à améliorer les conditions de détention,

– transfert dans un isolateur punitif, avec ou sans droit au travail, pour une durée maximale de quinze jours en camp et de dix jours en colonie de peuplement,

– transfert dans un cachot, sans droit au travail, pour une durée maximale de quinze jours pour les détenus en prison,

– transfert dans un établissement de type cellulaire pour une durée de six mois en camps à régime normal, renforcé et sévère, pour une durée maximale d'un an dans un camp à régime spécial,

– transfert dans un établissement à régime plus sévère, ou dans une prison. »

Cette énumération des sanctions parle d'elle-même. La panoplie est fort riche et il ne s'agit plus de mesures symboliques. Si la récompense apparaît le plus souvent comme illusoire, la punition est en revanche bien concrète et sophistiquée. D'autant que ces mauvais points sont distribués sur décision du commandant du camp, sans consultation d'autres autorités. Plus : les sanctions sont notifiées par oral le plus souvent, ce qui autorise le plus total arbitraire. Un directeur peut s'acharner sur un détenu ou même appliquer des punitions abusives tel le maintien au cachot au-delà du délai légal, sans que le condamné puisse faire valoir ses droits.

LE CACHOT

L'article 54 du règlement intérieur des camps de travail soviétiques accentue la dureté des mesures punitives :

« Aucune amélioration du régime de détention du condamné ne peut intervenir dans l'année suivant la prononciation de la punition. »

A noter que la mesure punitive collective n'est pas interdite par le règlement. A noter encore le caractère éphémère de la récompense (au mieux une visite supplémentaire dans l'année), mais durable de la sanction. En effet, dans le pire des cas, une faute de quelques minutes aura des répercussions pendant un an sur la vie du condamné.

Il faut souligner également la gravité des sanctions, fonction certes « de la conduite du détenu et de la faute commise » (art. 54). Ni l'isolateur punitif ni le cachot ne sont des lieux de villégiature. L'isolateur punitif a été créé dès les années 20 pour enfermer les plus dangereux ennemis du régime, c'est-à-dire les prisonniers politiques de haut niveau. Les *insectes nuisibles* à détruire. Nombreuses étaient les personnes à en sortir folles. Et le seul mot de cachot résume la sévérité du châtiment.

C'est donc par l'isolement total, par la coupure entre la société du camp – elle-même coupée du monde – et le fautif – que l'on châtie au Goulag.

Non seulement les conditions de confort sont déplorables (absence de lumière au cachot et de draps, de couvertures), non seulement la ration alimentaire est diminuée – comme le souligne le règlement – mais le détenu est soumis à une terrible série d'interdits.

« Article 54 : Le transfert dans un cachot ou un isolateur disciplinaire entraîne l'interdiction :

– de recevoir des visites ou des colis,

– d'envoyer du courrier,

– d'acheter des produits alimentaires ou des objets de première nécessité,

– de fumer,

– d'utiliser des jeux de société,

– d'effectuer toute promenade. [5] »

PAYER LES CARREAUX CASSÉS

Le prisonnier du Goulag peut également être sanctionné financièrement, en vertu de l'article 59 du règlement qui tient le condamné « matériellement responsable de tout dommage qu'il cause au gouvernement. Il doit en répondre conformément au droit du travail ou au droit commun ».

Cela implique deux types de punitions : 1) L'article 60

stipule que « les prisonniers sont condamnés à rembourser les dommages causés. La décision est prise par la direction de l'établissement ». Dans ce cas, une retenue est effectuée directement par l'administration sur le salaire du coupable. Commentaire d'un ancien détenu : « Quand tu casses un carreau, tu le payes immédiatement... mais la vitre ne sera pas remplacée de tout l'hiver. » 2) En cas de dommages importants, le prisonnier peut être à nouveau condamné par un tribunal et se voir infliger un supplément de peine.

Enfin une menace perpétuelle plane au-dessus des hommes du Goulag qui peuvent, à tout moment, voir leurs conditions de détention modifiées en fonction de leur comportement. Au camp donc, aucun statut fixe, aucune stabilité, aucun privilège ne sont garantis.

NOTES DU CHAPITRE 6

1. Tbilissi, capitale de la République soviétique de Géorgie.
2. Guébé, abréviation familière de KGB.
3. Dmitri Oustinov, ministre de la Défense d'URSS.
4. En URSS il existe des régions ou des villes prioritaires qui bénéficient notamment d'un meilleur approvisionnement alimentaire. Il s'agit de régions aux conditions climatiques difficiles, comme la Sibérie, ou de *villes héros,* titre très recherché précisément pour bénéficier d'avantages alimentaires.
5. Selon l'article 54, le détenu peut faire appel à la sanction, mais cet appel n'a pas d'effet suspensif. Dans les faits, l'affaire est examinée alors que la punition a déjà été accomplie. D'ailleurs on ne désapprouve pas un directeur de camp face à un condamné.

7

LÉNINE NE DÉSESPÈRE PAS...

« L'URSS a toujours raison. »
ÉTIENNE FAJON.

Le régime soviétique se refuse à considérer, officiellement, que le condamné est perdu pour le socialisme. Le but de la détention est au contraire de le ramener dans le droit chemin, d'où – parallèlement aux bienfaits des travaux forcés les plus durs – des cours politiques extrêmement poussés.

Ils figurent officiellement dans le règlement, au premier rang des « moyens de correction ». Un chapitre entier de la loi du Goulag est même consacré à l'agitation politique sur les prisonniers, agitation dont le « but est d'éduquer les détenus, de leur inculquer le sens du travail honnête, de la conception socialiste de la vie collective et de la propriété socialiste ». Un véritable système d'endoctrinement a été mis au point pour redresser également les cerveaux. Les anciens condamnés affirment souvent que ces cours politiques sont un vrai calvaire.

L'article 44 du règlement explique que l'administration pénitentiaire doit assumer cette mission idéologique et il en trace les cinq axes principaux :

– la compétition dans le travail,

– l’explication de la législation soviétique,
– le travail d’agitation et de propagande,
– la culture physique,
– l’étude personnelle.

L’agitation et la propagande – au sens soviétique – ont évidemment une importance particulière. Chaque groupe de prisonniers, quel que soit le camp, dispose d’un éducateur politique qui est un militaire en uniforme. Merveilleux symbole de la cohésion du Parti et de l’armée. Chaque semaine, les condamnés suivent des cours politiques obligatoires, après les heures de travail et en plus des corvées déjà prévues par le règlement. Ces cours sont pris très au sérieux par la population du Goulag. Non pas que, derrière les barbelés, elle soit frappée par l’état de grâce socialiste. Mais parce que le statut du détenu est largement fonction de sa réceptivité à l’enseignement du marxisme-léninisme. Nulle récompense n’est concevable sans un minimum de résultats politiques. Une leçon mal assimilée, un discours d’Andropov oublié, et c’est un droit de visite, un colis, un rouble d’argent de poche qui sont supprimés. Selon des témoignages dignes de foi, seuls 10 à 20 % des détenus se sortent honorablement de ces tests politiques. Cela donne un éclairage nouveau à ce règlement. En effet, de 80 à 90 % des condamnés seraient régulièrement privés de colis ou de visites en raison de leurs fautes ou de leurs lacunes en matière idéologique.

L’instructeur politique lit le plus souvent un éditorial de la *Pravda,* ou un texte important de quelque penseur du Parti, ou une liste de slogans comme en lance régulièrement le PC, ou un passage des rapports du dernier congrès du Parti. Pendant une heure, il en fait le commentaire, « avec des mots simples à la portée de tous », m’a-t-on dit. Quelques questions. Une semaine plus tard, l'instructeur effectuera un contrôle des connaissances. Un ancien détenu m'a affirmé qu'il s'agissait là d'une des hantises des condamnés, à tel point que beaucoup d'entre eux révisent la *Pravda,* le soir au dortoir!

Il existe différents niveaux en fonction du « degré d'éducation des prisonniers » (une formule qui revient souvent dans ce règlement). On ne peut décemment pas tenter de redresser avec les mêmes mots l'intellectuel moscovite et le kolkhozien d'Asie centrale. Il en résulte une nouvelle Nomenklatura des camps, non officielle celle-là, mais bien réelle. Les politiques – bien que jugés pour délits de droit commun – sont groupés dans des camps spéciaux, les militants religieux dans d'autres établissements, les voleurs ailleurs, etc. Et à chacun son programme idéologique...

Lorsque l'on veut apporter quelque piment à la sanction, on jette l'intellectuel au milieu des truands : à lui de survivre!

La presse du Parti est largement diffusée dans le Goulag, tandis que le prisonnier aura le plus grand mal à recevoir des revues moins politiques qu'il doit commander dans des librairies spéciales, chargées d'alimenter la société du Goulag.

L'organisation du travail est hautement politique, basée sur l'émulation socialiste et sur l'éternel principe des récompenses/sanctions. Parfois, l'éducation politique des prisonniers prend des allures pédagogiques naïves, à en faire sourire la population du Goulag (« Oui, il nous arrive de rire, là-bas aussi »). Dans chaque camp se dresse un grand tableau. Le nom des condamnés y est porté sous des figurines enfantines représentant une tortue (travailleur lent), une taupe (pas très rapide), un lièvre (bonne vitesse), un avion (dépasse les normes), ou un... missile (stakhanoviste). Un ancien se souvient : « Quand on ne sait pas quoi faire, on va consulter le tableau et on plaisante. Tiens, aujourd'hui tu as pris l'avion ! »

Un ou plusieurs condamnés sont également chargés d'agrémenter le *coin de la propagande* ou *le coin rouge.* Une planque réservée aux bons dessinateurs, détenus du socialisme reconvertis en propagandistes du régime. Ils réalisent des tableaux où portraits de Lénine et d'Andropov voisinent avec les ultimes slogans du Parti, avec quelques articles bien sentis sur les succès du socialisme réel, etc. Personne ne les lit mais personne ne s'en étonne : chaque usine soviétique possède aussi son *coin rouge.*

Enfin le Goulag édite un journal intérieur (y collaborer est extrêmement mal vu), qui répercute en fait les mots d'ordre de l'administration et incite au travail, à l'honnêteté, à l'amendement. Il s'agit là d'une tradition de la société du Goulag : les prisonniers de Staline avaient déjà leur gazette à laquelle certains intellectuels bien-pensants en liberté s'abonnaient, par snobisme. Quant aux séances de cinéma, elles se résument souvent à de nouveaux cours de propagande.

ÉLECTIONS AU GOULAG

Les camps soviétiques sont, en quelque sorte, autogérés. Il existe des comités de détenus. L'article 45 du règlement intérieur parle d'organisation « autonome des établissements pénitentiaires ». En réalité, on retrouve ici la conception soviétique de la démocratie, malgré l'objectif officiel prétendu : « Développer le sens du collectivisme, encourager les initiatives utiles des détenus et faciliter leur rééducation. »

L'article 46 précise en effet :

« Des soviets (conseils) composés de détenus qui se

sont distingués par leur bonne conduite et leur ardeur au travail fonctionnent (dans les camps).

« Ces soviets sont élus par l'assemblée générale des détenus ou par l'assemblée de leurs représentants. Ils rendent compte régulièrement de leurs activités à l'assemblée générale des détenus. »

Traduction : l'administration (des militaires en uniforme) choisit un candidat qui est ensuite proposé aux détenus. Celui-ci, comme dans toute élection en URSS, est alors élu à l'unanimité, à mains levées. Khrouchtchev, Brejnev, Andropov n'ont pas été élus autrement chef de l'État : ils ont été présentés par le Parti comme candidat unique et aussitôt proclamés par le Soviet Suprême, par acclamations.

Dans le cas du détenu-délégué, le commandant du camp désigne évidemment le prisonnier le plus apte à collaborer. Il s'agit souvent d'un condamné à une peine longue qui bénéficie en échange d'une réduction de son temps de détention. Le règlement prévoit aussi ce genre d'arrangement avec les bons éléments, l'appréciation étant le privilège du chef du camp.

En une phrase, l'article 46 avoue d'ailleurs la finalité de ces soviets de détenus : « Ils prennent des mesures pour aider l'administration pénitentiaire dans la rééducation des prisonniers. » On aurait pu s'attendre à la formulation inverse : aider le condamné...

Le même chapitre politique prévoit enfin la mise à niveau culturel des condamnés : études primaires pour les plus attardés, possibilité de passer des examens pour les autres.

L'HOMME REFORGÉ

Voilà donc notre détenu armé pour affronter à nouveau la société soviétique : le corps et l'esprit redressés par le travail, par la détention et par l'éducation politique en profondeur. Imaginez dix ans de cours du soir forcés de *Pravda* par un éducateur militaire ! Vous voilà parés pour la vie active au pays de Lénine.

Hélas, le règlement du Goulag prévoit bien peu de choses pour la réinsertion effective du détenu. Tellement précis lorsqu'il s'agit de sanctions ou même d'éducation politique, le voilà presque muet sur l'avenir radieux du prisonnier libéré. Un seul article évoque ce retour à la vie normale.

« Article 104 : Les personnes libérées doivent avoir un travail assuré, qui corresponde si possible à leur spécialisation. C'est le comité exécutif du soviet des députés du collectif local qui doit leur fournir cet emploi, dans les quinze jours. On doit également leur procurer un logement si besoin est. Les entreprises sont obligées d'accepter les candidats qui leur sont envoyés. »

Dans les faits, on propose à l'ancien prisonnier – droit commun ou politique – les emplois les plus ingrats dont aucun citoyen ne veut, notamment en raison de leur pénibilité pour des salaires de misère qui ne permettent pas de vivre. A moins, comme cela est la règle dans les pays de l'Est, que l'ex-détenu ne se voit affecté au nettoyage des cadavres à la morgue ! Pour 80 roubles par mois (800 francs). C'est dire – et cette situation n'est pas particulière à l'URSS – que l'ancien condamné se trouve placé en position de récidiviste potentiel.

Les droits communs – comme Olga – sont attirés par leurs anciennes mauvaises fréquentations et comme ils sont sous surveillance, selon la loi, ils seront rapidement réintégrés au camp.

Quant au politique, qui lui aussi doit pointer régulièrement à la milice malgré sa liberté retrouvée, il ne se verra pas proposer de travail et tombera à nouveau sous le coup du délit de parasitisme. Confirmé dans son rôle fictif de droit commun, il aura le plus grand mal à s'extraire de la société du Goulag.

Nous avons vu d'ailleurs comment le régime sait combiner détention et exil intérieur puis à nouveau détention pour retirer élégamment du circuit les éléments indésirables. Ainsi notre témoin français est-il resté trente-quatre ans durant otage de l'URSS. Ainsi des centaines de milliers de citoyens peuvent-ils passer leur existence en camp bien que la détention à vie n'existe pas légalement. Sans parler de cette pratique courante, selon les rescapés, qui consiste à condamner le prisonnier sur le point d'être libéré, pour mauvaise conduite ou pour quelque forfait commis ou supposé au Goulag. Dans son livre *Avocate en URSS,* Dina Kaminskaya démonte les mécanismes de la *justice* en Union soviétique, mettant en évidence la façon dont on planifie la culpabilité, montrant le mépris du système pour toute notion de défense de l'accusé, soulignant comment cette *justice* est totalement inféodée au pouvoir politique et obéissante au KGB [1].

Nous aurions aimé terminer ce chapitre sur quelque histoire édifiante dont raffole la presse soviétique, sur une note optimiste telle l'épopée d'un ancien criminel devenu membre exemplaire du PC. Malheureusement, malgré de longues recherches, impossible de trouver, même en URSS, de tels contes moraux. Les journaux sont remplis de récidivistes. Pas de prisonniers modèles. Les anciens détenus vous parlent de leur impossibilité de repartir du bon pied. Malgré le salaire du Goulag, inscrit au règlement, malgré la formation professionnelle (à peine effleurée, il est vrai), ils se retrouvent à la rue, les poches vides et frappent à des portes qui ne veulent pas s'ouvrir. C'est à se demander si Olga n'a pas raison quand elle affirme que *« tout cela est prévu »*. Comme si le Goulag, en plus de la relève naturelle, dévorait toujours plus de main-d'œuvre...

Voilà comment le Goulag, qui accueille le novice avec de réconfortants slogans, laisse sa profonde et indélébile cicatrice sur quiconque y pénètre. Détruits, trente ans plus tard, les réhabilités de Khrouchtchev. Paumée, Olga. Anéantis, les *politiques*. Broyés, les oubliés des camps spéciaux ou des asiles psychiatriques, coupables de la plus dangereuse des maladies mentales : celle de penser. Tous ces gens-là parlent une autre langue, respirent différemment, ont un regard également différent. Telle est la véritable loi du Goulag. Personne sans doute ne peut les comprendre ni les croire. Cela signifierait, déjà, marcher vers son propre Goulag, se faire leur complice. Ce n'est pas un hasard si le proverbe du Goulag proclame :

« Quand tu es tombé dans le cercle, tu n'en ressors plus jamais. »

Qui, aujourd'hui, osera nier cette vérité? Ceux-là même qui, en pleine ère stalinienne, se faisaient les avocats bénévoles du Goulag, après avoir nié purement et simplement son existence? Car il s'est même trouvé, en France, des chantres du Goulag!

Les *Lettres françaises* du 17 novembre 1949, tirées à 200.000 exemplaires, affirmaient en effet sous la plume de Pierre Daix :

« Les camps nazis ont poussé (l'exploitation de l'homme par l'homme) à son paroxysme, à son achèvement. Mais les camps de rééducation de l'Union soviétique sont le parachèvement d'autre chose, de la suppression complète de l'exploitation de l'homme par l'homme. La marque décisive de l'effort, par le socialisme vainqueur, d'achever la libération des hommes. [2] »

Et d'ajouter en toute tranquillité :

« En tant qu'ancien déporté, je vois dans ces camps le plus sûr gage que jamais plus nous ne connaîtrons les horreurs des camps nazis. Je suis reconnaissant à l'Union soviétique de cette magnifique entreprise (...). »

Effarant! Les millions de victimes du Goulag, hier, aujourd'hui et demain, sont-elles également reconnaissantes à l'URSS de cette *magnifique entreprise,* puisqu'il s'agit bien d'une *entreprise?*

Et alors que des millions de Soviétiques innocents, des milliers d'authentiques communistes, souffraient dans le Goulag, Maurice Thorez lançait avec une belle conviction :

« Il n'est pas de jour sans que s'affirme, par mille témoignages plus émouvants les uns que les autres, l'attachement profond et raisonné des travailleurs du monde entier pour le meilleur des hommes, pour le premier des combattants de la liberté et de la paix, pour le géant de la pensée et de l'action révolutionnaire », Staline. Ou encore : « Un long cri d'amour, de confiance et de gratitude, jailli de millions et de millions de poitrines, exprimé en cent langues différentes, retentit aujourd'hui à travers le monde : VIVE STALINE! [3] »

Quant à Jean Kanapa il écrivit tout simplement, à la mort de Staline [4] :

« Nous perdons le plus grand humaniste de tous les temps. »

A cette époque, alors que depuis longtemps étaient dénoncées les atrocités des camps soviétiques, le PCF continuait à s'extasier – oui, à s'extasier! – sur le Goulag. L'avocat du Parti communiste français Marcel Willard lançait dans *Démocratie nouvelle* de janvier 1950 : « Ce sont les champions de l'esclavagisme moderne qui osent parler d'enquête sur le *travail forcé* en URSS (...). Moi, j'ai pu toucher du doigt une des réussites les plus convaincantes, les plus bouleversantes du régime soviétique : les camps de travail! » Et de se réjouir : « Pas de place là-bas pour les parasites! »

Tous au Goulag!

Ils ont écrit cela. Ils ont (peut-être) cru à cela. En tout cas, ils ont voulu nous en convaincre...

NOTES DU CHAPITRE 7

1. Dina Kaminskaya, *Avocate en URSS*, éd. Robert Laffont.
2. Cité par Bernard Legendre, *Le Stalinisme français*, éd. du Seuil.
3. In *Hommage à Staline*, « Les cahiers du communisme », janvier 1950, p. 12-13.
4. In *La Nouvelle critique*, mars 1953.

Conclusion

COMMENT LES DICTATURES FINISSENT

Étonnante URSS! Après la révélation de l'utilisation monstrueuse du Goulag par Staline, après le serment de Khrouchtchev pour que de tels événements ne se reproduisent jamais, il ne s'est pas trouvé un seul Soviétique pour proposer : « Rasons le Goulag! » Non, à aucun moment, l'idée n'a effleuré la Russie. Et l'instrument de répression de masse est resté là, debout, avec ses miradors, ses barbelés. Pire : avec ses gardiens et ses détenus. Comme si chacun voulait jouer avec le feu et permettre, précisément, à l'Histoire de se répéter un jour.

Certes, le régime intérieur du Goulag a changé ainsi que son recrutement. Certes, les hommes y sont moins nombreux qu'autrefois. Mais l'URSS compte malgré tout cinq fois plus de détenus que les États-Unis, ces prétendus champions de la criminalité. La survivance de ce phénomène concentrationnaire appelle deux séries de questions essentielles :

1. L'URSS peut-elle échapper au système du Goulag? Peut-elle s'en passer ou est-il au contraire nécessaire à la survie du régime? Sans cela, à quoi bon le Goulag?

2. Un tel régime politique, basé jusqu'à preuve du contraire sur la sanction ou la peur de la sanction (du Goulag) est-il viable? En d'autres termes : l'URSS sur-

vivra-t-elle au Goulag? Ou va-t-elle en mourir asphyxiée, à force d'asphyxier les hommes?

Autant de questions abruptes mais historiquement légitimes. 6 millions de prisonniers sous Staline, 3 millions sous Khrouchtchev, de 2 millions à 2 millions et demi sous Brejnev. Combien sous Andropov? Combien demain?

Car l'URSS n'est jamais à court de détenus. Il n'y a ni pénurie ni rupture de stock sur cette denrée-là. Le régime sait et a toujours su en produire, en grand nombre, bien qu'ayant *« supprimé les causes du crime »*. Faut-il en conclure que les millions d'hommes du Goulag sont de *faux coupables?* D'une certaine façon, oui.

Staline l'avouait presque, lui qui, en l'espace de quelques heures, vous transformait un héros en ennemi du peuple, qui avait imaginé des Plans d'arrestations comme il avait imaginé des Plans de production pour l'industrie lourde. Mais aujourd'hui, le Goulag accueille encore des criminels fabriqués.

Le mal-pensant, le dissident, le délinquant politique, le condamné pour propagande antisoviétique, tous promis au Goulag, sont-ils réellement des criminels?

Le parasite, coupable de refuser un travail imposé par un État qui nie le droit de discuter le contrat, de choisir son poste, de revendiquer, qui garantit généreusement un salaire mensuel de 100 ou 150 roubles (1.000 ou 1.500 francs) ne donnant même pas accès à l'équivalent en marchandises en raison de la pénurie, est-il un criminel?

L'étudiant, interdit de sortie de son pays, interdit de visite chez des étrangers, qui n'a le droit de lire que la presse du Parti, les livres visés par le Parti, d'étudier l'Histoire revue et corrigée par le Parti, de voir les films mutilés par la censure, etc., et qui se procure au marché noir revues, disques, livres interdits ou en provenance d'Occident, est-il lui aussi un criminel?

L'employée à 80 roubles par mois, vivant en appartement communautaire, ayant spéculé sur quelque produit *défitsitny* (déficitaire) pour s'offrir un flacon de parfum importé ou une robe représentant trois fois son salaire ou un jean à 200 roubles au noir, est-elle une délinquante?

Tous, pourtant, sont des criminels aux yeux de la loi soviétique. Ils constituent, eux aussi, la population du Goulag. On peut même considérer qu'ils y sont en majorité. Faisons un rapide et logique calcul : à populations comparables, URSS et États-Unis devraient sécréter un nombre comparable de délinquants de droit commun (assassins, violeurs, voyous, etc.). L'URSS aurait alors environ 400.000 détenus (ayant soi-disant supprimé les maux capitalistes, elle devrait même en compter beaucoup moins que les États-Unis!). Or ils sont au minimum un million et demi de plus, un million et demi de *criminels* selon les normes soviétiques. D'hommes ou de femmes enfermés pour des actes qui, à l'Ouest, ne seraient pas criminels.

Voilà une notion fondamentale, à ne pas perdre de vue tout au long de cette démonstration. Car c'est dans ce contexte, avec ces critères de culpabilité, que l'on envoie au Goulag des citoyens ordinaires. Et c'est encore dans ce contexte que la répression ou la reprise en main est à nouveau d'actualité à Moscou.

1. L'URSS EST-ELLE VOUÉE AU GOULAG?

Leonid Brejnev a réalisé le nettoyage politique, en bâillonnant la dissidence jusqu'à l'humiliation. Le dernier des mouvements organisés de contestation, le Groupe de surveillance des accords d'Helsinki, a dû se saborder en septembre 1982... faute de combattants en liberté.

Le successeur s'attache donc à normaliser à présent la société civile, partant en croisade contre ces Soviétiques ordinaires qui s'opposent à l'édification du socialisme comme M. Jourdain fait de la prose : sans le savoir. Soviétique moyen – Tovarichtch tout le monde – qui vole l'État, qui corrompt, qui traîne des pieds, qui aime trop la vodka. Mais, comme ce Soviétique vole, corrompt, traîne des pieds, boit, en raison de ses frustrations liées aux ratés du système, c'est le régime qui s'est fabriqué 275 millions d'alibis rendant vulnérables 275 millions de citoyens. A un moment ou à un autre de son existence, chaque Soviétique sort forcément de la légalité pour survivre.

Dans ce cadre, qui explique comment le régime se maintient, l'État (en fait, le Parti) désigne ses victimes, ses criminels : impossible d'arrêter tout le monde. Il y a forcément les chanceux et les malchanceux. L'arbitraire. Une fois encore : en URSS tout a une signification politique (même le sport, même l'art, même l'humour...), si bien que le Parti lance des campagnes d'arrestations (sus aux corrompus, sus aux spéculateurs, etc.) comme les firmes capitalistes lancent des campagnes publicitaires.

Nous assistons exactement à cela, actuellement à Moscou. Écoutez le ministre de l'Intérieur, Vitali Fédortchouk : « Tous les organes qui relèvent de l'Intérieur seront purgés des éléments immatures du point de vue moral et idéologique », promet-il [1]. Il annonce son intention de transformer la police « en une arme efficace contre la criminalité ». Qui a dit qu'elle ne l'était pas? Et il investit son ministère avec cent incorruptibles du KGB. Son prédécesseur, ami personnel de Brejnev dont il fut voisin de palier, a été démis de son poste, exclu du Parti et se voit menacé d'un procès infamant : ce super-flic, un des piliers du régime, avait monté un réseau de corruption sur l'ensemble du pays et accumulé une fantastique fortune.

D'autres limogeages ont suivi dans la police, au sein du Parti, dans les ministères à Moscou et dans les Républiques, dans les syndicats. Partout. Jusqu'au comité des sports.

Parallèlement des pratiques oubliées remontent à la surface. Les journaux encouragent la délation, les agents du KGB tendent des guets-apens aux miliciens pour démasquer les corrompus, les fouilles de voitures particulières, de taxis, de camions se multiplient pour tenter d'intercepter les trafiquants. Dans les magasins, les cinémas, sur les marchés, jusque chez les coiffeurs, la police organise des contrôles d'identité d'envergure, afin de repérer les tire-au-flanc, ceux qui désertent les bureaux ou l'usine durant les heures de travail. Mais il s'agit souvent de l'unique solution pour trouver quelques produits dans les magasins. Le provincial qui venait s'approvisionner à Moscou doit présenter son livret de travail au guichet de la gare. Là encore, en cas d'absence injustifiée, il sera renvoyé à l'usine. Selon la presse officielle, 500.000 visiteurs sont ainsi refoulés chaque jour de la capitale. Comment se nourrissent-ils à présent?

Les juges seront forcément appelés à collaborer à cette tentative de reprise en main générale lancée dès novembre 1982. Et forcément, il en résultera une augmentation de la population des camps, augmentation que personne ne pourra chiffrer : secret d'État.

Impossible d'énumérer toutes les mesures de normalisation adoptées depuis 1982 dans cette URSS qui n'avait pourtant pas la réputation d'être outrancièrement laxiste. Les commissaires politiques ont été rétablis dans la police sur décision du Politburo [2]. Une structure du KGB par entreprise, supprimée dans les années de la déstalinisation, a été réhabilitée, selon des informations obtenues de bonnes sources. Le comité central publie des directives et le gouvernement vote des décrets allant tous dans le même sens : l'étau se resserre sur le citoyen. Congés annuels amputés en fonction de l'absentéisme (les vacances sont de dix-huit jours pour les ouvriers en moyenne), mutation des salariés alcooliques à des postes moins rémunérés, réparation financière, par le fautif, des erreurs professionnelles [3]. Or, dans ce système sans contre-pouvoir, où la voix du *chef*, du responsable du Parti, l'emporte sur celle du citoyen dépourvu le plus souvent de recours, voilà de nouvelles armes pour mater également les fortes têtes.

Fédortchouk réclame la sanction : « Pas de clémence à l'égard de ceux qui auraient dû être châtiés depuis longtemps. [4] » Une façon de dire que l'ancienne direction a été beaucoup trop indulgente et que les choses vont changer. Il secoue d'ailleurs, dans la *Pravda*, cette police qui aurait permis la montée de la criminalité, de l'alcoolisme, de la fainéantise, de la concussion, de la spéculation et du pillage des biens socialistes.

Le système donne des alibis au système : cette reprise en main musclée trouve en effet sa légitimité dans le délabrement de la société. Mais, là encore, à qui en incombe réellement la faute? A ces petits saboteurs du socialisme réel en panne? Ou au régime? N'y a-t-il pas hypocrisie à découvrir aujourd'hui ces maux qui ont toujours existé en URSS, puisqu'ils sont engendrés par le soviétisme? C'est le marché noir, le trafic des devises, la corruption, la pénurie, le vol généralisé, le capitalisme rampant, l'économie parallèle qui viennent autant au secours de l'économie officielle qu'ils ne la minent [5].

Le Goulag comme stimulant

Pour échapper à ce cercle vicieux, pour s'extraire de ces défauts structurels, le régime doit tenter une réforme en profondeur de l'économie mais aussi des mentalités. Personne ne l'ignore. La plupart des dirigeants s'y sont risqués et ont échoué. Car il s'agit bien de s'y risquer!

La réforme de la société soviétique implique en effet la remise en cause des dogmes les plus fondamentaux et le moindre changement a des répercussions incalculables, difficiles à contrôler, dans cette URSS où toute décision transite obligatoirement par le Politburo. Les communiqués hebdomadaires de cette instance suprême du pouvoir soviétique nous apprennent en effet que les 13 membres du Politburo décident, certes, des programmes militaires, des Plans quinquennaux ou de la ligne idéologique mais aussi de la ligne... de chemin de fer secondaire du Caucase, de l'heure d'ouverture des épiceries, du prix des sous-vêtements féminins, etc. Dans ce contexte, tirez sur un fil et toute la construction risque de s'effondrer.

Celui qui tentera une réforme – que chacun ressent pourtant comme vitale – devra donc prévoir, d'abord, des garde-fous. Et là encore, le régime n'a rien trouvé de mieux que le Goulag, nous allons voir pourquoi.

Youri Andropov, quel que fût son initial projet pour la Russie, n'a pas pu y échapper. On lui a prêté une doctrine – sans pouvoir la définir – et quelques idées. Il s'est dit pragmatique au royaume du dogmatisme. Premier véritable intellectuel à diriger l'URSS depuis Lénine, comme aiment à le souligner ses partisans, il aurait l'esprit ouvert. Son ambition avouée : rendre économique l'économie. Jolie formule pour dire que la machine soviétique, immense et vétuste, doit enfin devenir efficace, rationnelle et productive. Les propositions d'Andropov? Conférer une certaine souplesse à la planification, fondement du système, rigide jusqu'à la caricature, accorder plus d'autonomie aux entreprises industrielles et agricoles, concéder quelques responsabilités aux travailleurs et aux dirigeants intermédiaires, raisonner autant en termes de qualité que de quantité (le critère actuel de production est le poids, pour l'automobile, l'habillement, l'électroménager, etc.), récompenser le bon ouvrier et pénaliser le paresseux.

Cet énoncé séduisant contient cependant ses propres limites et, pour le régime, ses dangers.

1. Limites, car toutes ces excellentes idées – ou ces évidences? – ont déjà été avancées et débattues puis étouffées depuis fort longtemps en URSS. Peut-être en parlait-on déjà au palais d'Hiver!

Depuis des décennies les plus audacieux des économistes soviétiques publient, régulièrement dans les mêmes journaux officiels, les mêmes thèses originales et inédites. Et seuls quelques kremlinologues sans mémoire s'y laissent prendre...

2. Danger, car leur application remettrait en cause la philosophie même du système. Si toutes ces tentatives échouent, c'est qu'elles se heurtent au veto des gardiens du dogme défendant le soviétisme tel qu'il est, ainsi que leur propre situation. Ils ont très bien compris que leur pouvoir n'est pas compatible avec un pouvoir concurrent de gestionnaires.

La preuve? En 1965 une expérience fut tentée : la moitié du personnel d'une entreprise fut licenciée et les salaires des employés non congédiés furent augmentés. On constata que la production y gagnait en qualité et en quantité. Miracle? Non : sacrilège! Moscou mit fin précipitamment à cette tentative de rendre économique l'économie. La démonstration n'était pas acceptable. On préféra produire moins, moins bien et plus cher. Mais dans le cadre d'une planification totale dictée depuis la capitale.

Ou encore : en 1964 les paysans revendiquent le droit d'ensemencer leurs champs en fonction des conditions locales et non plus sur ordre de Moscou. Khrouchtchev trouve la requête évidemment justifiée [6]. En 1984, les paysans soviétiques continuent à semer sur ordre de Moscou. Et tant pis s'il gèle le lendemain. Et tant pis si les champs sont inondés. L'important est que la décision vienne de Moscou. On n'abandonne pas une parcelle du pouvoir quand on a tout le pouvoir.

Youri Andropov, d'ailleurs dépositaire suprême des intérêts du Parti, l'a toujours su. Et lui non plus ne pouvait échapper à la loi du Goulag. Avant d'amorcer toute réforme, il devait rassurer ses pairs, leur garantir que toute évolution serait, toujours, sous le contrôle du Parti. Les persuader que tout dérapage de type polonais et que tout débordement seraient impossibles car le régime resterait le plus fort, le maître du jeu.

Or, quelle meilleure garantie que le Goulag?

Grâce au Goulag, la population reste sur la voie tracée par le Parti, quelle que soit cette voie. Et voilà le Goulag utilisé comme *stimulant par défaut :* au-delà de cette limite, arrêtée par le PC, c'est le Goulag. La population adhère donc au projet pour échapper au camp. Celui qui ne respecte pas la règle du jeu est déclaré criminel, saboteur, ennemi du peuple, parasite – qu'importe! – et orienté vers le Goulag. Impossible donc de se soustraire à cette règle quelle que soit l'évolution du régime : ouverture ou fermeture.

Chez les dirigeants russes, il s'agit d'un réflexe de Pavlov : brandir la menace du Goulag, au moindre risque pour le régime. Or un système non démocratique – c'est-à-dire dirigé contre l'homme – court des risques permanents. Il peut difficilement se permettre des périodes de relâchement. Sans le Goulag, le régime soviétique se sentirait nu : Que dire au peuple pour qu'il avance? Il ne s'agit pas d'un hasard si le flot des déportés du socialisme réel commence à couler dès la fin novembre 1918, quand Lénine proclame comme objectif prioritaire le *« nettoyage de la terre russe de tous les insectes nuisibles »*. L'Histoire montrera combien nombreux sont ces insectes!

Lénine lui-même parachève cette démonstration sur la nécessité du Goulag pour le soviétisme. En janvier 1918, il cite les camps de travaux forcés *les plus durs* en tête des insecticides préconisés par le régime. Et son article s'intitule : « Comment organiser l'émulation. » C'est Lénine qui le dit : le Goulag comme stimulant.

Dans l'inconscient collectif

Ainsi, même en période de détente, le Goulag doit rester ancré dans l'inconscient collectif d'une population qui n'a pas le libre choix de son mode de gouvernement. Il entretient un sentiment d'insécurité individuelle permanent, plus ou moins prononcé selon les époques, sentiment lui aussi nécessaire à la stabilité du régime.

Le Goulag est la représentation palpable du danger qui menace le citoyen. Ainsi peut-on expliquer à la fois l'ampleur du phénomène du Goulag et sa continuité. Depuis 1917, les camps font partie intégrante du système de contraintes dont l'unique objectif est d'amener la population à adhérer unanimement au projet communiste.

Dans ce contexte, tout est légitime : déportations, purges, exécutions, sacrifices, libertés bafouées, frontières fermées. Oui, tout cela est acceptable puisqu'il s'agit de construire le communisme, société inconnue mais *a priori* la meilleure pour l'homme. Le crime consiste au contraire à douter de la méthode choisie pour y parvenir.

Le Goulag n'est donc qu'un mal nécessaire dont il faut rejeter la responsabilité non pas sur les dirigeants soviétiques, mais sur ceux qui en sont les victimes. Par leurs actions, leur scepticisme, leur dissidence ou leurs haut-le-cœur, ils retardent l'avènement du communisme. Les traîtres!

Les camps resteront donc au centre du paysage soviétique, un peu comme l'Église sous d'autres cieux : tous n'y vont pas, mais personne ne peut en ignorer l'existence.

Hier le Soviétique disait adieu à sa famille avant de se rendre au travail, puisque l'arrestation pouvait frapper n'importe qui, n'importe quand et n'importe où. Sans motifs. Les temps ont changé et les Russes commencent à respirer. Enfin, ils vivent. Le Goulag n'est plus leur obsession première. Mais il reste en arrière-fond : non plus un passage obligatoire, mais une possibilité. Tel est son intérêt ou sa fonction. Telle a été la condition nécessaire et jusqu'à présent suffisante pour la survie du régime. A tel point qu'État et citoyen ont fini par passer un accord implicite : en échange de sa docilité politique, le Soviétique ordinaire bénéficie d'une relative tranquillité dans sa vie privée. Comme quoi intérêts de l'État et du particulier coïncident parfois!

Il faut en retenir la précarité de toute situation en Union soviétique (c'est la base du système), c'est-à-dire que la sécurité est un privilège provisoire accordé par le Parti aux *bons citoyens* et révocable à tout instant.

Deux illustrations de ce principe.

1. Nikita Khrouchtchev autorise la publication du premier récit de Soljenitsyne, mais cela n'annonce ni l'abolition de la censure, ni le droit de contester ou d'écrire l'histoire selon son authenticité, ni la reconnaissance d'un statut officiel pour l'écrivain et encore moins une évolution libérale irréversible du soviétisme.

Plus que quiconque, Soljenitsyne est conscient de la précarité de sa situation : c'est le Parti qui lui accorde la dérogation exceptionnelle du droit de parole (droit élémentaire dans d'autres pays), en fonction d'intérêts du Parti (Khrouchtchev se sert de l'auteur maudit pour mettre en difficulté les staliniens). Finalement Soljenitsyne sera écrasé par le même Khrouchtchev. Ce risque était connu *a priori*. Cela entre dans la logique du système et personne ne peut y échapper. Même pas, ironie du sort, Khrouchtchev. Sans ces sanctions, tout le monde s'engouffrerait dans la brèche...

2. Leonid Brejnev laisse se développer la dissidence dans les années 70 au point que des opposants peuvent s'organiser et tenir des conférences de presse à Moscou (pour exportation uniquement, le peuple soviétique n'ayant évidemment jamais eu accès à leurs idées). Mais là encore il s'agit d'une tolérance nécessaire au Parti : la conférence d'Helsinki est dans l'air, l'URSS doit donner des gages d'ouverture, rassurer les interlocuteurs occidentaux afin d'obtenir d'appréciables concessions. Ces avantages acquis, Brejnev peut décapiter la dissidence qui ne lui sert plus à rien.

L'Occident éprouve quelque difficulté à saisir ce type de raisonnement. Le Russe, lui, sait parfaitement la disproportion qui existe entre le risque encouru (en cas de dissidence) et la possibilité effective de changer les choses en URSS. La preuve : les dissidents des années 70 ont tous goûté au Goulag. Le Goulag a encore parfaitement fonctionné. Il a rempli sa mission.

La Chaussée des Enthousiastes

Le soviétisme est encore plus subtil. Le Goulag lui sert parfois d'alibi. Dans l'esprit des dirigeants, il n'est pas le reflet ou l'expression des échecs d'un système qui n'est pas parvenu à reforger l'homme ni à satisfaire ses besoins essentiels. Non! Il est au contraire la preuve que le soviétisme peut fonctionner.

Suivez le raisonnement avancé par Lénine, Staline, Khrouchtchev, Brejnev, Andropov : « Le socialisme réel aurait depuis fort longtemps surmonté ses difficultés (passagères) s'il n'y avait pas cette armée de saboteurs! »

L'idée est celle-ci : le peuple n'a rien à se mettre sous la dent? Ce n'est pas la faute au régime, mais aux ennemis du peuple. Arrestations. Goulag. Le peuple n'a rien à se mettre sur le dos? N'accusez pas l'économie officielle, mais les saboteurs. Arrestations. Goulag. Il y a crise industrielle, crise agricole, crise du logement, crise de conscience? C'est encore et toujours la faute aux saboteurs, aux mauvais citoyens.

L'URSS-seconde-puissance-du-monde, riche en pétrole, en matières premières, en territoires, en main-d'œuvre bon marché corvéable à merci, en forêts, en eau, en or, etc., est... pauvre. N'incriminez pas le régime : les responsables ne sont pas au Kremlin, mais dans la rue. Ce sont, depuis 1917, ces cadres sans conscience, ces ouvriers paresseux ou alcooliques, ces fonctionnaires corrompus, cette jeunesse futile [7]. Tel est le discours officiel, de Lénine à Andropov. Et tant pis si aucun chef d'État et aucun patron capitalistes n'oseraient parler ainsi sous peine de provoquer des émeutes.

Les responsables soviétiques s'en sortent avec une telle pirouette. La preuve qu'ils ont raison : le Goulag est rempli de... saboteurs. Vous n'allez tout de même pas laisser en liberté ces insectes nuisibles! Impossible, une fois encore, d'échapper à cette logique.

Il est, de Moscou en Sibérie, une longue route qui conduisait les bagnards des tsars à l'enfer. Les premiers révolutionnaires, faisant table rase du passé, ont baptisé cette voie la Chaussée des Enthousiastes. Un symbole :

désormais plus un seul homme enchaîné n'emprunterait ce sinistre chemin. La riche et cruelle Sibérie serait mise en valeur par les seuls volontaires du socialisme, des Enthousiastes. Hélas! Depuis le généreux serment, des millions et des millions d'hommes entravés, dont beaucoup ne sont jamais revenus, ont quitté Moscou par la Chaussée des Enthousiastes. Le fleuve des prisonniers du Goulag socialiste n'a cessé de connaître des crues, de gonfler au point d'être infiniment plus puissant que le flot des condamnés des tsars. Si bien que le symbole se retourne contre le nouveau régime : est-ce avec ce genre d'enthousiasme que s'édifie la société socialiste?

Témoin cette réflexion amère d'un rescapé du Goulag : « L'URSS s'est construite gratuitement, avec nos bras de bagnards. Des centaines de villes nouvelles, des milliers et des milliers de kilomètres de voies ferrées, des dizaines de milliers d'usines... oui, gratuitement, avec nos millions de bras. »

Désespérante Histoire. Non seulement personne n'a osé suggérer, en URSS, l'abolition des camps, mais les Goulags staliniens ont été conservés dans leur état d'origine. Pire : ils sont toujours entretenus par l'administration, prêts à resservir. J'avance cette révélation en m'appuyant sur trois sources parfaitement sûres et d'horizons très différents : sources indépendante, officielle et dissidente.

Le fils d'un artiste célèbre qui fut chantre de Staline m'a raconté comment son père lui avait fait visiter dans les années 60 d'anciens camps staliniens situés dans le Turkestan (République musulmane du sud de l'URSS). Ces camps de concentration étaient désaffectés mais très régulièrement entretenus. Mon interlocuteur – témoin direct – avait été fortement marqué par cette visite : « Les camps étaient déserts et immenses, sinistres. Tout était en place, jusqu'aux couverts de fer-blanc sur les grandes tables de bois. Il y avait là quelques gardiens qui semblaient attendre les détenus. Les voies ferrées arrivaient jusqu'aux camps. »

Précision glaciale : « Mon père était venu pour le repérage d'un film sur les horreurs nazies. » Et une interrogation, une énigme : « Je n'ai jamais compris pourquoi mon père a tenu à me montrer ce spectacle, à moi qui étais enfant tandis que lui était un stalinien de la première heure. Peut-être a-t-il voulu me suggérer la dimension de la folie et de son erreur? Ces choses-là, ils ne pouvaient pas les dire avec des mots. »

Un peu plus tard, un rescapé des camps me conta une histoire similaire. Condamné dans les années 75 pour propagande antisoviétique, il avait vu ces anciens camps se dérouler sur des kilomètres lors d'un transfert en train, dans la même région. Il avait noté : « Les bâtiments étaient très propres. Il y avait même des peintres au travail. Ils rénovaient les baraquements. »

Enfin, à Moscou, un fonctionnaire du Parti me confirma la véracité de ces témoignages. Non seulement les anciens camps étaient toujours debout, mais ils dépendaient toujours de l'administration du Goulag et entraient dans les Plans d'entretien. Fort de cette confirmation, je publiai donc depuis Moscou l'information et je ne fus jamais démenti par les autorités.

On peut donc en conclure que ces camps (qui contrairement à Auschwitz n'ont pas été transformés en musées dans l'espoir que ces choses-là ne se reproduisent plus jamais) pourraient accueillir en quelques jours des centaines de milliers de détenus supplémentaires. Ce sont des sortes d'*en cas où,* des soupapes de sécurité. Cela aussi doit être gravé dans l'inconscient collectif.

2. L'URSS SURVIVRA-T-ELLE AU GOULAG?

Je ne suis pas persuadé que le lecteur occidental soit réceptif à ces vérités. Les mains coupées des années 80 ne lui parviennent sans doute pas plus que celles des années 20. Peut-on seulement rapporter les informations qui circulent dans les camps soviétiques, aujourd'hui, sur le nombre des détenus? On y dit qu'un Soviétique sur dix goûte à la vie des camps au moins une fois dans son existence. On y dit encore qu'une bonne partie des morts attribués à la Seconde Guerre mondiale (20 millions) ont en réalité péri dans les camps staliniens. Et il est vrai que jusqu'en 1953 le chiffre officiel des pertes de la guerre était de 7 millions de tués (chiffre qu'avançait Staline lui-même). Le recensement fit apparaître un *déficit* de 20 millions de personnes... la guerre servit d'alibi, disent les détenus des camps. Seront-ils confirmés par l'Histoire officielle? Nos manuels scolaires poseront-ils seulement, chez nous, la question? Car les Soviétiques nous ont imposé jusqu'à leur version de l'Histoire, que nous recopions docilement, comme nous avons recopié leurs fabuleuses statistiques. Il aurait pourtant suffi d'additionner les données du Kremlin... pour découvrir que l'URSS nourrit la terre entière, qu'elle n'importe pas un seul grain de blé, qu'elle est le premier producteur mondial d'automobiles, que chaque Russe possède trois maisons et quinze paires de chaussures. Pourquoi sommes-nous si méfiants avec nos propres chiffres et tellement confiants sur les chiffres des Soviétiques?

Mettre en doute, en Occident, la propagande de l'URSS est assimilé à un crime au sens soviétique du mot : « Vous faites de l'antisoviétisme » (délit puni par la loi à Moscou), sous-entendu : « Vous êtes malhonnête intellectuellement » ou « Vous êtes à la solde de la CIA ». Cela, personne ne l'accepte : critiquer l'URSS est suspect. Vous êtes donc suspect. Mais ceux qui donnent une image idyllique de l'URSS, et notoirement fausse, se posent en censeurs avec la plus belle assurance. Ceux qui, en 1950, faisaient l'apologie du Goulag ou de Staline, ceux qui ont vu *le blé déborder le cercle polaire* ou, comme *L'Humanité* le 27 septembre 1949, *la ligne des vergers monter vers le* (même) *cercle polaire*, se posent en Procureurs de la Vérité! A moins qu'ils ne s'écrient, comme cette militante communiste à la lecture d'un livre sur le crime en URSS : *« Même si c'est vrai, il ne faut pas le dire. »* Laissons rêver Billancourt!

Tout esprit quelque peu critique doit pourtant se poser la question essentielle et de simple bon sens : un tel régime basé sur la répression et sur la contrainte est-il viable? Ou encore : une dictature, même prolétarienne, a-t-elle un avenir?

Pour avoir observé de l'intérieur l'Union soviétique, pour avoir mis le doigt sur ses blocages, constaté ses échecs flagrants et perçu les murmures de la population, je suis convaincu que l'URSS est prise dans un cercle suicidaire, comme tout système totalitaire l'est à long terme.

La raison fondamentale mais non unique s'énonce logiquement : seule la démocratie, par l'adhésion authentique du plus grand nombre, par la non-discrimination, par les apports les plus variés qu'elle appelle et accepte, peut engendrer l'efficacité durable de l'économie, le développement de l'esprit dans tous les domaines, donc de la recherche, base de la prospérité et de la santé des sociétés modernes.

Si personne ne conteste ce principe pour peu qu'il

s'agisse des dictatures de droite, beaucoup font mine de l'ignorer dès que l'URSS est en cause. Que le miracle économique ait échoué au Brésil, que Pinochet ait conduit le Chili à la catastrophe, que les colonels grecs se soient écroulés, que les généraux turcs soient voués à la disparition, tout cela est normal. C'est le sens de l'Histoire. Mais, qu'au bout du compte, les régimes dictatoriaux soi-disant socialistes s'effondrent – pour la même raison de l'asphyxie – ne semble plus du tout logique. Les révoltes hongroise, tchécoslovaque, polonaise et les incroyables retards, bavures ou ratés de l'URSS n'y font rien : certains esprits se voulant démocrates pensent que le soviétisme peut prospérer sans être démocratique.

Pour mieux s'en persuader, les voilà admiratifs devant le bilan globalement positif de soixante-cinq ans de soviétisme et dénigrant le bilan franchement négatif du capitalisme. Dieu! que la crise est belle à l'Ouest. Marx! que la prospérité est triste à l'Est. Mais ne serait-il pas temps de replacer le pseudo-miracle soviétique dans son véritable contexte? Cauchemar pour la population au point que le pays doit toujours rester hermétiquement fermé et échec de la collectivisation.

Les ratés du régime et l'incapacité de l'économie à décoller, à répondre aux aspirations, ne serait-ce qu'essentielles de la population, sont bien le résultat des défauts intrinsèques de tout système totalitaire. Ce régime a déjà amorcé son déclin : non seulement il piétine, mais il commence à sombrer dans un nouveau sous-développement. Deux indices : l'espérance de vie recule en URSS depuis dix ans (phénomène unique au monde) et est de neuf ans inférieure à celle de la France, tandis que l'URSS n'a plus produit ces dernières années aucune des grandes découvertes de l'humanité.

En observant attentivement l'URSS, en disséquant son système social articulé autour de la répression (tellement sophistiquée que le milicien n'est pas nécessaire, le citoyen étant en permanence l'otage de l'État pour son travail, son logement, son approvisionnement, son éducation, sa liberté, ses déplacements, etc.), en regardant de près cet ensemble qui ne cesse d'intriguer le monde, on devine COMMENT LES DICTATURES FINISSENT OU FINIRONT.

Certes, oser pronostiquer la chute finale du soviétisme est fort mal ressenti. Cela sonne comme un blasphème, puisque la force provoque toujours une impression certaine, sinon une démission *a priori* de l'autre camp. A l'opposé, l'annonce de la faillite de notre propre société est chose naturelle, peut-être même prisée. Nous ne survivrons pas aux assauts répétés et destructeurs du communisme, nous dit-on. Nos démocraties sont vulnérables. Déjà, elles sont à l'agonie et voilà que, grâce aux sondages, les populations des pays libres se préparent à accueillir l'envahisseur : en cas d'agression soviétique, nous serons tous des *collabos,* révèlent les instituts les plus sérieux. Plutôt rouges que morts.

On ne peut que méditer sur le cri d'alarme lancé par Jean-François Revel sur la façon dont finissent les démocraties. On peut, comme lui, s'inquiéter devant le droit de détruire accordé à ceux qui, officiellement, militent pour le renversement de notre système de libertés [8]. On peut s'étonner que les admirateurs d'un pays où, depuis 1917, tous les *insectes nuisibles,* ceux qui pensent autrement, ont été anéantis, revendiquent haut et fort le droit de participer à la gestion d'un système libéral qu'ils veulent ruiner. Il est vrai, encore, qu'en notre XXe siècle où l'esprit triomphe, seuls 800 millions d'hommes vivent libres, en régime démocratique, alors que nous sommes 4 milliards d'individus. Pour plus de 3 milliards d'êtres humains, c'est la dictature (et pas seulement à l'Est) ou les atteintes aux droits de l'homme. Le soviétisme a exterminé, au nom du communisme, plus de communistes authentiques que tous les autres pays réunis. Comme à l'Ouest, il se trouve des tyrans pervers pour torturer et massacrer au nom du monde libre.

Notre vieille Europe s'en sort mieux. Mais elle n'est pas à l'abri des démons, elle qui dut subir – c'était hier – le nazisme, le fascisme, le franquisme, les dictatures de droite en Grèce ou au Portugal. Elle qui incarna, voilà peu de temps, l'oppresseur dans sa croisade colonisatrice qui tourna au fiasco. Revel est entendu. Nous ne reviendrons donc pas sur une thèse déjà explorée et dont les arguments sont souvent percutants. Mais nous ne partagerons pas le pessimisme des scénarios les plus tragiques pour nos démocraties. Je dirais même que, en passant de l'Est à l'Ouest, il y a quelques raisons d'espérer, d'être optimiste. Car la vie se trouve de ce côté du monde, de notre côté...

La force des démocraties se trouve dans leurs faiblesses, c'est admis. Mais la faiblesse des dictatures réside dans leur force, une force tournée contre l'homme.

La démocratie n'est pas en alerte, elle n'est pas sur le qui-vive et elle joue les insouciantes. On le lui en fait reproche. Mais est-il tellement plus rassurant, tellement plus sain ou confortable de se trouver en état perpétuel de défense, en état de siège, d'autodéfense... contre son propre peuple? Car, pour les dictatures – plus que pour les démocraties – il y a danger permanent.

La démocratie est faible? Mais les dirigeants du Kremlin doivent lui envier sa force : pensez! un régime où les opposants ont pignon sur rue, reçoivent même des subventions, où chacun est libre de quitter le pays et d'y entrer, où il n'y a pas de zones interdites, de psychose de l'espionnage, où l'on joue avec les élections comme avec le feu, où même la télévision d'État présente les aspects négatifs de la vie et donne la parole aux contestataires, oui, un tel régime totalement inconscient, résiste! Plus : il en tire profit. Il utilise, comme dirait Georges Marchais, toutes les forces vives de la nation! Car tel est bien l'atout fondamental, déterminant, des démocraties. Tirer la substantifique moelle de chaque individu, en permettant à chaque individu de s'exprimer. Bien sûr, aucun système n'est parfait. Bien sûr, il subsiste toujours des frustrations et des injustices. Mais personne ne niera que les droits et la possibilité de s'exprimer, de créer, d'inventer, de penser, se situent ici, de ce côté du monde. Et la prospérité, le progrès découlent directement de ces droits. La collectivité dans son ensemble en tire avantage, dans tous les secteurs.

Pendant ce temps, la dictature se heurte à la résistance passive : le peuple insolent refuse de bâtir avec enthousiasme la société de Staline (le dictateur l'avoue ouvertement, obsédé qu'il est par les saboteurs) ou la société d'Andropov. Là-bas, la foule traîne les pieds, elle est triste, fermée. Comparez-la à la foule de Paris, New York, Rome ou Tokyo. Où se situe le dynamisme, l'espoir? Et comparez encore les comportements des sociétés face aux difficultés : laquelle s'adapte le plus rapidement au point de tirer une énergie nouvelle de la crise? On n'a jamais autant inventé à l'Ouest que depuis l'année noire de 1973. On n'a jamais consommé autant : en 1968 les constructeurs français proposent 63 modèles de voitures mais 115 en 1978. En 1983 les Français achètent deux fois plus de postes de radio (ils en possèdent 50 millions) qu'en 1973 et trois fois plus de télévisions en couleurs (2 millions contre 600.000 dix ans plus tôt). Et ces Français tellement « abattus » par la crise, loin d'envier les Soviétiques à l'abri du chômage (selon la propagande), relèvent le défi : en 1980, seuls 30 % d'entre eux aspirent à la seule sécurité économique contre 40 % six ans plus tôt.

Moralité (confirmée par les tendances électorales, notamment le déclin du PCF) : la crise provoque un sursaut au sein des démocraties, mais elle ne donne nullement au citoyen le désir de se laisser *soviétiser*. Dans le même temps, la réalité soviétique nous apparaît sous son vrai visage et nous fait prendre conscience de la valeur de notre patrimoine démocratique. Si l'Occident exerce une fascination réelle et profonde en URSS, la réciproque n'est pas (ou plus) vraie. Nous assistons bel et bien au reflux de la pensée marxiste.

Face aux difficultés, le mot d'ordre des démocraties est : prenez votre sort en main, cherchez, découvrez, créez, parlez. Chacun se prend au jeu, tente de relever le défi sans tabou.

Pendant ce temps, en URSS, le Parti cherche les solutions pour le peuple. Dans un cadre bien précis, très restreint, en fonction d'impératifs idéologiques : il faut que la réalité colle aux Évangiles et surtout que la base ne prenne pas l'initiative. Face à une situation nouvelle et imprévue, la recherche de solutions devra répondre à des Plans (rigides et qu'il faut d'abord élaborer) et se limiter à une élite habilitée par le Parti. La tentative de redressement s'effectuera autant *contre* le peuple (éviter les débordements, préserver le centralisme) qu'*avec* ou *pour* le peuple. L'essentiel n'est pas ici le bien-être de la population, mais la sauvegarde des intérêts du PC, comme on l'a vu en Pologne. Ainsi se sclérose la société russe. Elle se prive, volontairement et par hantise de la remise en cause, de cette richesse première qu'est le cerveau de 275 millions de citoyens. Car ces cerveaux ne peuvent pas et ne doivent pas réfléchir ni chercher en toute liberté. L'hérésie conduit au Goulag ou à la mise au ban de la société. Combien de savants, de techniciens soviétiques ou plus simplement d'hommes animés du simple bon sens ont-ils été déportés pour avoir seulement tenté de démontrer, dans leur secteur, que la terre est ronde? Certains paysans et agronomes ont été internés pour avoir refusé d'ensemencer les champs en plein hiver. L'idée venait du Parti! Quand les faits leur donnèrent effectivement raison, beaucoup d'entre eux étaient déjà brisés. Et le peuple avait faim.

Les Soviétiques n'oublient pas ce genre d'expériences. Ils savent par intuition ce que Balzac formula d'une façon percutante : « Invente, et tu mourras persécuté comme un criminel. Copie, et tu vivras heureux comme un sot. »

En toute conscience, bon nombre de Soviétiques qui ne sont pas sots choisissent la seconde proposition, sachant leur incapacité à changer le régime.

Ici s'impose la comparaison entre le soviétisme du XXe siècle et la Contre-Réforme du XVIe siècle : les mêmes effets produisent les mêmes maux. Chacun admet les désastres causés par la Contre-Réforme dans des pays comme l'Espagne, le Portugal, l'Italie, l'Autriche ou la Pologne. Et chacun sait les avantages que tirèrent au contraire l'Angleterre, les Pays-Bas ou la Suisse qui ne tombèrent pas dans ces excès. L'Inquisition entraîna l'irrémédiable déclin espagnol – sans doute jusqu'à nos jours – tout comme le stalinisme – beaucoup plus meurtrier – a pénalisé et pénalisera pendant des décennies l'URSS où sont décapitées régulièrement les élites. Le soviétisme, comme hier la Contre-Réforme et pour les mêmes raisons évidentes, étouffe le dynamisme. Comme l'a écrit Alain Peyrefitte, décrivant parfaitement l'agonie des sociétés d'intolérance et l'énergie des sociétés ouvertes, « une société est féconde si elle accepte, en elle, des échanges entre les différences » [9]. Or l'URSS n'en tolère aucune. Ou encore : « Une société qui innove est une société où la minorité (qui tire l'ensemble du pays) est assez importante et libre pour agir. Une société figée est celle où cette minorité est réduite et paralysée. » L'URSS est précisément placée dans ce dernier cas. L'innovation y est réservée à une élite des plus réduites, programmée pour résoudre dans un cadre bien précis certains problèmes. Cette élite – non libre de ses mouvements – a été instituée par Lénine dès le début de la Révolution (il s'agissait de s'assurer le concours de quelques ingénieurs et savants en échange d'avantages matériels) et elle a nom Nomenklatura.

Hélas, le progrès authentique et généralisé a besoin de tolérance, de confrontation, de liberté totale et de polycentrisme. La démocratie lui offre ces conditions de développement, mais pas le soviétisme.

Quant aux persécutions et à la répression, elles n'ont jamais apporté aucun bénéfice réel et durable aux sociétés. Or aucun pays n'a jamais programmé aussi systématiquement, sur une période aussi longue et sur une aussi grande échelle, la persécution, sous prétexte d'éliminer les saboteurs. On peut légitimement se demander si l'URSS du XXe siècle ne lance pas l'absurde pari perdu de l'Inquisition. Remplacez le bûcher par le Goulag, multipliez tous les chiffres par 1.000, 10.000 ou 100.000, comparez l'Église et le Parti, etc. [10]

Un régime qui affiche une telle peur de la propagation des idées peut-il réellement espérer se placer ou demeurer en tête des nations évoluées? Peut-il prétendre maîtriser éternellement des technologies de plus en plus sophistiquées? A l'Ouest, l'ordinateur entre dans les foyers, à l'Est la population compte avec les bouliers. A l'Ouest n'importe quel ingénieur, n'importe quel lycéen, est libre de s'informer, de s'abonner à n'importe quelle revue de n'importe quel pays, d'aller et venir, de voyager, etc. A l'Est, on ignore jusqu'à la forme des voitures occidentales et l'accès aux photocopieuses est interdit aux citoyens : ces instruments de multiplication du savoir ont un haut potentiel subversif! Elles peuvent aussi aider à la propagation des idées taboues.

Dans ce contexte le pari perdu de Khrouchtchev, certain de dépasser les États-Unis dans les années 80, n'est ni un accident ni un hasard. Il est la conséquence logique de la dictature. Il est le résultat de la nouvelle Inquisition. Il annonce le déclin du soviétisme. Nier ces affirmations revient à réhabiliter la dictature ou à contester les vertus de la démocratie.

Khrouchtchev était en effet convaincu – et le monde avec lui – que l'URSS irait de succès en succès car il s'appuyait sur les succès apparents de l'Union soviétique entre 1930 et 1960. Que s'est-il passé pour que la machine se bloque, pour que le miracle ne se produise pas? Simplement la dictature du prolétariat a manqué sa véritable révolution technologique. Elle se heurte au mur de la sophistication, elle *décroche*. Impossible de suivre le mouvement qui, à l'Ouest, s'accélère dans toutes les directions. Impossible de développer une technologie de masse, dont les retombées profiteraient à tous, si tous n'y sont pas associés.

Les *succès* des années 30 ou 40 s'appuyaient sur une armée de bras corvéables à merci en des périodes exceptionnelles : terreur stalinienne, guerre, après-guerre. Ainsi peut-on bâtir villes, barrages, voies ferrées, usines qui vont étonner le monde.

Mais la matière grise pose un problème bien différent. 1.000 intellectuels déportés peuvent parfaitement construire une route. Une poignée de savants triés sur le volet, programmés, pourra encore mettre au point la première bombe atomique soviétique, puis placer sur orbite satellites sur satellites. Mais cette même poignée de savants – avec les contraintes du système – ne pourra pas répondre à tous les besoins technologiques de la société. Voilà pourquoi Andropov, comme déjà Khrouchtchev, enrage : « La science est incapable de résoudre les grands maux du socialisme. » Quelle injustice ! Le socialisme n'est-il pas par définition scientifique ? Et la science ne fait-elle pas, cette infidèle, bon ménage avec le capitalisme ? Tout comme le marxisme, philosophie qui glorifie le travail comme humanisant a engendré l'URSS du sous-emploi et des tire-au-flanc, alors que le capitalisme, où le travail est censé aliéner l'homme, engendre le plus de créativité et d'initiative ?

Voilà comment et pourquoi l'URSS piétine. Voilà pourquoi et comment elle produit désormais plus de SS-20 que de prix Nobel, pourquoi elle doit faire appel à la technologie occidentale, pourquoi elle a recours à l'espionnage industriel effréné tous azimuts (pour tenter de compenser son handicap totalitaire, elle doit puiser à l'extérieur son déficit de créativité) et pourquoi aucun produit industriel soviétique sophistiqué ne fait référence sur le marché international. Le miracle de la matière grise est ailleurs : aux États-Unis, au Japon... ces aimants à cerveaux. Pendant ce temps l'URSS doit verrouiller ses frontières pour empêcher ses propres cerveaux (déjà bridés) de fuir. Et, pour elle, il n'est évidemment pas question d'attirer les chercheurs étrangers. Tous – même ceux qui ont quelque sensibilité marxiste – savent qu'ils s'y épuiseraient. La matière grise exige d'être irriguée.

Le drame d'Andropov, par rapport à Staline, c'est qu'il a besoin de la technologie... plus seulement des bras, plus seulement d'une industrie rustique. Il en résulte que, loin de rattraper l'Amérique, l'URSS s'en éloigne. Le Japon s'est éveillé et la Russie risque de s'endormir ou d'hiberner. Le décalage s'accentue : le cadre de vie des Occidentaux a plus évolué de 1950 à nos jours que l'environnement et la vie quotidienne des Soviétiques.

Ces difficultés de l'URSS se ressentent jusque dans le discours. Fini le triomphalisme confiant de Khrouchtchev (*« Nous allons en faire voir aux capitalistes! »*), fini le temps des certitudes. Voilà le doute, une certaine modestie, le réalisme. La première puissance spatiale ne parvient pas à mettre au point le Tupolev-Concordski, bute sur la bombe à neutrons (d'où la demande soviétique d'interdiction de cette arme), maîtrise mal l'informatique. Autant de signaux qui s'allument. Ils expliquent également la hantise de la relance de la course aux armements : et si, cette fois, l'URSS ne pouvait pas suivre le mouvement? Déjà le niveau de précision des euro-missiles américains stupéfie les Russes.

Comment ne pas établir, là encore, un parallèle avec l'Espagne de l'Inquisition? Deux pays aveuglés par leur fanatisme idéologique, se privant de leurs élites, étouffant pensée et recherche, pour se précipiter dans le sous-développement qui n'apparaît dans toute son ampleur que longtemps après.

A tel point que les mots d'Espagne (du XVIe siècle) et d'URSS (du XXe siècle) sont interchangeables!

L'Espagne a brûlé les hérétiques. Staline les a fusillés ou déportés (en bien plus grand nombre que l'Inquisition), le régime continue à les envoyer au Goulag ou à l'asile psychiatrique. L'impératif unique pour l'Espagne était la défense de la foi (catholique). Comme pour l'URSS : défense absolue de la foi communiste. L'Espagne expulsa les juifs. L'URSS les force à l'émigration. L'Espagne se priva des protestants qui participèrent à la prospérité de l'Angleterre, plus ouverte et tolérante. L'URSS se prive de millions de cerveaux. L'Espagne du XVIe siècle interdit l'importation de livres étrangers. Comme l'URSS du XXe siècle. L'Espagne de l'Inquisition interdit à ses étudiants l'accès aux universités étrangères. Comme l'URSS d'Andropov.

Question aux intellectuels communistes occidentaux : comment peut-on justifier (au XXe siècle) l'interdiction absolue d'importer en URSS la culture étrangère? Et quel en est le bénéfice pour la population? L'Espagne y perdit sa chance historique et sa place parmi les grandes nations. L'URSS peut-elle échapper au même déclin?

Ce déclin, d'une civilisation où la création culturelle est quasiment inexistante, d'une civilisation qui ne fascine plus (« En France, il n'est plus ridicule de n'être pas marxiste », note Vladimir Volkoff), est évident dans le secteur clef de notre siècle qu'est l'informatique. L'URSS y a pris un retard considérable, ne parvenant à se tenir à flot que dans le domaine touchant à la sécurité. Les industriels occidentaux exportant vers l'Est, réunis en septembre 1983 au Salon de l'informatique (Sicob) à Paris, ont montré comment l'URSS est un pays en voie de développement en la matière : le parc d'ordinateurs soviétiques est de 5.000 unités, selon l'agence officielle Novosti, soit 25 fois moins qu'en France. Le retard est notamment important dans les microprocesseurs, les micro-ordinateurs, les disques de stockage des données, les réseaux informatisés en sites, et la fiabilité du matériel soviétique est douteuse. Pour obtenir ces résultats médiocres, l'URSS emploie 300.000 personnes dans le secteur de l'informatique, contre 50.000 en France dont la production d'ordinateurs est nettement supérieure [11]. N'est-ce pas, dans un domaine essentiel, de pointe, dont dépend notre avenir, un signe encourageant pour nos systèmes? Et chaque enfant, chaque adolescent français qui se passionne pour l'informatique, sans limitation notamment d'ordre politique, n'est-il pas un gage de progrès? En URSS au contraire, l'ordinateur à portée de tous est impensable : le régime a peur de cette arme politique, à ne pas mettre entre toutes les mains.

Pour combler son retard, pour compenser les entraves politiques à la recherche, l'URSS mise sur l'achat de technologie occidentale (attitude déjà de sous-développement et de dépendance) et sur l'espionnage. La livraison de deux ordinateurs Iris 80 par CII-Honeywell Bull à l'Agence Tass a surpris en Occident : une seule machine pouvait répondre aux besoins de Tass. L'autre a sans doute été mise en pièces [12]. Voilà pourquoi l'Union soviétique est aujourd'hui, de tous les pays industrialisés, « *le moins préparé à la conversion en une société du* XXIe *siècle. C'est le pays le plus en retard en ce qui concerne les nouvelles technologies* », comme l'écrit le spécialiste Bruce Nussbaum dans *L'Après-Pétrole* [13]. Lui aussi note que Moscou n'utilise que d'une façon très marginale la microélectronique, et uniquement dans la production militaire : « L'URSS est essentiellement un nain technologique, et seules quelques prouesses militaires parviennent à le cacher », dit-il encore.

Quand on vit en URSS, on touche quotidiennement du doigt ce sous-développement, ces retards technologiques dans tous les domaines et on ressent la paralysie de ce colosse, ou le début de sa nouvelle hibernation.

Une anecdote est connue, celle de la bouée d'écoutes soviétique découverte en 1981 par des pêcheurs au large des côtes américaines et dont chaque élément du circuit intégré était la réplique exacte de pièces fabriquées aux États-Unis quelques années plus tôt. Les ordinateurs soviétiques sont les enfants illégitimes des ordinateurs occidentaux, notamment la famille socialiste des machines Ryad qui est le sosie des IBM 360 et IBM 370 [14]. Un expert militaire occidental en poste à Moscou m'a raconté comment les Soviétiques tentent de combler leur retard en matière de précision de frappe nucléaire – découlant directement du degré de technologie informatique – en achetant en Occident, par des canaux détournés, toutes sortes d'appareils qui peuvent leur fournir le secret de l'efficacité occidentale. Or, chez nous, ces succès scientifiques sont le fruit non pas d'une Nomenklatura de vieux savants enfermés dans une tour d'ivoire et otages d'un régime ou d'espionnage insensé, mais de milliers de travaux séparés, ouverts, d'équipes en concurrence et libres de se former ou se défaire, de circuler, de s'informer, etc.

A ce rythme-là, l'Union soviétique ne peut se maintenir à niveau que dans le secteur bien limité de l'armement, et encore. Il est des technologies que l'URSS ne parvient pas à copier à 100 %. D'où la peur des militaires de se voir dépasser irrémédiablement par l'Occident, d'où les incertitudes pour le Kremlin de la relance de la course aux armements. Car si l'Ouest redoute les Russes, ceux-ci tremblent également devant la puissance américaine. La prise de conscience de cet état de fait par nos démocraties nous assurerait sans doute quelques succès diplomatiques : nous devons être persuadés de notre propre force, susceptible de faire plier l'interlocuteur soviétique dans bien des circonstances, plutôt que de céder souvent *a priori,* parce que nous supposons l'adversaire solide... puisqu'il le prétend !

Savez-vous qu'en moyenne les éléments des microprocesseurs soviétiques sont 30 % plus gros que leurs modèles occidentaux vieux de cinq ans et 58 % plus volumineux que les versions en cours à l'Ouest [15] ? Des chiffres symboles à rapprocher avec les paroles de défi lancées voilà un quart de siècle par Khrouchtchev : « Nous allons rattraper l'Amérique en 1980. » Pari non tenu. En réalité l'écart technologique se creuse à nouveau. Il ne s'agit plus, contrairement à la traditionnelle excuse officielle, de l'héritage tsariste, ni d'*insectes nuisibles,* ni de sabotage occidental (nous vendons notre technologie à Moscou, alors que la réciproque n'est pas vraie), mais il s'agit de matière grise.

Le régime est en effet piégé.

Le Goulag est un stimulant négatif et non positif. Son existence ne peut en aucun cas susciter l'enthousiasme ou l'adhésion propres à entraîner la création.

Les Soviétiques ne parviennent pas à dissimuler le malaise. Le 18 septembre 1983, le journal *Komsomolskaia Pravda,* organe des Jeunesses communistes d'URSS, évoquait le vieillissement du corps des chercheurs soviétiques et avouait que le potentiel créatif du pays est gravement atteint, dans toutes les sphères de la science. Aveu hérétique au pays du socialisme scientifique. L'auteur de l'article, chercheur à l'Institut des problèmes socio-économiques, explique que les savants soviétiques *« répugnent à prendre des risques ».* Quels avantages peuvent-ils espérer de la hardiesse dans ce système politique et social? Ni financiers, ni politiques, ni intellectuels! A quoi bon tenter le diable? La science répond, elle aussi, au Plan et obéit à une logique idéologique.

Certes, on ne peut avancer cette thèse de l'essoufflement de l'Union soviétique et des ressources intrinsèques des démocraties sans poser des garde-fous pour notre propre sécurité. Il ne s'agit d'appeler ni au relâchement, ni à l'optimisme béat, ni à la sous-évaluation de l'*adversaire* (ce sont les Russes qui posent le principe de la confrontation entre les deux systèmes dont il ne sortira qu'un seul vainqueur). Il s'agit au contraire d'appeler au sursaut et à la prise de conscience de nos propres atouts, de notre force, de notre énergie capables de contenir les poussées soviétiques. De tempérer leurs ambitions.

Il s'agit de défendre notre patrimoine, de libertés, de démocratie. Il s'agit de savoir que nous n'avons pas le droit de le gâcher ni de l'exposer – par insouciance, imprévision ou démission – à quelque péril. En imposant, dans tous les secteurs, *une certaine idée de la démocratie.* Cela signifie ne pas snober les acquis de cette démocratie, qui nous ont été donnés en héritage mais pour lesquels des peuples entiers luttent. Il faut les utiliser à plein : l'information, l'expression, les déplacements, le vote, la contestation, la culture, la création, etc. Il ne s'agit pas d'aller au-devant des revendications des pays totalitaires, par crainte d'effrayer le méchant! Ne vendons pas cette fameuse corde avec laquelle nous serons pendus, comme a prévenu Lénine. Nous ne sommes pas les demandeurs. Réalisons que nous sommes, nous, en position de force. Et que cet avantage tient largement à notre démocratie, à notre libéralisme.

Tout homme attaché fondamentalement aux libertés – et qui ne l'est pas en France? – doit être persuadé de l'inéluctable agonie de toute société totalitaire. Et il doit, à l'opposé, être convaincu de l'avenir de son système démocratique, c'est-à-dire qu'il doit participer à son dynamisme, à sa défense. Cela veut dire que le défaitisme doit être suspect.

Il faut savoir que la mort d'une dictature prend du temps. Chacun connaît la capacité d'absorption de l'URSS, l'aptitude de son peuple (jamais affranchi) aux sacrifices, la logique perverse des dirigeants, la possibilité de cet immense pays à vivoter, à hiberner, à sanctionner.

Mais, s'il veut rester accroché tant bien que mal au train des pays industrialisés, au seuil de la nouvelle révolution technologique, le soviétisme aura besoin d'un double apport : extérieur et intérieur.

Extérieur : c'est à nous à *collaborer* sur des bases répondant à notre logique et non pas en acceptant *a priori* la règle du jeu du Kremlin.

Intérieur : sans réforme, l'URSS ne survivra pas. Les yeux des 275 millions de Soviétiques ne pourront pas rester éternellement aveugles sur décision du Parti, ni les oreilles sourdes, ni les cerveaux non irrigués. L'*homo sovieticus* ne pourra pas être, toujours, maintenu à l'écart du bouillonnement général, non informé sur ce qui se passe ailleurs (ou alors, le régime choisit lui-même de se précipiter dans le sous-développement et l'URSS vivra dans la peur de notre force technologique). En restant attachée au système global du Goulag, l'Union soviétique court à sa perte. En tentant la réforme, elle perd son identité.

Quelle que soit la solution choisie – la décision puis la mise en application prendront des années et des années – nos démocraties se trouvent dans une situation plus confortable qu'il n'y paraît. Parce qu'elles sont plus *saines*. Parce que le soviétisme est vicié. Et peu importe finalement si l'idée originelle a été gâtée par l'homme ou si cette idée porte en elle-même le germe de la maladie. Nous pourrions renvoyer l'argument aux Russes : affaires intérieures à l'Union soviétique!

Mais nous, à qui tant de messages de détresse sont parvenus, saisissons enfin *les mains coupées de la Taïga.* Comprenons que l'espoir se trouve ici et que, telle une matière première, il doit être exploité. Que tel est notre devoir. Car, pour nous et pour nos enfants, nous ne pouvons concevoir une société non démocratique.

Si enfin, peuples privilégiés des démocraties, nous prenons conscience de la valeur de notre patrimoine, elles n'auront pas été inutiles, *ces mains coupées de la Taïga...*

NOTES DE LA CONCLUSION

1. *Pravda,* 10-08-1983.
2. AFP, 10-08-1983.

3. *Pravda,* 7-08-1983.
4. *Pravda,* 10-08-1983.
5. Cf. V. Chalidze, *Le Crime en Union soviétique,* éd. O. Orban; C. Simis, *La Société corrompue,* éd. R. Laffont; P. Meney, *La Kleptocratie,* éd. La Table Ronde.
6. *Pravda,* 7-03-1964.
7. Y. Andropov cité par la presse soviétique le 15-08-1983, dénonce « le dangereux virus petit-bourgeois (...) les cas de parasitisme, de passivité sociale et au travail, de manque de discipline propres à une partie de la jeunesse ».
8. J.-F. Revel, *Comment les démocraties finissent,* éd. Grasset.
9. A. Peyrefitte, *Le Mal français,* éd. Plon.
10. Edouardo Galeano, *Les Veines ouvertes de l'Amérique latine,* éd. Plon.
11. AFP, 23-09-1983.
12. *Idem.*
13. B. Nussbaum, *L'Après-Pétrole,* éd. Acropole.
14. *Idem.*
15. AFP, 23-09-1983 et *L'Après-Pétrole.*

DOCUMENT

CODE DU TRAVAIL CORRECTIF

traduit du russe par Véronique Lort

ИСПРАВИТЕЛЬНО-ТРУДОВОЙ КОДЕКС РСФСР

РАЗДЕЛ 1

ОБЩИЕ ПОЛОЖЕНИЯ

Глава первая

ИСПРАВИТЕЛЬНО-ТРУДОВОЕ ЗАКОНОДАТЕЛЬСТВО СОЮЗА ССР И РСФСР

Статья 1. **Задачи Исправительно-трудового кодекса РСФСР**

Исправительно-трудовой кодекс Российской Советской Федеративной Социалистической Республики имеет своей задачей обеспечение исполнения уголовного наказания с тем, чтобы оно не только являлось карой за совершенное преступление, но исправляло и перевоспитывало осужденных в духе честного отношения к труду, точного исполнения законов и уважения к правилам социалистического общежития, предупреждало совершение новых преступлений как осужденными, так и иными лицами, а также способствовало искоренению преступности.

Исполнение наказания не имеет целью причинение физических страданий или унижение человеческого достоинства.

Статья 2. **Исправительно-трудовое законодательство Союза ССР и РСФСР**

Исправительно-трудовое законодательство Союза ССР и РСФСР состоит из Основ исправительно-трудового законодательства Союза ССР и союзных республик, определяющих принципы и устанавливающих общие положения исполнения и отбывания уголовного наказания, назначаемого судом, других законов Союза ССР, а также настоящего Кодекса и других законов РСФСР.

Порядок и условия отбывания наказания и применения мер исправительно-трудового воздействия к лицам, осужденным к лишению свободы, ссылке, высылке и исправительным работам без лишения свободы, а также порядок деятельности учреждений и органов, исполняющих приговоры к этим видам наказания на территории РСФСР, и участия общественности в исправлении и перевоспитании осужденных устанавливаются Основами исправительно-трудового законодательства Союза ССР и союзных республик, другими законами Союза ССР, а также настоящим Кодексом и другими законами РСФСР.

В соответствии со статьей 2 Основ исправительно-трудового законодательства Союза ССР и союзных республик порядок и условия отбывания наказания лицами, осужденными к направлению в дисциплинарный батальон, устанавливаются законодательством Союза ССР.

Порядок и условия исполнения и отбывания других видов уголовного наказания устанавливаются законодательством Союза ССР и законодательством РСФСР.

LOI DE LA RSFSR RELATIVE AU TRAVAIL CORRECTIF, ADOPTÉE LORS DE LA 8e SESSION DU SOVIET SUPRÊME DE LA RSFSR – 7e LÉGISLATURE – LE 18 OCTOBRE 1970, ÉDITION DE 1979.

PREMIÈRE PARTIE

DISPOSITIONS GÉNÉRALES

Chapitre I

Législation relative au travail correctif en URSS et en RSFSR

***Article 1 :* But du code du travail correctif de la RSFSR**

Le code du travail correctif de la RSFSR fixe les conditions dans lesquelles sont exécutées les décisions judiciaires. Celles-ci ne doivent pas apparaître uniquement comme des peines sanctionnant un délit mais doivent permettre de corriger et de rééduquer les détenus, de ramener ceux-ci à une conception honnête du travail, au respect strict des lois et des règles de la vie sociale soviétiques. L'application des peines doit empêcher que de nouveaux délits soient commis par les condamnés eux-mêmes ou par d'autres personnes.

L'application d'une peine ne doit pas provoquer de souffrances physiques ni humilier la dignité humaine.

***Article 2 :* La législation relative au travail correctif en URSS et en RSFSR**

La législation relative au travail correctif de l'URSS et de la RSFSR est constituée des fondements de la législation relative au travail correctif de l'URSS et des républiques fédérées qui définissent les principes et les dispositions générales relatifs à l'exécution des sanctions pénales infligées par les tribunaux, des autres lois de l'URSS, du présent code et des autres lois de la RSFSR.

Les modalités d'application des peines de travail correctif avec ou sans privation de liberté, en relégation ou imposé aux interdits de séjour, l'activité des établissements ou des organes chargés de faire exécuter les décisions judiciaires de cette nature sur le territoire de la RSFSR et la participation de la collectivité à l'amendement et à la rééducation des condamnés sont définies par les fondements de la législation sur le travail correctif de l'URSS et des républiques fédérées et les autres lois de l'URSS ainsi que par le présent code et les autres lois de la RSFSR.

Conformément à l'article 2 des fondements de la législation de l'URSS et des républiques fédérées sur le travail correctif les modalités d'application des peines prévoyant l'affectation du coupable dans un bataillon disciplinaire sont définies par la législation de l'URSS.

Les modalités d'application des autres peines sont définies par la législation de l'URSS et de la RSFSR.

Article 3 : **Mise en œuvre de la législation de l'URSS et de la RSFSR relative au travail correctif**

Conformément à l'article 3 des fondements de la législation de l'URSS et des républiques fédérées relative au travail correctif, la législation du travail correctif de l'URSS et de la RSFSR est applicable aux personnes condamnées à une peine de privation de liberté, de relégation et de travail correctif sans privation de liberté devant être purgée sur le territoire de la RSFSR et la législation de l'URSS, de la RSFSR ou de la république autonome où est rendu le jugement, est applicable aux autres condamnations.

Article 4 : **Origine de la condamnation**

Toute condamnation et toute mise en œuvre d'une peine de travail correctif doivent avoir été décidées par un tribunal.

Chapitre II

Dispositions générales relatives à l'application des peines de privation de liberté, de relégation, d'interdiction de séjour, de travail correctif sans privation de liberté

Article 5 : **Institutions et organes chargés de l'application des peines.**

Conformément à l'article 5 des fondements de la législation de l'URSS et des républiques fédérées relative au travail correctif, les jugements des tribunaux prévoyant des peines de privation de liberté, de relégation, d'interdiction de séjour et de travail correctif sans privation de liberté sont appliquées, sur le territoire de la RSFSR, par les établissements de travail correctif et les organes du ministère de l'Intérieur de l'URSS.

Les établissements de travail correctif situés sur le territoire de la RSFSR sont créés et supprimés par le ministère de l'Intérieur de la RSFSR.

Article 6 : **Lieu d'application des peines**

Conformément à l'article 6 des fondements de la législation de l'URSS et des républiques fédérées relative au travail correctif :

Les délinquants primaires sont détenus à l'intérieur du territoire de la RSFSR, dans la république autonome, la région ou l'arrondissement du lieu de leur résidence. Dans des cas exceptionnels, lorsque cela est nécessaire pour une meilleure rééducation, ils peuvent être détenus dans une autre république.

Les récidivistes, les condamnés à mort dont la peine a été commuée, les condamnés pour un crime d'État particulièrement dangereux, les étrangers et les apatrides sont détenus dans des établissements spéciaux, indépendamment de la république où a été prononcé le jugement.

Les femmes, les malades devant recevoir des soins spéciaux et les mineurs résidant sur le territoire d'une république autonome, d'une région ou d'un arrondissement ne disposant d'aucun établissement de travail correctif correspondant à leur catégorie peuvent être amenés à purger leur peine dans un établissement situé hors de la république autonome, de la région ou de l'arrondissement.

La liste des localités dans lesquelles les condamnés peuvent être envoyés en relégation ainsi que la liste des villes fermées aux interdits de séjour sont établies par le ministère de l'Intérieur de l'URSS et le Conseil des ministres de l'URSS.

Les condamnés à une peine de travail correctif sans privation de liberté purgent leur peine sur leur lieu de travail ou ailleurs, à l'intérieur de l'arrondissement où ils résident.

Article 7 : **Principaux moyens de correction et de rééducation**

Les principaux moyens de correction et de rééducation sont : l'exécution de la peine, le travail socialement utile, le travail politico-éducatif, la formation technico-professionnelle et l'enseignement général.

Les moyens de correction et de rééducation doivent être adaptés au caractère du délit et à son degré de danger social, à la personnalité du délinquant, à sa conduite et à la qualité de son travail.

Article 8 : **Situation juridique des personnes purgeant une peine de privation de liberté, de relégation, d'interdiction de séjour ou de travail correctif sans privation de liberté.**

Les personnes purgeant une peine de privation de liberté, de relégation, d'interdiction de séjour ou de travail correctif sans privation de liberté ont les droits et les obligations légaux des citoyens de l'URSS, à l'exception des limitations imposées par la loi aux condamnés et de celles découlant du jugement et du régime de détention défini par les fondements de la législation de l'URSS et des républiques fédérées relative au travail correctif et par le présent code en ce qui concerne l'application d'une peine déterminée.

La situation juridique des étrangers et des apatrides condamnés à une peine de privation de liberté, de relégation, d'interdiction de séjour ou de travail correctif sans privation de liberté est définie par la législation de l'URSS relative aux droits et aux obligations de ces catégories de personnes durant leur séjour sur le territoire de l'URSS, à l'exception des limitations prévues par la législation relative aux condamnés et de celles découlant du jugement du régime de détention défini par les fondements de la législation de l'URSS et des républiques fédérées relative au travail correctif et par le présent code en ce qui concerne l'application d'une peine déterminée.

Article 9 : **Participation de la collectivité à la rééducation des détenus.**

La collectivité participe à l'amendement et à la rééducation des condamnés ainsi qu'au contrôle social sur l'activité des institutions et des organismes chargés de l'application des peines de privation de liberté, de relégation, d'interdiction de séjour et de travail correctif sans privation de liberté. Les modalités selon lesquelles la collectivité participe à l'amendement et à la rééducation des condamnés sont définies par le présent code et les autres actes législatifs de la RSFSR.

***Article 10* : Respect des lois sur les lieux de détention**

L'activité des établissements de travail correctif et des organes chargés d'appliquer les décisions judiciaires relatives à la relégation, à l'interdiction de séjour et au travail correctif sans privation de liberté doit être strictement conforme à la loi. Les dirigeants de ces établissements et de ces organes sont responsables de l'application des lois.

Les condamnés sont tenus d'observer strictement les exigences légales relatives à leurs conditions de détention.

***Article 11* : Contrôle de la Procurature sur l'application des peines**

Le procureur général de l'URSS, le procureur de la RSFSR et les procureurs qui leur sont subordonnés en application de la réglementation sur le contrôle de la procurature en URSS sont chargés du contrôle de l'application des peines de privation de liberté, de relégation, d'interdiction de séjour et de travail correctif sans privation de liberté. Agissant au nom du gouvernement, le procureur a l'obligation de prendre des mesures immédiates en cas de violation des lois, quelle qu'en soit l'origine, et d'engager la responsabilité des coupables.

L'administration des établissements de travail correctif et les organes chargés de l'application des peines de relégation, d'interdiction de séjour et de travail correctif sans privation de liberté, doivent tenir compte des décisions et des propositions du procureur relatives à l'application des peines prévues par la législation de l'URSS et de la RSFSR sur le travail correctif.

DEUXIÈME PARTIE

CONDITIONS D'EXÉCUTION DES PEINES
DE PRIVATION DE LIBERTÉ

Chapitre III

Différents types d'établissements de travail correctif, acheminement des détenus, conditions de détention.

Article 12 : **Les établissements de travail correctif**

Les peines de privation de liberté sont purgées dans : les colonies de travail correctif, les prisons, les centres de redressement. Les colonies de travail correctif et les prisons sont destinées aux adultes, les centres de redressement aux mineurs de 18 ans.

Les colonies de travail correctif sont le principal type d'établissements de travail correctif dans lesquels sont détenus les condamnés à une peine de privation de liberté.

Article 13 : **Régimes en vigueur dans les établissements de travail correctif**

Les condamnés sont affectés dans un établissement de travail correctif à régime déterminé, conformément aux dispositions de l'article 24 du code pénal de la RSFSR *.

Les différents types d'établissements pénitentiaires sont les suivants : colonies de peuplement et de travail correctif (elles sont destinées aux personnes coupables de crimes par impru-

* Article 24 du code pénal : la privation de liberté.

Les peines de privation de liberté s'échelonnent de trois mois à dix ans. Pour les crimes particulièrement graves et ceux ayant entraîné des conséquences particulièrement graves, ainsi que dans les autres cas prévus par la législation de l'URSS, les peines peuvent atteindre quinze ans.

Les mineurs ne peuvent être condamnés à des peines supérieures à dix ans.

dence), colonies à régime normal, renforcé, sévère ou spécial, prisons, colonies de rééducation à régime normal ou renforcé.

Les hommes sont normalement détenus dans les colonies de travail correctif :

– les délinquants primaires et ceux condamnés pour un délit par imprudence et dont la peine est inférieure à cinq ans sont détenus dans des colonies de peuplement et de travail correctif;

– les délinquants primaires condamnés pour un délit prémédité mais mineur, les délinquants primaires condamnés pour un délit grave mais dont la peine est inférieure à trois ans, et ceux condamnés pour un délit par imprudence mais dont la peine est supérieure à cinq ans sont détenus dans une colonie de travail correctif à régime normal;

– les délinquants primaires condamnés pour un crime grave dont la peine est supérieure à trois ans sont détenus dans une colonie de travail correctif à régime renforcé;

– les condamnés pour un crime d'État particulièrement grave (art. 64 à 73 du code pénal *) et les récidivistes sont détenus dans des colonies de travail à régime sévère;

– les récidivistes particulièrement dangereux sont détenus dans des colonies de travail correctif à régime spécial.

Les femmes sont détenues dans les établissements suivants :

– les récidivistes particulièrement dangereuses et les femmes condamnées pour crimes d'État particulièrement graves (art. 64 à 73 du code pénal *) sont détenues dans des colonies de travail correctif à régime sévère;

– les délinquantes primaires condamnées à une peine inférieure à cinq ans pour un crime par imprudence sont détenues dans une colonie de peuplement et de travail correctif;

– dans tous les autres cas, elles sont détenues dans des colonies de travail à régime normal.

Les colonies de rééducation à régime normal sont destinées aux délinquants primaires mineurs du sexe masculin, condamnés pour un délit mineur et dont la peine est inférieure à trois ans ainsi qu'aux mineures de sexe féminin.

Les colonies de rééducation à régime renforcé sont destinées aux mineurs de sexe masculin condamnés à une peine supérieure à trois ans pour un crime grave.

* Les articles 64 à 73 du code pénal concernent, outre l'espionnage, la trahison et les actes terroristes, l'agitation et la propagande antisoviétiques (art. 70).

Selon le caractère et le degré de danger social du délit, selon la personnalité du coupable et les circonstances de l'affaire, le tribunal peut décider d'affecter les délinquants primaires condamnés pour un crime par imprudence à une peine inférieure à dix ans dans une colonie de peuplement et de travail correctif pour les personnes coupables d'un crime d'imprudence; les condamnés qui ne sont pas des récidivistes dangereux peuvent être détenus dans n'importe quel type d'établissement de travail correctif, à l'exception de ceux à régime spécial; les mineurs de sexe masculin peuvent être détenus dans une colonie de rééducation à régime général et non à régime sévère.

Les peines peuvent être appliquées en totalité ou en partie dans des prisons par les récidivistes particulièrement dangereux, par les mineurs qui atteignent leur majorité en cours de détention et qui sont condamnés pour des crimes d'État particulièrement graves (art. 64 à 73 du code pénal *).

***Article 14 :* Acheminement des condamnés vers leur lieu de détention**

Les condamnés à une peine de privation de liberté doivent être acheminés vers le lieu de leur détention dans les dix jours suivant la date d'entrée en vigueur de la décision judiciaire.

Conformément à l'article 11 des fondements de la législation de l'URSS et des républiques fédérées relative au travail correctif les modalités d'acheminement des condamnés vers les établissements de travail correctif sont définies par le ministère de l'Intérieur de l'URSS.

Conformément à l'article 360 du code de procédure pénale de la RSFSR, l'administration de l'établissement de détention préventive doit informer la famille du condamné du lieu où celui-ci devra purger sa peine.

***Article 15 :* Séjour temporaire dans un isolateur ou dans une prison**

En cas de nécessité, s'il doit être entendu dans le cadre d'une autre affaire, le condamné purgeant une peine de privation de liberté dans une colonie de travail correctif ou de rééducation peut être transféré dans un isolateur préventif ou une prison, jusqu'à deux mois sur décision du procureur de la région, de l'arrondissement ou de la république autonome, du procureur militaire, de la marine ou de la garnison; jusqu'à quatre mois sur décision du procureur de la RSFSR ou du procureur principal militaire; jusqu'à six mois sur décision du procureur général de l'URSS.

En cas de nécessité, s'il doit comparaître lors d'un procès relatif à une autre affaire, le condamné peut être placé, sur décision du tribunal, dans un isolateur préventif ou une prison pour la durée du procès.

Si la responsabilité du condamné est engagée dans une autre affaire que celle pour laquelle il a été jugé, la durée de son maintien dans l'isolateur préventif est définie conformément à l'article 97 du code de procédure pénale de la RSFSR.

Article 16 : **Maintien du condamné dans un isolateur préventif ou une prison pour l'exécution de tâches domestiques**

Dans des cas exceptionnels, les délinquants primaires condamnés pour un délit mineur à une peine de travail correctif dans une colonie à régime commun peuvent purger cette peine dans un isolateur préventif ou une prison. Ils sont alors affectés à des tâches domestiques.

L'affectation des condamnés fait alors l'objet d'une décision du directeur de l'isolateur préventif ou de la prison; cette décision est prise au vu de l'accord écrit des condamnés.

Article 17 : **Accueil des prisonniers dans les établissements de travail correctif**

L'accueil des prisonniers se fait conformément au règlement intérieur des établissements de travail correctif.

Conformément à l'article 359 du code de procédure pénale de la RSFSR, l'administration de l'établissement de travail correctif informe sans délai le tribunal ayant prononcé le jugement de la mise en application de celui-ci et de l'affectation du condamné.

Article 18 : **Répartition des condamnés dans les établissements de travail correctif**

Dans les établissements de travail correctif, les femmes et les hommes, les mineurs et les adultes sont gardés séparément.

Les délinquants primaires de sexe masculin sont séparés des récidivistes. Les délinquants primaires condamnés pour un délit mineur et ceux condamnés à une peine inférieure à trois ans de privation de liberté pour un délit grave sont séparés de ceux condamnés à une peine supérieure à trois ans pour un délit grave. Les femmes condamnées à une peine de privation de liberté et les mineurs sont séparés conformément aux dispositions des articles 62, 64, 75 et 76 du présent code.

Sont également séparés des autres prisonniers : les condamnés pour un crime d'État particulièrement grave, les récidivistes particulièrement dangereux, les condamnés à mort dont la peine a été commuée. Les étrangers et les apatrides sont séparés des ressortissants soviétiques. Les condamnés devant purger leur peine dans une colonie de peuplement destinée aux personnes coupables d'un crime par imprudence et ceux transférés dans des colonies de peuplement en application de l'article 51 du présent code sont gardés séparément.

Les mineurs condamnés pour un crime prémédité perpétré alors qu'ils se trouvaient en détention sont gardés séparément. Ceux refusant de respecter le règlement correspondant à leur régime de détention sont séparés des autres mineurs détenus dans des colonies de rééducation à régime sévère. Les délinquants primaires sont séparés des récidivistes à l'exception des femmes détenues dans une colonie de travail correctif disposant des crèches prévues à l'article 57 du présent code.

Les dispositions du présent article ne s'appliquent pas aux établissements de soins pénitentiaires. Le placement des condamnés dans ces établissements est décidé par le ministère de l'Intérieur de l'URSS en accord avec le procureur de l'URSS, conformément à l'article 13 des fondements de la législation de l'URSS et des républiques fédérées relative au travail correctif.

***Article 19 :* Affectation des condamnés**

Les condamnés purgent normalement la totalité de leur peine dans le même établissement de travail correctif, la même prison ou le même centre de rééducation.

Le transfert d'un établissement dans un autre établissement du même régime ou d'une prison à une autre est possible en cas de maladie, de modification du volume de travail ou du type de travail accompli par le prisonnier ainsi qu'en cas de circonstances exceptionnelles interdisant le maintien du condamné dans le même établissement ou la même prison. Les modalités de transfert des prisonniers sont définies par le ministère de l'Intérieur de l'URSS en accord avec le procureur de l'URSS conformément aux dispositions de l'article 17 des fondements de la législation de l'URSS et des républiques fédérées relative au travail correctif.

Le transfert d'un condamné dans une colonie d'un autre régime, d'une colonie dans une prison ou d'une prison dans une colonie est possible sur décision du tribunal, en application des articles 51, 53 et 77 du présent code.

Article 20 : **Transfert d'un prisonnier d'un établissement de travail correctif dans un isolateur préventif ou une prison.**

Le transfert d'un prisonnier d'un établissement de travail correctif dans un isolateur préventif ou une prison est possible :

– lors d'un procès, sur décision du tribunal, pour la durée des débats;

– dans le cadre d'une enquête concernant une autre affaire judiciaire, avec l'accord du procureur de la région, de l'arrondissement ou de la république autonome, du procureur militaire de région, de la marine, de la garnison pour une durée de deux mois, avec l'accord du procureur de la RSFSR ou du procureur principal militaire, pour une durée de quatre mois, avec l'accord du procureur général de l'URSS pour une durée de six mois.

Article 21 : **Changement des conditions de détention**

Les conditions de détention d'un condamné peuvent être modifiées, en fonction de sa conduite et de son assiduité au travail. Le condamné peut faire l'objet d'un transfert, soit à l'intérieur du même établissement, soit dans un établissement à régime différent.

Le transfert à l'intérieur du même établissement est du ressort du directeur de l'établissement.

Le changement des conditions de détention à l'intérieur de l'établissement entraîne immédiatement les améliorations prévues par les articles 62 à 65, 69, 75 et 76 du présent code ou les restrictions prévues par l'article 54.

Le transfert dans une colonie à régime différent, d'une colonie dans une prison ou d'une prison dans une colonie, d'un centre de redressement à régime commun dans un centre de redressement à régime sévère est décidé par le tribunal en application des articles 51 et 53 du présent code.

Chapitre IV

Régime des lieux de privation de liberté

Article 22 : **Conditions fondamentales du régime de privation de liberté.**

Elles sont les suivantes :

– les condamnés sont isolés et sous surveillance constante afin de prévenir les nouveaux délits et les actes antisociaux;

– les condamnés sont tenus d'exécuter strictement leurs obligations;

– les conditions de détention dépendent de la nature du délit et de son niveau de danger social, elles sont aussi liées à la personnalité du condamné et à sa conduite en prison;

– les condamnés portent un uniforme, leurs déplacements à l'intérieur de la colonie de travail correctif sont fixés par le règlement intérieur, ils subissent la fouille (la fouille corporelle doit être effectuée par une personne de même sexe que le condamné), leur correspondance est soumise à la censure, le contenu des paquets qu'ils reçoivent est vérifié;

– les condamnés qui doivent purger leur peine dans une colonie à régime spécial sont internés dans des établissements de type cellulaire et portent une tenue distinctive;

– les prisonniers n'ont pas le droit de détenir d'argent, d'objets de valeur ni d'objets dont l'usage est interdit à l'intérieur des établissements de travail correctif. La découverte d'argent ou d'objets interdits entraîne la confiscation immédiate. L'argent et les objets confisqués sont soit gardés en dépôt et restitués au prisonnier lors de sa libération, soit détruits, selon leur nature, les circonstances de leur découverte et le règlement intérieur de l'établissement;

– les prisonniers peuvent acquérir des produits alimentaires et de première nécessité, recevoir des visites, du courrier et des colis, dans les conditions fixées par la loi.

Article 23 : **Règlement intérieur des établissements de travail correctif**

Les établissements de travail correctif sont régis par un règlement intérieur strict qui prévoit : l'accueil des prisonniers, la conduite qu'ils doivent observer durant le travail et les heures de repos, les tâches et corvées à accomplir, la liste et la quantité des objets dont la possession est autorisée, les modalités de confiscation des objets interdits, les conditions dans lesquelles se déroulent les fouilles, les visites, la réception du courrier et des colis, la liste, la quantité et la nature des produits alimentaires et des objets de première nécessité dont l'acquisition et la détention sont autorisées.

Le règlement intérieur doit être communiqué aux prisonniers.

Article 24 : **Achat de produits alimentaires et d'objets de première nécessité**

Les prisonniers peuvent acquérir des produits alimentaires et des objets de première nécessité avec le salaire qu'ils perçoivent pour leur travail. Les détenus inaptes au travail, les femmes enceintes ou en cours d'allaitement, les mineurs peuvent effectuer ces achats avec de l'argent reçu par virement.

Le montant des dépenses autorisées est fixé par les articles 62 à 65, 69, 70, 75 et 76 du présent code.

Les prisonniers qui dépassent les normes ou qui se distinguent par la qualité de leur travail peuvent dépenser 2 roubles supplémentaires par mois, 4 roubles s'ils sont affectés à des travaux pénibles ou dangereux ou s'ils sont détenus dans un établissement situé dans le Grand Nord ou dans une région assimilée.

La somme totale qu'un prisonnier peut dépenser par mois ne doit pas excéder 15 roubles.

Article 25 : **Achat d'ouvrages littéraires, de journaux, de revues et de brochures**

Les prisonniers peuvent commander tous les ouvrages publiés en URSS, s'abonner à des journaux et à des revues. Les sommes dépensées à ce titre sont prélevées du compte des prisonniers et viennent en supplément du montant des dépenses prévues par les articles 62 à 65, 69, 70, 75 et 76 du présent code.

***Article 26 :* Droit de visite**

Trois types de visite sont prévus : de courte durée, prolongée (jusqu'à quatre heures), de longue durée (jusqu'à trois jours). Les visites de courte durée peuvent être le fait de membres de la famille ou d'autres personnes et ont lieu en présence d'un représentant de l'établissement de travail correctif. Les visites de longue durée ne sont autorisées que pour des membres de la famille proche (époux, parents, enfants légitimes ou adoptifs, frères, sœurs, grands-parents, petits-enfants). Lors de ces visites, la cohabitation est autorisée.

Le nombre et le type de visites autorisées sont fixés par les articles 62 à 65, 69, 75 et 76 du présent code.

En cas de maladie mettant en péril de vie le détenu, le directeur de l'établissement peut autoriser la visite d'un proche parent.

Les visites sont effectuées dans les conditions prévues par le règlement intérieur de la colonie de travail correctif.

***Article 26-1 :* Autorisations de sortie**

Les condamnés détenus dans les colonies de travail correctif à régime normal, les colonies de peuplement destinées aux personnes coupables d'un crime par imprudence, des centres de rééducation, peuvent être autorisés à effectuer des sorties de courte durée hors de l'établissement pénitentiaire; les sorties ne peuvent en aucun cas excéder sept jours, auxquels peuvent s'ajouter, le cas échéant, jusqu'à cinq jours de délai de route, aller et retour. Les autorisations de sortie sont accordées dans des circonstances exceptionnelles : mort ou maladie mortelle d'un proche parent, catastrophe naturelle ayant causé un préjudice important au condamné ou à sa famille.

Les autorisations de sortie de courte durée sont accordées par le directeur de l'établissement après accord du procureur, en fonction de la personnalité et de la conduite du condamné. Le temps passé hors de l'établissement compte dans le temps de la peine. Les frais de voyage sont à la charge du condamné ou de la famille. Le condamné ne perçoit pas de salaire pour la période passée hors de l'établissement.

Les conditions dans lesquelles sont accordées les autorisations de sortie de courte durée pour événement exceptionnel sont définies par le ministère de l'Intérieur de l'URSS en accord avec le procureur de l'URSS.

***Article 27 :* Assistance juridique aux détenus**

Les détenus peuvent être autorisés à voir un avocat sur demande écrite émanant d'eux-mêmes, de leur famille ou d'une organisation sociale. Si le détenu ou l'avocat le souhaite, la rencontre peut avoir lieu sans témoins.

La rencontre est organisée par l'administration de l'établissement de travail correctif, l'avocat doit être membre du barreau et justifier de son identité.

***Article 28 :* Envoi de paquets et de colis aux prisonniers**

Les condamnés détenus dans une colonie de travail correctif peuvent recevoir jusqu'à trois colis par an, dès qu'ils ont purgé la moitié de leur peine. Ceux détenus dans une colonie de rééducation peuvent recevoir jusqu'à six colis.

Le poids de chaque colis ne doit pas excéder 5 kilos.

Le nombre des colis est précisé par les articles 62 à 65, 75 et 76 du présent code.

Les condamnés qui purgent leur peine en prison n'ont pas le droit de recevoir de colis.

Les condamnés se trouvant dans un établissement de soins pénitentiaire sont autorisés à recevoir le nombre de colis correspondant à leur régime de détention.

Indépendamment de leur régime de détention, les condamnés à une peine de privation de liberté peuvent effectuer deux commandes par an. Dans les colonies de peuplement et de travail correctif, le nombre des colis et des commandes autorisés n'est pas limité.

Les modalités de réception et de remise des colis ainsi que la liste des objets qu'il est interdit d'envoyer aux prisonniers sont fixées par le règlement intérieur de l'établissement de travail correctif.

***Article 29 :* Réception et envoi des mandats**

Les condamnés à une peine de privation de liberté peuvent recevoir et expédier des mandats.

Les sommes d'argent reçues sont portées au crédit du compte personnel du condamné; dans les colonies de peuplement et de travail correctif, les sommes sont remises aux condamnés.

***Article 30 :* Correspondance des prisonniers**

Les prisonniers peuvent recevoir des lettres en nombre illimité.

Le nombre des lettres qu'ils sont autorisés à envoyer est fixé par les articles 62 à 65, 70, 75 et 76 du présent code.

La correspondance entre détenus n'ayant pas de lien de parenté est interdite.

Les lettres destinées aux prisonniers doivent être remises à leur destinataire dans les trois jours suivant leur réception.

Article 31 : **Circulation des prisonniers sans escorte**

Dans des cas exceptionnels, les condamnés purgeant leur peine dans une colonie de travail correctif peuvent être autorisés, s'ils sont fermement engagés dans la voie de l'amendement et qu'ils ont purgé au moins le tiers de leur peine – les deux tiers s'ils ne sont pas susceptibles de bénéficier d'une libération anticipée conditionnelle – à sortir des limites de la colonie sans escorte pour raisons de service.

Les personnes détenues dans un centre de redressement qui sont fermement engagées dans la voie de l'amendement, peuvent, après six mois de privation de liberté, être autorisées à sortir des limites de la colonie sans être accompagnées, pour raisons de service.

Ne peuvent en aucun cas être autorisés à circuler hors des limites de la colonie sans escorte ni accompagnement : les récidivistes particulièrement dangereux, les personnes condamnées pour des crimes d'État particulièrement graves, les condamnés à mort dont la peine a été commuée, les étrangers et les apatrides, les condamnés pour banditisme et les condamnés pour les crimes suivants, avec circonstances aggravantes : faux-monnayage, trafic de devises, cambriolage, brigandage, meurtre avec préméditation, blessures graves, viol, attentat contre la vie d'un milicien ou d'un auxiliaire bénévole de la milice, hooliganisme particulièrement dangereux, vol d'armes à feu, de matériel de guerre ou de matières explosives, les condamnés pour un crime prémédité commis alors qu'ils purgeaient une peine de privation de liberté, les condamnés ayant déjà bénéficié de l'autorisation de circuler hors de la colonie sans escorte mais ayant enfreint le règlement, les condamnés sans domicile fixe et les condamnés auxquels le jugement du tribunal impose de suivre une cure de désintoxication pour alcoolisme ou usage de stupéfiants.

La circulation des détenus hors des limites de la colonie sans escorte ni accompagnement est interdite à Moscou, dans les villes-frontières et les stations balnéaires et dans les agglomérations dont la liste est établie par le ministère de l'Intérieur de l'URSS en application de l'article 38 des fondements de la législation de l'URSS et des républiques fédérées relative au travail correctif.

La circulation hors de la colonie sans escorte des détenus appartenant aux catégories énumérées dans le troisième paragraphe du présent article peut être tolérée si la colonie de travail correctif est située loin d'une zone habitée. Les récidivistes particulièrement dangereux, les personnes condamnées pour un crime d'État particulièrement grave, pour banditisme, pour meurtre prémédité avec circonstances aggravantes, les condamnés à mort dont la peine a été commuée, les étrangers et les apatrides ne peuvent en aucun cas être autorisés à circuler hors des limites de la colonie de travail correctif sans escorte.

Article 32 : **Délivrance des autorisations de circuler hors des limites de la colonie sans escorte**

Les autorisations de circuler hors des limites de la colonie sans escorte sont accordées, pour raisons de service, par la commission de contrôle ou la commission chargée des intérêts des mineurs sur proposition motivée du directeur de l'établissement.

Les condamnés bénéficiant de l'autorisation de circuler hors des limites de la colonie sans escorte sont logés dans des baraquements séparés, ils n'ont pas le droit de loger hors de la colonie.

Les condamnés bénéficiant de l'autorisation de circuler hors des limites de la colonie sans escorte doivent observer les règles de conduite prévues par le règlement intérieur du camp.

En cas d'infraction au règlement, le directeur de la colonie peut annuler l'autorisation de circuler hors des limites de la colonie sans escorte.

Article 33 : **Séjour des condamnées de sexe féminin hors de la colonie de travail correctif**

Les condamnées de sexe féminin accomplissant consciencieusement les tâches qui leur sont confiées et faisant preuve de discipline peuvent être autorisées à résider hors des limites de la colonie lorsqu'elles bénéficient d'un congé de maternité ou si elles sont mères d'un enfant de moins de deux ans.

L'autorisation est accordée sur rapport détaillé du directeur de la colonie en accord avec la commission de surveillance.

Les condamnées qui bénéficient de ces dispositions :

– doivent résider à proximité de la colonie et sont placées sous le contrôle des organes du ministère de l'Intérieur;

– sont dispensées du port de l'uniforme et peuvent détenir de l'argent, sans limitation de montant;

– jouissent de leur liberté de mouvements, du lever au coucher du soleil, à l'intérieur d'un périmètre défini par le directeur de la colonie;

– peuvent recevoir des colis et des visites sans limitation de nombre.

A l'issue du congé de maternité, elles effectuent les tâches qui leur sont indiquées par l'administration de la colonie de travail et reçoivent le salaire correspondant à leur régime de détention.

En cas d'infraction systématique ou délibérée au règlement ou aux règles de conduite obligatoires, il peut être mis fin, sur proposition motivée du directeur de la colonie, à l'autorisation de résider hors de l'établissement de travail correctif.

***Article 34 :* Réglementation relative aux entreprises appartenant aux établissements de travail correctif et aux unités de production dépendant des autres ministères et administrations**

Les entreprises appartenant aux établissements de travail correctif et les unités de production dépendant des autres ministères et administrations peuvent recruter du personnel administratif et technique afin de diriger le travail des détenus, ainsi que du personnel spécialisé. Le personnel ainsi recruté ne doit pas dépasser 15 % de l'effectif des détenus.

Dans leurs relations avec les détenus, ces personnes doivent observer le règlement établi par l'administration de la colonie. En cas d'infraction au règlement, l'accès des unités de production où sont employés des détenus peut être interdit aux travailleurs libres.

La remise aux détenus d'effets, de produits alimentaires, d'argent et d'objets non autorisés par le règlement est interdite. Les contrevenants s'exposent aux sanctions prévues par la loi.

Dans des cas particuliers, s'il existe des soupçons fondés, l'administration peut procéder à la fouille des personnes entrant et sortant des unités de production où sont employés des détenus.

Article 35 : **Mesures de sécurité et utilisation des armes à feu**

Lorsqu'un prisonnier oppose une résistance physique au personnel de l'établissement de travail correctif, provoque des désordres ou se livre à des actes de violence, l'usage de la camisole de force est autorisé. Soit afin d'empêcher que des dommages soient causés, soit pour calmer les agités.

La camisole de force est appliquée sur décision du directeur de l'établissement ou de son remplaçant, en présence d'un membre du personnel médical.

Elle ne peut pas être utilisée sur les femmes ni sur les mineurs.

Toute utilisation de la camisole de force donne lieu à l'établissement d'un rapport qui est transmis au procureur.

En cas d'action violente, menaçant la vie d'un employé de l'établissement de travail correctif, ou d'autres personnes et en cas de tentative d'évasion, l'usage des armes à feu est autorisé si aucun autre moyen ne peut être employé.

Cette disposition ne s'applique pas si ces actes sont commis par des femmes ou par des mineurs.

En cas d'usage des armes à feu, le procureur devra être informé sans délai.

Article 36 : **Plaintes, requêtes et lettres des détenus**

Les détenus peuvent adresser plaintes, requêtes et lettres aux organes gouvernementaux, aux organisations sociales et aux cadres de l'administration. Les requêtes, plaintes et lettres sont expédiées conformément au règlement de l'établissement et à la loi en vigueur. Elles ne sont pas soumises à la censure et doivent être transmises à leur destinataire dans les vingt-quatre heures par l'administration pénitentiaire. Les détenus sont informés par écrit de la suite donnée à leur demande.

Chapitre V

Travail des détenus

Article 37 : **Affectation des détenus à un travail socialement utile**

Le travail des détenus est obligatoire. L'administration pénitentiaire doit affecter les prisonniers à un travail socialement utile, en fonction de leurs capacités et, si possible, de leur spécialité.

Les condamnés au régime spécial accomplissent des travaux pénibles.

Les condamnés sont, en principe, affectés dans une entreprise dépendant de l'établissement de travail correctif où ils sont détenus. Les personnes détenues dans une prison travaillent sur le territoire de celle-ci.

Le travail des détenus est organisé conformément à l'article 18 du présent code.

Le travail des détenus affectés sur des unités appartenant à d'autres administrations doit être organisé de manière à permettre l'isolement et la surveillance réglementaires.

La liste des tâches et des fonctions ne pouvant en aucun cas être confiées à des détenus est précisée par le règlement intérieur de l'établissement de travail correctif.

L'activité productive des établissements de travail correctif doit être de nature à faciliter l'amendement et la rééducation des détenus.

***Article 38 :* Conditions de travail des détenus**

Les détenus font la journée de huit heures; ils ont droit à un jour de repos hebdomadaire et les jours fériés sont chômés dans les conditions prévues par le code du travail.

En cas de nécessité, les détenus peuvent travailler les jours fériés. Dans ce cas les jours correspondants sont récupérés dans le courant du mois.

La durée du travail des condamnés purgeant leur peine dans une colonie de peuplement et de travail correctif ou dans un centre de rééducation doit être conforme aux dispositions du code du travail.

Les détenus n'ont pas de droit à congés durant la période de leur détention.

Le travail accompli durant une période de détention n'est pas pris en compte pour le calcul de la retraite, sauf dans certains cas spéciaux prévus par la loi.

Les normes de sécurité doivent être observées.

***Article 39 :* Salaire des détenus**

Le travail des détenus est rémunéré en fonction de sa quantité et de sa qualité, au tarif en vigueur dans l'économie nationale. La rémunération effectivement perçue par les condamnés tient compte de leurs frais d'entretien à l'établissement de travail correctif.

Dans les colonies de travail correctif et les prisons, les détenus ayant rempli les normes et n'ayant pas commis d'infraction au règlement ne peuvent pas percevoir moins de 10 % de leur salaire total, moins de 25 % s'ils sont invalides des 1er ou 2e groupes; les sommes correspondantes sont portées au crédit de leur compte personnel. Dans les centres de rééducation, le minimum est de 45 %.

Les condamnés purgeant leur peine dans une colonie de peuplement et de travail correctif, ainsi que les femmes autorisées à résider hors de la colonie en application de l'article 33 du présent code, perçoivent au moins 50 % de leur salaire réel.

Conformément à l'article 29 des fondements de la législation de l'URSS et des républiques fédérées relative au travail correctif, les conditions de rémunération des détenus sont fixées par le Conseil des ministres de l'URSS.

Article 40 : **Les retenues sur salaire**

Les personnes détenues dans les colonies de travail correctif et les prisons doivent couvrir les dépenses afférentes à leur nourriture, à leur habillement, à leurs chaussures, aux draps et couvertures qui leur sont fournis. Une fois ces retenues effectuées, d'autres retenues peuvent intervenir au titre des actes administratifs et des obligations financières du détenu, en application des articles 419 à 423 du code de procédure civile de la RSFSR. Seules les pensions alimentaires dues aux enfants mineurs sont déduites de la totalité du salaire, y compris de la partie retenue au titre de l'entretien du détenu.

La nourriture, les vêtements, les chaussures, les draps et les couvertures sont fournis gratuitement aux mineurs et aux invalides des 1er et 2e groupes.

Les frais d'entretien des détenus refusant délibérément de travailler sont prélevés directement sur leur compte personnel.

Article 41 : **Le travail non rémunéré des détenus**

Les détenus peuvent être amenés à effectuer, à titre gratuit, des corvées à l'intérieur de l'établissement de travail correctif ou à participer bénévolement à l'amélioration du niveau socioculturel des autres détenus.

Ces tâches sont effectuées en dehors des heures de travail et leur durée ne peut excéder deux heures.

Article 42 : **Versement d'une pension aux prisonniers devenus invalides durant leur détention**

Les prisonniers devenus invalides durant leur détention ont droit, à leur libération, à une pension si l'invalidité les rend inaptes au travail.

Chapitre VI

Le travail politico-éducatif

Article 43 : **But du travail politico-éducatif**

Le travail politico-éducatif a pour but d'éduquer les détenus, de leur inculquer le sens du travail honnête, de les amener à un strict respect des lois, de la conception socialiste de la vie collective et de la propriété sociale, d'élever leur niveau culturel et de favoriser leurs initiatives utiles.

La participation des détenus aux activités politico-éducatives est encouragée et elle est prise en compte pour déterminer le degré de leur amendement et de leur rééducation.

Article 44 : **Organisation et formes du travail politico-éducatif**

Le travail politico-éducatif des détenus est organisé par l'administration pénitentiaire. Les représentants des organisations sociales, économiques et autres y participent.

Les principales formes du travail politico-éducatif sont :

- l'émulation dans le travail;
- l'explication de la législation soviétique;
- le travail d'agitation et de propagande;
- la culture physique et la culture de masse;
- le travail individuel avec les détenus, l'étude de leur personnalité en fonction du délit qu'ils ont commis, de leur âge, de leur formation, de leur profession et de leurs autres particularités.

Le travail politico-éducatif des détenus est organisé en fonction du type d'établissement de travail correctif et du régime en vigueur dans celui-ci.

Dans les prisons et les quartiers cellulaires, le travail politico-éducatif est, en principe, organisé par cellule.

Article 45 : **Organisations autonomes dans les établissements de travail correctif**

Des organisations autonomes de détenus fonctionnent dans les établissements pénitentiaires, sous le contrôle de l'administration. Elles sont destinées à encourager les initiatives utiles des détenus et à faciliter leur rééducation.

Article 46 : **Types d'organisations autonomes de détenus et règles de fonctionnement**

Des conseils (soviets) de colonies et de détachements fonctionnent dans les colonies de travail correctif à régime normal, renforcé, sévère et spécial, dans les colonies de peuplement et les centres de rééducation. Peuvent en faire partie : les détenus se trouvant dans un isolateur préventif, ou une prison afin d'y accomplir des tâches domestiques en application de l'article 16 du présent code, les détenus transférés des quartiers cellulaires dans les baraquements des colonies de travail correctif à régime spécial et les détenus qui se sont distingués par leur conduite exemplaire et leur ardeur au travail.

Les conseils sont élus par l'assemblée générale des détenus ou par les représentants des détenus et leur composition est approuvée par le directeur de la colonie.

Les conseils rendent périodiquement compte de leur travail à l'assemblée générale des détenus. Les décisions prises par les conseils doivent être approuvées par le directeur de la colonie ou le chef de détachement.

Dans les prisons et les quartiers cellulaires des colonies de travail correctif à régime spécial, fonctionnent des conseils de brigadiers dont les membres sont désignés par le directeur de l'établissement.

Les organisations autonomes de détenus prennent des mesures destinées à aider l'administration pénitentiaire dans son travail d'amendement et de rééducation des prisonniers.

Chapitre VII

Instruction générale des détenus

***Article 47 :* L'instruction générale des détenus**

Les détenus reçoivent l'enseignement obligatoire de huit ans. Ceux qui ont le niveau correspondant peuvent poursuivre leur instruction.

Les détenus devant se présenter à un examen sont dispensés de travailler pour la durée prévue par le code du travail de l'URSS et de la RSFSR. Durant cette période, ils ne perçoivent pas de salaire et sont nourris gratuitement.

Les détenus âgés de plus de 40 ans et les invalides des 1er et 2e groupes ne suivent les cours d'instruction générale que s'ils sont volontaires.

L'instruction générale est encouragée et l'assiduité à l'étude constitue l'un des éléments qui permet d'apprécier le degré d'amendement et de rééducation des détenus.

***Article 48 :* L'enseignement technico-professionnel**

Des cours obligatoires sont organisés par les établissements de travail correctif à l'intention des détenus qui n'ont pas de spécialité professionnelle. Dans les centres de rééducation, l'enseignement technico-professionnel a lieu durant les heures de travail.

Les invalides des 1er et 2e groupes ne reçoivent un enseignement technico-professionnel que s'ils sont volontaires.

L'enseignement technico-professionnel est encouragé et l'assiduité à l'étude constitue l'un des éléments qui permet d'apprécier le degré d'amendement et de rééducation des détenus.

***Article 49 :* Congé accordé aux mineurs détenus dans un centre de rééducation afin de préparer un examen**

Les personnes détenues dans un centre de rééducation sont dispensées de travailler pour préparer un examen et s'y présenter.

Article 50 : **Organisation de l'enseignement général et technico-professionnel**

L'enseignement général et technico-professionnel est organisé conformément aux instructions du Conseil des ministres de l'URSS, en application de l'article 31 des fondements de la législation de l'URSS et des républiques fédérées relative au travail correctif.

Chapitre VIII

Mesures d'encouragement

Article 51 : **Les mesures d'encouragement**

Les détenus faisant preuve de bonne conduite et d'ardeur au travail et à l'éducation des autres détenus peuvent recevoir les encouragements suivants :

– expression de reconnaissance;

– inscription au tableau des producteurs d'avant-garde;

– inscription au tableau d'honneur;

– prime du travail exemplaire;

– autorisation de recevoir un colis supplémentaire dans l'année;

– autorisation de recevoir une visite supplémentaire dans l'année;

– autorisation de dépenser 2 roubles supplémentaires pour l'achat de produits alimentaires ou d'objets de première nécessité, les jours de fête. Dans les centres de rééducation : autorisation de dépenser 2 roubles supplémentaires par mois;

– remise d'une sanction antérieure;

– pour les prisonniers se trouvant dans une colonie de travail correctif à régime spécial et ayant déjà purgé le tiers de leur peine : transfert du quartier cellulaire dans un baraquement;

– pour les prisonniers se trouvant dans une prison : augmentation de la durée des promenades. La durée des promenades est alors portée à deux heures en régime normal et à une heure en régime sévère.

Les prisonniers qui se sont fermement engagés sur la voie de l'amendement peuvent être transférés, dans les conditions prévues par la législation de l'URSS et de la RSFSR :

– d'une prison dans une colonie de travail correctif, s'ils ont purgé la moitié de leur peine;

– d'une colonie de travail correctif à régime normal, renforcé ou sévère dans une colonie de peuplement s'ils ont purgé le tiers de leur peine ou les deux tiers s'ils appartiennent à l'une des catégories prévues par le 6e alinéa des articles 53 et 53-1 du code pénal de la RSFSR.

Les détenus dont le travail et la conduite sont exemplaires peuvent bénéficier d'allégements de peine * ou de mesures de libération anticipée conditionnelle dans les conditions prévues par la loi.

***Article 52 :* Mise en œuvre des mesures d'encouragement**

Les primes sont portées au crédit du compte personnel du détenu.

Seuls les détenus bénéficiant du droit de recevoir des colis en application du présent code peuvent être autorisés à recevoir un colis supplémentaire.

Les condamnés purgeant leur peine dans une prison ne peuvent recevoir, à titre de récompense, que des visites de courte durée.

L'augmentation de la durée des promenades, pour les prisonniers purgeant leur peine dans une prison, est accordée pour un mois.

Seules les sanctions déjà infligées peuvent être rapportées.

Le transfert d'un quartier cellulaire dans un baraquement est accordé par le directeur de la colonie après accord de la commission de surveillance.

Les expressions de reconnaissance et la levée des sanctions sont accordées verbalement, les autres récompenses sont accordées par écrit.

***Article 53 :* Les sanctions**

En cas d'infraction au règlement intérieur de l'établissement pénitentiaire, les sanctions suivantes peuvent être infligées :

– avertissement ou blâme;

– tour de corvée supplémentaire;

– privation de séance de cinéma, de concert ou de sport;

– annulation des mesures prévues par les articles 62 à 65,

* L'allégement de peine est différent de la remise de peine, il consiste à appliquer un châtiment moins dur que celui prévu par le jugement.

69, 75 et 76 du présent code, visant à améliorer les conditions de détention;

– transfert dans un isolateur punitif, avec ou sans droit au travail et à l'étude, pour une durée maximum de quinze jours si le détenu se trouve dans une colonie de travail correctif, ou dans un isolateur disciplinaire, pour une durée maximum de dix jours, si le détenu se trouve dans un centre de rééducation;

– transfert dans un cachot, sans droit au travail, pour une durée maximum de quinze jours, si le détenu se trouve dans une prison;

– transfert dans un quartier cellulaire, pour une durée maximum de six mois, pour les prisonniers détenus dans une colonie à régime normal, renforcé ou sévère; transfert dans une cellule individuelle, pour une durée maximum d'un an, pour les prisonniers détenus dans une colonie à régime spécial; passage au régime sévère, pour une durée de deux à six mois, pour les détenus se trouvant dans une prison à régime normal; transfert d'un baraquement dans un quartier cellulaire, pour les prisonniers détenus dans une colonie à régime spécial.

Les conditions de détention dans les quartiers cellulaires des colonies de travail à régime normal, renforcé ou sévère, ainsi que dans les cellules individuelles des colonies à régime spécial sont identiques à celles prévues dans les prisons à régime sévère.

Les femmes enceintes ou en cours d'allaitement ne peuvent pas être transférées dans un isolateur punitif, un quartier cellulaire, un cachot ou une prison à régime sévère.

En application de l'article 364 du code de procédure pénale, les détenus ayant commis des infractions délibérées peuvent être transférés :

– d'une colonie de peuplement dans une colonie de travail correctif dont le régime correspond à celui prévu par le jugement du tribunal, s'ils ont bénéficié d'un allégement de peine;

– à nouveau dans une colonie à régime spécial s'ils avaient été transférés d'une colonie à régime spécial dans une colonie à régime sévère, à titre de récompense;

– d'une colonie de travail correctif dans une prison, pour une durée maximum de trois ans. Au-delà de ce délai, les condamnés sont à nouveau transférés dans une colonie de travail correctif pour y purger le reliquat de leur peine;

– d'un centre de rééducation à régime normal dans un centre de rééducation à régime sévère.

***Article 54 :* Mise en œuvre des sanctions**

La sanction est prise en fonction des circonstances dans lesquelles la faute a été commise et de la personnalité du coupable; elle tient compte de la nature et de la gravité de la faute. La sanction doit intervenir dans un délai maximum de dix jours suivant la date à laquelle la faute a été constatée ou de la date suivant la fin de l'enquête à laquelle elle a donné lieu et dans un délai maximum de soixante jours suivant la date à laquelle la faute a été commise. Les sanctions sont applicables immédiatement, toutefois, en cas de nécessité, leur exécution peut être retardée d'un mois au maximum.

La décision de transférer un condamné d'une colonie de travail correctif à régime normal, renforcé ou sévère dans un quartier cellulaire ou d'une colonie de travail correctif à régime spécial dans une cellule individuelle est prise en cas d'échec des autres sanctions ou de violation délibérée du règlement. Le transfert dans un quartier cellulaire ou une cellule individuelle annule immédiatement les mesures d'amélioration des conditions de détention dont avait pu bénéficier le condamné.

Aucune amélioration des conditions de détention ou, pour les prisonniers détenus dans une colonie à régime spécial, aucun transfert d'un quartier cellulaire dans un baraquement ne peut être accordé dans un délai d'un an suivant la date à laquelle la sanction a été purgée, sauf si la sanction prévoyant l'annulation des mesures d'amélioration des conditions de détention, le transfert dans un quartier cellulaire ou une cellule individuelle est rapportée avant ce délai par l'administration de l'établissement de travail correctif.

Le transfert anticipé d'un quartier cellulaire ou d'une cellule individuelle n'est possible qu'exceptionnellement, pour raisons de santé et sur avis médical.

Les avertissements, les blâmes, les tours de corvée supplémentaires, les privations de séance de cinéma, de concert ou de sport sont notifiés verbalement ou par écrit.

La décision de transférer un prisonnier d'une colonie de travail correctif à régime normal, renforcé ou sévère dans un quartier cellulaire, ou d'une colonie à régime spécial dans une cellule individuelle ou un quartier cellulaire, est prise par le directeur de la colonie qui doit en indiquer les motifs, après consultation de la commission de surveillance. La décision précise la durée de la sanction.

Les autres sanctions prévues par l'article 53 du présent code font l'objet d'une décision prise par le directeur de l'établissement.

Les condamnés transférés d'une colonie de travail correctif à régime normal, renforcé ou sévère dans un quartier cellulaire ou d'une colonie à régime spécial dans une cellule individuelle, ainsi que les condamnés transférés dans un isolateur punitif avec droit au travail, ne sont pas en contact avec les autres prisonniers durant les heures de travail.

Le transfert dans un cachot, un isolateur disciplinaire ou punitif entraîne l'interdiction de recevoir des visites ou des colis, de recevoir et d'envoyer du courrier, d'acheter des produits alimentaires et des objets de première nécessité, de fumer, d'utiliser des jeux de société. L'usage des draps et des couvertures est interdit dans les cachots et les isolateurs punitifs et les prisonniers sont privés de promenade. Au cachot les prisonniers sont seuls.

En cas de sanction, les prisonniers peuvent faire appel, mais l'appel n'a pas d'effet suspensif.

Si, dans un délai d'un an suivant l'exécution d'une sanction, le condamné ne fait l'objet d'aucune autre sanction, la faute ayant entraîné la sanction est amnistiée.

***Article 55 :* Fonctionnaires habilités à prendre des mesures d'encouragement et des sanctions**

Les mesures d'encouragement et les sanctions prévues aux articles 51 et 53 du présent code font partie des prérogatives du directeur de l'établissement de travail correctif; elles peuvent aussi être prises par ses supérieurs. Les adjoints du directeur de l'établissement de travail correctif sont également habilités à décerner des récompenses et à infliger des sanctions, à l'exception de celles prévoyant le transfert des condamnés dans un quartier cellulaire, une cellule individuelle, un isolateur punitif ou disciplinaire ou un cachot.

Les chefs de détachement (éducateurs principaux) peuvent prendre les mesures d'encouragement suivantes :

– expression de reconnaissance (verbalement);

– annulation d'une sanction antérieure infligée par un chef de détachement (éducateur principal).

Les chefs de détachement (éducateurs principaux) peuvent infliger les sanctions suivantes :

– avertissement ou blâme (verbalement);

– tour de corvée supplémentaire;

– privation de séance de cinéma, de concert, de sport, pour les condamnés détenus dans un centre de redressement.

Dans les centres de redressement, les éducateurs de section peuvent décerner des expressions de reconnaissance (verbalement) ou infliger des avertissements ou des blâmes (verbalement).

Chapitre IX

Conditions de vie et assistance médicale

***Article 56 :* Conditions matérielles**

Les prisonniers ont droit à des conditions de vie conformes aux normes sanitaires et d'hygiène. La surface habitable par personne ne peut pas être inférieure à 2 mètres carrés dans les colonies de travail correctif et à 2,50 mètres carrés dans les centres de rééducation et les prisons.

Les prisonniers disposent d'une couchette individuelle, de draps et de couvertures. Les vêtements, le linge et les chaussures leur sont fournis en fonction des conditions climatiques locales.

La nourriture doit être suffisante pour un organisme normal. Elle est adaptée aux conditions climatiques, à la nature du travail et à l'ardeur au travail des prisonniers. Les personnes détenues dans un isolateur punitif ou disciplinaire, une cellule individuelle, un cachot ou un quartier cellulaire reçoivent des rations réduites.

Les conditions de détention et les rations des femmes enceintes ou en cours d'allaitement, des mineurs et des malades sont améliorées. Les détenus appartenant à ces catégories peuvent, en outre, être autorisés par la commission médicale à recevoir des colis de produits alimentaires supplémentaires.

Les rations alimentaires et les conditions de détention sont définies par le Conseil des ministres de l'URSS, conformément à l'article 36 des fondements de la législation de l'URSS et des républiques fédérées relative au travail correctif.

***Article 57* : Assistance médicale aux détenus**

Tout établissement pénitentiaire doit être pourvu d'un établissement de soins.

Le travail prophylactique et de lutte contre les épidémies doit être effectué conformément aux lois sanitaires.

Les conditions d'accès des détenus aux établissements de soins, l'assistance médicale aux détenus et la nomination du personnel spécialisé sont définies par les ministères de l'Intérieur et de la Santé de l'URSS, conformément à l'article 37 des fondements de la législation de l'URSS et des républiques fédérées relative au travail correctif.

En cas de besoin, des crèches peuvent être ouvertes dans les colonies de travail correctif. Les condamnées peuvent y mettre leurs enfants âgés de moins de 2 ans.

Les enfants de plus de 2 ans dont la mère est détenue sont placés dans une institution spécialisée; la commission compétente peut aussi décider de les confier à un membre de la famille ou de les mettre en tutelle.

***Article 58* : Soins obligatoires aux détenus alcooliques ou drogués**

Les détenus devant, aux termes du jugement du tribunal, subir une cure de désintoxication pour alcoolisme ou usage de stupéfiants en application de l'article 62 du code pénal de la RSFSR ou des articles correspondants des codes pénaux des républiques fédérées, suivent le traitement au sein de l'établissement pénitentiaire. L'administration de l'établissement prend les mesures nécessaires pour que le traitement soit assuré durant la période de détention.

S'il s'avère qu'un détenu en cours de peine est un alcoolique ou un drogué, l'administration de l'établissement pénitentiaire demande au tribunal d'ordonner une cure de désintoxication.

Si le condamné est libéré avant la fin de la cure de désintoxication, l'administration de l'établissement de travail correctif transmet le dossier médical de l'intéressé au tribunal qui prend une décision rendant obligatoire la poursuite du traitement en milieu hospitalier, avec horaire de travail adapté.

Chapitre X

Responsabilité matérielle des prisonniers

***Article 59 :* Fondements et limites de la responsabilité matérielle des détenus**

Les condamnés sont matériellement responsables des dommages causés aux biens de l'État au cours de leur détention :

– s'il s'agit de dommages causés sur les lieux de travail, le code du travail est applicable;

– s'il s'agit de dommages causés dans d'autres circonstances, le droit commun est applicable.

Si les dommages résultent d'un délit, la responsabilité du coupable est engagée dans les conditions prévues par la loi.

***Article 60 :* Mise en œuvre des sanctions en cas de dommages**

En cas de dommages causés par un détenu, la sanction est prise par le directeur de l'établissement qui doit motiver sa décision. Celle-ci est communiquée au détenu qui en accuse réception.

Il peut être fait appel de la décision auprès des supérieurs du directeur, mais l'appel n'a pas d'effet suspensif.

Les supérieurs du directeur peuvent modifier la somme exigée à titre de sanction ou annuler la décision.

Dans ce dernier cas, la somme indûment débitée est reversée au crédit du compte du prisonnier.

Si la décision est prise après la libération du condamné, le tribunal peut la faire appliquer dans les conditions prévues par la loi.

Chapitre XI

Les colonies de travail correctif

***Article 61 :* Types de colonies de travail correctif**

Les colonies de travail correctif se divisent en colonies à régime normal, à régime renforcé, à régime sévère, à régime spécial, les colonies de peuplement pour les personnes ayant commis un délit involontaire et les colonies de peuplement.

Article 62 : **Les colonies de travail correctif à régime normal**

Les colonies de travail correctif à régime normal sont destinées aux délinquants primaires du sexe masculin, condamnés pour une faute légère ou condamnés pour la première fois pour un crime grave mais dont la peine est inférieure à trois ans, et aux femmes condamnées à une peine de privation de liberté, à l'exception de celles considérées comme des récidivistes dangereuses et de celles dont la peine de mort a été commuée à la suite d'une grâce ou d'une amnistie.

Conformément à l'article 77 du présent code et à l'article 24 du code pénal de la RSFSR, tout homme condamné à une peine de privation de liberté, à l'exception des récidivistes particulièrement dangereux et des condamnés à mort dont la peine a été commuée peut être détenu dans une colonie de travail correctif à régime normal.

Dans les colonies à régime normal, les condamnés :

– sont logés dans des locaux normaux;

– peuvent dépenser jusqu'à 7 roubles par mois pour l'achat de produits alimentaires ou d'objets de première nécessité;

– ont droit à trois visites de courte durée et à deux visites de longue durée par an

– peuvent recevoir jusqu'à deux colis et envoyer des lettres sans limitation de nombre, le nombre des colis est porté à trois après l'expiration de la moitié de la peine.

Sous réserve que leur conduite donne satisfaction et qu'ils accomplissent leur travail avec honnêteté, les détenus ayant purgé la moitié de leur peine peuvent, en outre :

– dépenser 4 roubles supplémentaires par mois pour l'achat de produits alimentaires et d'objets de première nécessité;

– recevoir une visite de longue durée supplémentaire par an ou, en l'absence de proches parents, une visite de courte durée.

Article 63 : **Les colonies de travail correctif à régime renforcé**

Les colonies de travail correctif à régime renforcé sont destinées aux délinquants primaires du sexe masculin condamnés à une peine de plus de cinq ans pour un crime grave.

Conformément à l'article 77 du présent code et à l'article 24 du code pénal de la RSFSR, d'autres hommes condamnés à des peines de privation de liberté peuvent être détenus dans des colonies de travail correctif à régime renforcé, à l'exception des récidivistes particulièrement dangereux et des condamnés à mort dont la peine a été commuée.

Dans les colonies à régime renforcé, les condamnés :

– sont logés dans des locaux normaux;

– peuvent dépenser jusqu'à 6 roubles par mois pour l'achat de produits alimentaires ou d'objets de première nécessité;

– peuvent recevoir deux visites de courte durée et deux visites de longue durée par an;

– peuvent effectuer deux commandes par an et envoyer trois lettres par mois;

– après l'expiration de la moitié de leur peine, ils peuvent recevoir deux colis par an.

Sous réserve que leur conduite donne satisfaction et qu'ils accomplissent leur travail avec honnêteté, les détenus ayant purgé la moitié de leur peine peuvent, en outre :

– dépenser 3 roubles supplémentaires pour l'achat de produits alimentaires et d'objets de première nécessité;

– recevoir une visite de longue durée supplémentaire ou en l'absence de proches parents, une visite de courte durée.

Article 64 : **Les colonies de travail correctif à régime sévère**

Les colonies de travail correctif à régime sévère sont destinées aux hommes condamnés à une peine de privation de liberté pour un crime d'État particulièrement dangereux ou qui ont déjà purgé une peine de privation de liberté, ainsi qu'aux femmes condamnées à une peine de privation de liberté pour un crime d'État particulièrement dangereux, à celles considérées comme des récidivistes particulièrement dangereuses et aux condamnées à mort dont la peine a été commuée.

Conformément à l'article 24 du code pénal, d'autres condamnés peuvent être détenus dans des colonies de travail correctif à régime sévère. Les hommes considérés comme des récidivistes particulièrement dangereux et les condamnés à mort dont la peine a été commuée ne peuvent pas purger leur peine dans une colonie à régime sévère, sauf s'ils y sont transférés en application de l'article 51 du présent code.

Dans les colonies à régime sévère, les condamnés :

– sont logés dans des locaux normaux;

– peuvent dépenser jusqu'à 5 roubles par mois pour l'achat de produits alimentaires ou d'objets de première nécessité;

– ont le droit de recevoir deux visites de courte durée et une visite de longue durée par an;

– peuvent effectuer deux commandes par an et envoyer deux lettres par mois.

Lorsqu'ils ont purgé la moitié de leur peine, ils peuvent recevoir un colis par an. S'ils font preuve de bonne conduite et d'ardeur au travail, ils peuvent, en outre :

– dépenser 2 roubles supplémentaires par mois pour l'achat de produits alimentaires et d'objets de première nécessité;

– recevoir une visite de longue durée supplémentaire par an, ou, en l'absence de proches parents, une visite de courte durée.

Article 65 : **Les colonies de travail correctif à régime spécial**

Les colonies de travail correctif à régime spécial sont destinées aux hommes considérés comme de dangereux récidivistes et aux condamnés à mort dont la peine a été commuée.

Dans les colonies de travail correctif à régime spécial, les condamnés :

– sont strictement isolés et logent dans des cellules;

– peuvent dépenser jusqu'à 4 roubles par mois pour l'achat de produits alimentaires et d'objets de première nécessité;

– ont droit à une visite de courte durée et à une visite de longue durée par an;

– peuvent effectuer deux commandes par an et envoyer une lettre par mois.

Lorsqu'ils ont purgé la moitié de leur peine, ils peuvent recevoir un colis par an. S'ils font preuve de bonne conduite et d'ardeur au travail, ils peuvent, en outre :

– dépenser 1 rouble supplémentaire par mois pour l'achat de produits alimentaires et d'objets de première nécessité;

– recevoir une visite de longue durée supplémentaire par an, ou, en l'absence de proches parents, une visite de courte durée.

Article 66 : **Les colonies de peuplement et de travail correctif**

Les colonies de peuplement et de travail correctif sont destinées aux personnes coupables d'un délit par imprudence et condamnées à une peine de privation de liberté inférieure à cinq ans. Les personnes devant purger leur peine dans une colonie de travail correctif à régime normal, renforcé ou sévère, qui se sont fermement engagées sur la voie de l'amendement peuvent y être transférées dans les conditions prévues par l'article 51 du présent code.

Dans les colonies de peuplement et de travail correctif, les condamnés :

– sont sous surveillance mais ne sont pas gardés;

– peuvent circuler librement sur le territoire de la colonie du lever au coucher du soleil;

– peuvent être autorisés à sortir sans escorte en dehors de limites de la colonie, sans toutefois pouvoir quitter la république autonome, la région ou le district, pour des raisons de service ou d'études;

– ne sont pas astreints au port de l'uniforme, peuvent détenir et dépenser de l'argent sans limitation et détenir des objets de valeur;

– peuvent envoyer des lettres, recevoir des colis et des visites sans limitation de nombre;

– peuvent, avec l'autorisation de l'administration et si les conditions de logement le permettent, vivre avec leur famille, acheter une maison dans les conditions prévues par la loi et travailler pour leur propre compte.

Le travail des condamnés accomplissant consciencieusement les tâches qui leur sont confiées ou faisant preuve d'une conduite exemplaire peut être pris en compte pour le calcul d'une pension de retraite.

Les colonies de peuplement et de travail correctif peuvent être mixtes.

Chapitre XII

Les prisons

***Article 67 :* Condamnés purgeant leur peine en prison**

Les prisons sont destinées, lorsque la sentence le prévoit, aux récidivistes particulièrement dangereux, aux majeurs de 18 ans coupables d'un crime d'État particulièrement grave ou d'autres crimes graves et condamnés à une peine supérieure à cinq ans, et aux détenus transférés d'une colonie de travail correctif en application de l'article 53 du présent code.

D'autres condamnés peuvent purger leur peine en prison afin d'accomplir les travaux domestiques en application de l'article 16 du présent code.

Un séjour temporaire en prison (dans un isolateur préventif) est également possible pour les condamnés à une peine de privation de liberté, en application des articles 15 et 20 du présent code ou pour les condamnés en transit, dans ce cas, le séjour dans la prison ne doit pas excéder dix jours.

Article 68 : **Particularités du régime des prisons**

Deux régimes existent dans les prisons : le régime commun et le régime sévère.

Les condamnés logent dans des cellules communes. En cas de nécessité, sur décision du directeur de la prison et après accord du procureur, des prisonniers peuvent être gardés dans des cellules individuelles.

La répartition des condamnés par cellule doit tenir compte des dispositions de l'article 18 du présent code.

En outre, les condamnés au régime commun sont séparés de ceux au régime sévère. Les condamnés en transit, ceux purgeant leur peine en prison pour y accomplir des travaux domestiques, ceux devant rejoindre leur lieu de détention sous escorte et ceux qui partent en relégation sont séparés des autres prisonniers.

La promenade des prisonniers a lieu dans un endroit spécialement aménagé en plein air sur le territoire de la prison. En cas d'infraction au règlement, la promenade peut être interrompue.

Article 69 : **Le régime commun**

Les prisons à régime commun sont destinées aux personnes condamnées pour la première fois à purger une peine de prison et à celles transférées d'un camp à régime sévère.

Les prisonniers :

– peuvent dépenser jusqu'à 3 roubles par mois pour l'achat de produits alimentaires ou d'objets de première nécessité;

– ont droit à deux visites de courte durée par an;

– peuvent effectuer deux commandes par an et envoyer une lettre par mois;

– ont droit à une heure de promenade par jour.

S'ils font preuve de bonne volonté et accomplissent consciencieusement leur travail, les prisonniers peuvent, en outre, lorsqu'ils ont purgé la moitié de leur peine, dépenser 1 rouble supplémentaire par mois pour l'achat de produits alimentaires et d'objets de première nécessité.

***Article 70 :* Le régime sévère**

Les prisons à régime sévère sont destinées aux récidivistes ayant déjà été condamnés à purger une peine en prison, aux personnes condamnées pour un délit commis dans un établissement pénitentiaire, à celles transférées d'une colonie de travail correctif ou aux prisonniers y ayant fait l'objet d'une sanction.

La durée du séjour dans une prison à régime sévère est de deux à six mois.

Les femmes enceintes ou en cours d'allaitement ne peuvent pas être détenues dans une prison à régime sévère.

Dans une prison à régime sévère, les prisonniers :

– peuvent dépenser 2 roubles par mois pour l'achat de produits alimentaires et d'objets de première nécessité;

– ont droit à une demi-heure de promenade par jour.

***Article 71 :* Durée du séjour dans une prison à régime sévère**

La durée du séjour dans une prison à régime sévère est déterminée par le directeur de la prison, en accord avec la commission de surveillance.

La décision précise la durée du séjour dans la prison à régime sévère; elle est communiquée au condamné qui en accuse réception.

***Article 72 :* Régime de détention des condamnés effectuant des tâches domestiques dans une prison ou un isolateur préventif.**

Les détenus purgeant leur peine dans un isolateur préventif ou une prison afin d'y accomplir des tâches domestiques en application de l'article 16 du présent code ont les mêmes droits que les condamnés se trouvant dans une colonie de travail correctif à régime normal. Ils logent dans des cellules ouvertes et, si l'établissement est fermé, ils ont droit à deux heures de promenade par jour.

***Article 73* : Régime de détention des condamnés effectuant un séjour temporaire dans une prison ou un isolateur préventif**

Les condamnés effectuant un séjour temporaire dans une prison ou un isolateur préventif, ou qui y sont transférés en application des articles 15 et 20 du présent code, sont soumis aux obligations prévues par les dispositions de l'article 10 sur la détention préventive; ils sont nourris gratuitement selon les normes en vigueur, peuvent recevoir des visites de courte durée et des colis, envoyer du courrier, acheter des produits alimentaires et des objets de première nécessité dans les conditions correspondant à leur régime de détention. Ils ont droit à une promenade quotidienne d'une durée de deux heures.

Chapitre XIII

Les centres de redressement

***Article 74* : Types de centres de redressement**

Il existe des centres de redressement à régime normal et à régime renforcé.

***Article 75* : Les centres de rééducation à régime normal**

Les centres de rééducation à régime normal sont destinés aux délinquants primaires mineurs de sexe masculin condamnés pour un délit mineur ou condamnés à une peine de privation de liberté inférieure à trois ans pour un crime grave, ainsi qu'aux mineures de sexe féminin.

D'autres détenus mineurs de sexe masculin peuvent purger leur peine dans un centre de rééducation à régime commun, en application de l'article 24 du code pénal.

Dans les centres de rééducation, les détenus :

– sont logés dans des bâtiments normaux;

– peuvent dépenser jusqu'à 7 roubles par mois pour l'achat de produits alimentaires et d'objets de première nécessité;

– ont droit à six visites de courte durée par an;

– peuvent effectuer deux commandes par an et envoyer des lettres sans limitation de nombre.

En cas de bonne conduite et si la manière de travailler ou

d'étudier est jugée satisfaisante, les conditions de détention peuvent être améliorées à l'expiration du quart de la peine. Dans ce cas, les prisonniers peuvent :

– dépenser 3 roubles supplémentaires par mois pour l'achat de produits alimentaires et d'objets de première nécessité;

– recevoir six visites de courte durée supplémentaires par an.

Article 76 : **Les centres de rééducation à régime renforcé**

Les centres de rééducation à régime renforcé sont destinés aux récidivistes mineurs de sexe masculin condamnés à une peine supérieure à trois ans pour un crime grave, ainsi qu'aux détenus transférés d'un centre à régime normal en application de l'article 53 du présent code.

Dans les centres de rééducation à régime renforcé, les détenus :

– sont logés dans des bâtiments normaux;

– peuvent dépenser jusqu'à 5 roubles par mois pour l'achat de produits alimentaires ou d'objets de première nécessité;

– ont droit à quatre visites de courte durée par an;

– peuvent recevoir cinq colis par an;

– peuvent effectuer deux commandes par an et envoyer des lettres sans limitation de nombre.

En cas de bonne conduite et si la manière de travailler ou d'étudier est jugée satisfaisante, les conditions de détention peuvent être améliorées. Dans ce cas, les condamnés :

– peuvent dépenser 2 roubles supplémentaires par mois pour l'achat de produits alimentaires ou d'objets de première nécessité;

– recevoir deux visites de courte durée par an.

Article 77 : **Transfert d'un centre de rééducation dans une colonie de travail correctif**

Les prisonniers atteignant l'âge de 18 ans sont transférés dans une colonie de travail correctif à régime commun afin d'y purger le reliquat de leur peine. Ceux qui étaient détenus dans un centre de rééducation à régime renforcé peuvent être transférés dans une colonie de travail correctif à régime renforcé, selon le degré de danger social de leur crime, leur personnalité et leur conduite.

La décision est prise par le tribunal, conformément à l'article 364 du code de procédure pénale.

Article 78 : **Maintien des détenus ayant atteint l'âge de 18 ans dans un centre de rééducation**

Les détenus peuvent être maintenus dans un centre de rééducation au-delà de 18 ans s'ils sont fermement engagés dans la voie de l'amendement et que cela est jugé nécessaire pour leur permettre de parfaire leur formation. La décision est prise par le directeur de l'établissement après accord de la commission pour les mineurs et du procureur.

TROISIÈME PARTIE

APPLICATION DES PEINES DE RELÉGATION, D'INTERDICTION DE SÉJOUR ET DE TRAVAUX CORRECTIFS SANS PRIVATION DE LIBERTÉ

Chapitre XIV

La relégation

Article 79 : **Lieu de la déportation**

Les condamnés à la relégation purgent leur peine à l'endroit qui leur est indiqué.

Le relégué choisit son lieu de résidence dans l'arrondissement où il est affecté.

Article 80 : **La mise en route**

Les condamnés doivent être mis en route dans un délai de dix jours suivant la date à laquelle le jugement est devenu exécutoire. Ils voyagent aux frais de l'administration, avec ou sans escorte.

Dans les cas suivants, la décision de faire voyager le condamné avec ou sans escorte est prise par le tribunal, qui tient compte du caractère et du degré de danger social du délit ainsi que de la personnalité du coupable :

– si la relégation constitue la peine principale;

– si le prisonnier bénéficie d'une mesure de libération anticipée conditionnelle, la rélégation constituant alors une peine secondaire;

– si une peine de privation de liberté est commuée en peine de relégation.

Les prisonniers ayant purgé leur peine de privation de liberté et pour lesquels la relégation constitue une peine secondaire voyagent obligatoirement sous escorte. Les délais de route sont déduits de la durée de la relégation à raison de trois jours de relégation pour un jour de voyage si le condamné est escorté et d'un jour de relégation par jour de voyage s'il n'est pas escorté.

L'administration est tenue de fournir à tout prisonnier partant en relégation à l'issue d'une peine de travaux correctifs des vêtements et des chaussures adaptés au climat et de la nourriture en quantité suffisante pour le voyage.

Si le condamné voyage sans escorte, les organes chargés de l'exécution de la peine doivent lui remettre des instructions indiquant l'itinéraire à suivre et les délais de route, ainsi que de la nourriture pour le voyage. Le condamné doit signer un document par lequel il reconnaît avoir été informé des peines encourues s'il s'échappe pendant le voyage ou s'il quitte le lieu de relégation.

Si le condamné s'enfuit au cours du voyage, les organes chargés de l'application de la peine l'arrêtent et saisissent le tribunal territorialement compétent qui a trois jours pour se prononcer, dans les conditions prévues par l'article 368 du code de procédure pénale de la RSFSR, sur l'opportunité de le faire escorter jusqu'au lieu de sa relégation.

En cas de maladie ou d'autres circonstances exceptionnelles entraînant une interruption du voyage, le condamné peut être dirigé vers un autre lieu de relégation sur décision motivée du ministère de l'Intérieur de la république autonome ou du responsable des Affaires intérieures du comité exécutif du conseil des députés des travailleurs de la région ou de l'arrondissement. Si le changement du lieu de relégation a lieu à la demande du condamné ou de sa famille, le voyage vers le nouveau lieu de relégation est à la charge du condamné.

***Article 81* : Régime de la relégation**

Les condamnés à la relégation sont placés sous la surveillance des organes chargés de l'application de ce type de peine.

Durant l'exécution de la peine, le passeport * est remplacé par une attestation d'identité.

Le relégué doit :

– se faire enregistrer une fois par mois à l'organe chargé de l'application de la peine. Celui-ci peut porter à quatre le nombre des visites mensuelles obligatoires;

– informer l'organe chargé de l'application de la peine de

* Il s'agit du « passeport intérieur », équivalent de notre carte d'identité.

tout changement de domicile ou d'emploi, dans un délai de trois jours.

Tout condamné qui ne se présente pas à une visite obligatoire à l'organe chargé de l'application de la peine fait l'objet d'un mandat d'arrêt.

Article 82 : **Autorisation de quitter le lieu de relégation**

Le condamné peut être autorisé à quitter le lieu de relégation dans les cas suivants :

– à titre d'encouragement, pour bonne conduite et assiduité au travail, pour la durée d'un congé;

– sur convocation d'un établissement scolaire ou universitaire, afin de participer à une session d'études ou de se présenter à un examen;

– maladie grave ou décès d'un proche parent ou autre circonstance exceptionnelle. La durée de l'absence ne peut pas excéder dix jours, délai de route non compris;

– pour soins, si ceux-ci ne peuvent être dispensés localement.

Le temps passé hors du lieu de relégation dans ces conditions est déduit de la durée de la peine.

L'autorisation de quitter le lieu de la relégation est accordée par l'organe chargé de l'application de la peine.

Durant son absence, le condamné est tenu de se faire enregistrer auprès des organes du ministère de l'Intérieur du lieu où il se rend.

Article 83 : **Conditions de vie en relégation**

L'amendement et la rééducation des condamnés en relégation sont assurés par l'obligation de se livrer à un travail socialement utile, en fonction de leurs capacités, et par le travail politico-éducatif.

Le condamné choisit librement son emploi.

Dans un délai de quinze jours suivant l'arrivée du condamné, le comité exécutif du conseil local des députés des travailleurs doit fournir à celui-ci un emploi tenant compte de ses capacités et, si possible, dans sa spécialité, lui trouver un logement et, en cas de nécessité, l'assister financièrement jusqu'à ce qu'il prenne son poste.

Les entreprises, établissements ou organisations ont l'obligation d'embaucher les relégués qui leur sont affectés par les comités exécutifs des conseils des députés des travailleurs.

Le travail des relégués se fait conformément au code du travail.

Le refus, par un relégué, de se livrer à un travail socialement utile peut être sanctionné conformément à la loi en vigueur.

Article 84 : **Le travail politico-éducatif avec les relégués**

Le travail politico-éducatif avec les relégués est du ressort de l'organe chargé de l'application de la peine, des collectifs de travailleurs, des organisations sociales et de la communauté du lieu de la relégation.

La participation des relégués aux activités politico-éducatives est encouragée et elle constitue l'un des éléments qui permet d'apprécier leur degré d'amendement et de rééducation.

Article 85 : **Mesures d'encouragement**

En cas de bonne conduite et d'assiduité au travail, l'organe chargé de l'application de la peine peut prendre les mesures d'encouragement suivantes :

– témoignage de reconnaissance;

– annulation d'une sanction prise précédemment;

– autorisation de quitter le lieu de la relégation pour la durée d'un congé.

Article 86 : **Responsabilité en cas d'infraction au régime de la relégation**

En cas d'infraction au régime de la relégation, l'organe chargé de l'application de la peine peut soit adresser un avertissement au relégué soit l'assigner à résidence pour une durée maximale de six mois.

Le condamné peut faire appel de ces sanctions.

Chapitre XV

L'interdiction de séjour

Article 87 : **Départ des interdits de séjour**

Les interdits de séjour disposent d'un délai de dix jours à compter de la date d'entrée en vigueur du jugement pour quitter leur lieu de résidence.

Le condamné est convoqué par l'organe chargé de l'application de la peine. Il doit signer un document par lequel il reconnaît avoir été informé des sanctions encourues au cas où il se rendrait dans un endroit qui lui est interdit.

Si le condamné ne se rend pas à la convocation de l'organe chargé de l'application de la peine, il peut faire l'objet d'un mandat d'amener.

L'interdit de séjour part à ses frais. Dans des cas exceptionnels, l'organe chargé de l'application de la peine peut lui apporter une aide financière, lors de son départ.

En cas de refus de quitter le lieu où il est interdit de séjour, le condamné est expulsé par la force.

Article 88 : **Conditions de vie des interdits de séjour**

Les interdits de séjour choisissent librement leur travail et leur lieu de résidence, à l'exception des endroits qui leur sont interdits. Dans les trois jours suivant leur arrivée sur le lieu de leur nouvelle résidence, les interdits de séjour sont tenus d'informer le service des Affaires intérieures du comité exécutif du conseil des députés des travailleurs local qui prévient le service des Affaires intérieures du lieu où l'interdit de séjour a été condamné. Les changements de résidence et les emplois occupés doivent être déclarés dans les mêmes conditions.

Le travail des interdits de séjour est exécuté conformément au code du travail.

Le comité exécutif du conseil des députés des travailleurs aide l'interdit de séjour à trouver un logement et un emploi.

Les interdits de séjour participent au travail politico-éducatif de leur lieu de travail ou de résidence.

Article 89 : **Séjour temporaire dans un lieu interdit**

Les condamnés peuvent se rendre, exceptionnellement, dans un lieu qui leur est interdit dans les cas suivants :

– à titre d'encouragement, pour bonne conduite et assiduité au travail, pour la durée d'un congé;

– sur convocation d'un établissement scolaire ou universitaire pour participer à une session d'études ou se présenter à un examen;

– maladie grave ou décès d'un proche parent ou autres circonstances exceptionnelles; dans ce cas, la durée de l'absence est limitée à dix jours, non compris les délais de route;

– en mission.

Le temps passé, dans ces conditions, au lieu où le condamné est interdit de séjour est déduit de la peine.

L'autorisation de se rendre dans un lieu où il est interdit de séjour est accordée au condamné par le responsable des Affaires intérieures du conseil des députés des travailleurs local qui en informe le service des Affaires intérieures du lieu où se rend le condamné.

A son arrivée, le condamné doit se faire enregistrer par le service des Affaires intérieures du conseil des députés des travailleurs local.

Article 90 : **Mesures d'encouragement**

En cas de bonne conduite et d'assiduité au travail, l'organe chargé de l'exécution de la peine peut autoriser le condamné à se rendre en congé dans un lieu où il est interdit de séjour.

Dans les conditions prévues par la loi, les interdits de séjour qui font preuve d'une conduite et d'une assiduité au travail exemplaires peuvent faire l'objet d'une mesure de grâce.

Chapitre XVI

Les travaux correctifs sans privation de liberté

Article 91 : **Différents types de travaux correctifs sans privation de liberté, application des peines**

Les peines de travaux correctifs sans privation de liberté sont purgées, selon la décision du tribunal, sur le lieu de travail habituel du condamné ou ailleurs. Dans ce dernier cas, ce sont les organes chargés de l'application de la peine qui décident du lieu – obligatoirement situé dans le district où réside le condamné – où celle-ci sera purgée, en fonction des capacités et, si possible, de la spécialité du condamné. Dans le cas de mineurs, les impératifs liés à la surveillance et à l'acquisition d'une qualification professionnelle doivent être respectés.

Les condamnations aux travaux correctifs sans privation de liberté doivent être exécutées dans un délai de dix jours suivant le jugement.

Les travaux correctifs sans privation de liberté sont effectués dans des entreprises, des établissements ou des organisations gouvernementaux ou sociaux.

Les personnes condamnées à une peine de travaux correctifs devant être purgée sur leur lieu de travail habituel conservent le poste qu'ils occupaient auparavant. Ils ne peuvent être transférés à un autre poste que dans les conditions prévues par le code du travail.

Si le condamné doit purger sa peine ailleurs que sur son lieu de travail habituel, il doit être affecté dans un établissement situé à l'intérieur des limites de l'agglomération où il réside ou dans une autre localité mais il doit alors pouvoir regagner chaque jour son domicile habituel.

Article 92 : **Durée de la peine**

La durée des travaux correctifs sans privation de liberté se compte en mois et en jours et inclut toute la période au cours de laquelle les retenues correspondantes ont été effectuées sur le salaire du condamné. Le nombre total de jours de travail ne doit pas être inférieur au nombre de jours ouvrables prévu par le jugement. Si le condamné ne totalise pas, sans justification, le nombre de jours de travail suffisant à l'issue de sa peine, il reste soumis à l'obligation du travail correctif jusqu'à ce qu'il totalise le nombre de jours de travail prévu.

Les jours payés mais chômés pour des raisons valables peuvent être comptabilisés pour l'exécution de la peine. Les congés de maladie, de maternité ou d'allaitement, pour assister un malade sont également comptabilisés pour l'exécution de la peine, sauf dans le cas où la maladie est d'origine alcoolique.

Les jours chômés sont également comptabilisés dans l'exécution de la peine dans le cas où la peine doit être purgée dans un kolkhoze et que, pour des raisons objectives, le condamné ne se voit confier aucun travail; le nombre de jours travaillés doit être alors au moins égal au minimum prévu pour les kolkhoziens pour l'année ou la saison considérée.

Si le condamné à une peine de travail correctif sans privation de liberté fait l'objet d'un internement administratif ou est incarcéré, les jours d'arrestation ne sont pas comptabilisés dans l'exécution de la peine.

Article 93 : **Organisation du travail**

L'amendement et la rééducation des condamnés à une peine de travail correctif sans privation de liberté sont assurés par le travail socialement utile. Le contrôle de la conduite des condamnés ainsi que le travail politico-éducatif de ces derniers sont confiés aux collectifs des entreprises, établissements ou organisations où ils travaillent.

Les organes chargés de l'application de la peine tiennent le compte des personnes condamnées aux travaux correctifs sans privation de liberté, se chargent de l'affectation de ceux qui doivent purger leur peine ailleurs que sur leur lieu de travail habituel et, en cas de nécessité, apportent leur aide aux condamnés devant purger leur peine sur leur lieu de travail habituel et qui auraient du mal à trouver un emploi; ils assurent le contrôle des retenues effectuées sur le salaire des condamnés, vérifient les conditions dans lesquelles les entreprises, établissements ou organisations font exécuter les peines prévues par la législation du travail correctif de l'URSS et de la RSFSR; participent au travail politico-éducatif des condamnés; prennent des sanctions et des mesures d'encouragement; organisent la recherche des condamnés quand ceux-ci disparaissent.

Si une personne inapte au travail est condamnée à une peine de travail correctif sans privation de liberté, les organes font les démarches nécessaires auprès du tribunal, pour qu'une peine plus légère soit appliquée.

Les condamnés à une peine de travail correctif sans privation de liberté sont tenus de respecter la réglementation qui régit l'exécution, de se présenter à toute convocation des organes compétents. S'il ne répond pas, sans raison valable, à une convocation, le condamné peut faire l'objet d'un mandat d'amener.

Article 94 : **Modalités d'exécution des peines de travail correctif sans privation de liberté**

Les retenues prévues par le jugement du tribunal sont effectuées sur le salaire du condamné durant toute la durée de la peine, conformément à l'article 95 du présent code.

Le condamné ne peut être licencié de son emploi en cours de peine sans l'autorisation des organes chargés de l'application de la peine.

Si l'autorisation est refusée, le chef de l'entreprise de l'établissement ou de l'organisation où travaille le condamné peut faire appel.

Le travail correctif sans privation de liberté n'ouvre pas le droit à une pension de retraite, sauf décision du tribunal prise dans les conditions prévues par l'article 368 du code de procédure pénale, si la conduite et le travail du condamné sont exemplaires.

Les condamnés n'ont droit à aucun congé durant l'exécution de leur peine. Ils ne perçoivent ni primes ni gratifications.

Le montant des allocations pour incapacité temporaire, maternité ou allaitement, est déduit des revenus pour le calcul des retenues prévues par le jugement.

***Article 95 :* Les retenues sur le salaire**

Les retenues sont effectuées sur la totalité du salaire y compris sur les déductions au titre de l'impôt sur le revenu ou des autres obligations contractées par le condamné.

Les retenues sont effectuées sur le salaire de la deuxième quinzaine de chaque mois et, à l'expiration de la peine, sur la partie du salaire correspondante. Si le condamné travaille dans plusieurs établissements, les retenues sont effectuées par chacun d'eux.

Les retenues ne sont pas effectuées sur les pensions et allocations perçues au titre de la Sécurité sociale ni sur les salaires perçus à l'occasion de travaux exceptionnels non prévus par le système des rémunérations.

Les retenues sont effectuées sur la partie du salaire perçue en nature aussi bien que sur celle perçue en numéraire par les kolkhoziens. La retenue sur les avantages en nature est effectuée à la source par le kolkhoze qui en rembourse le montant à l'administration. La retenue en numéraire est défalquée chaque mois de la partie du salaire correspondante, à compter du jour d'entrée en fonction du condamné, et est reversée à l'administration. Les retenues en nature sont effectuées au fur et à mesure des distributions et régularisées lors de bilans annuels.

***Article 96 :* Obligations des entreprises, établissements ou organisations employant des condamnés à des peines de travaux correctifs sans privation de liberté**

Les entreprises, établissements ou organisations employant des condamnés à des peines de travaux correctifs sans privation de liberté doivent :

– informer le collectif de la décision du tribunal;

– exercer un contrôle sur la conduite du condamné aussi

bien durant les heures de travail que dans la vie courante et se charger du travail politico-éducatif le concernant;

– opérer des retenues sur les salaires du condamné dans les délais prévus par la loi et assurer le reversement des sommes correspondantes à l'administration;

– informer l'organe chargé de l'application de la peine de toute sanction ou de toute mesure d'encouragement concernant le condamné ainsi que du refus de ce dernier de purger sa peine;

– respecter strictement la réglementation relative au travail correctif sans privation de liberté telle qu'elle est définie par le présent code.

Article 97 : **Mesures d'encouragement et sanctions**

L'administration des entreprises, établissements ou organisations employant des personnes condamnées à des peines de travaux correctifs sans privation de liberté peut prendre les mesures d'encouragement ou les sanctions prévues par le code du travail.

Les organes chargés de l'application de la peine peuvent prendre les mesures d'encouragement et les sanctions suivantes : En cas de bonne conduite et d'assiduité au travail, témoignage de reconnaissance ou levée d'une sanction antérieure.

Les condamnés qui font preuve d'une conduite et d'une assiduité exemplaires, tant dans le travail que dans les études, peuvent faire l'objet d'un allégement de peine dans les conditions prévues par la loi : En cas d'infraction, remarque ou blâme.

Si le condamné ne remplit pas ses obligations légales, l'organe chargé de l'application de la peine peut lui adresser un avertissement. En cas de sanction, le condamné peut faire appel.

En cas de refus délibéré d'exécuter la sanction, l'organe compétent peut demander au tribunal de transformer la peine de travail correctif sans privation de liberté en une peine de travail correctif avec privation de liberté de même durée.

QUATRIÈME PARTIE

LA LIBÉRATION
AIDE AUX PERSONNES VENANT DE PURGER UNE PEINE DE PRIVATION DE LIBERTÉ
SURVEILLANCE DES ANCIENS DÉTENUS

Chapitre XVII

La libération

***Article 98 :* La fin de la peine**

La peine prend fin :

– à l'expiration de la condamnation prononcée par le tribunal;

– en cas d'amnistie;

– en cas de grâce;

– en cas d'annulation du jugement;

– en cas de modification du jugement, si la peine de privation de liberté est transformée en peine de travail correctif conditionnelle ou en cas de remise de peine *;

– en cas de libération anticipée conditionnelle ou de transformation d'une peine de privation de liberté en une peine sans privation de liberté;

– sur décision du tribunal, dans les conditions prévues par l'article 100 du présent code;

– dans les autres cas prévus par la loi.

* Il s'agit de la seule forme de sursis prévue par la loi soviétique : le condamné purge, en fait, une peine de travail correctif sans privation de liberté mais, à la moindre infraction, il est automatiquement incarcéré dans un établissement de travail correctif jusqu'au terme de sa condamnation.

Article 99 : **Propositions de libération anticipée conditionnelle, d'allégement de peine, de libération conditionnelle avec obligation de travail correctif**

Conformément aux articles 53, 52-2 et 55 du code pénal de la RSFSR, le condamné peut faire l'objet d'une libération anticipée ou d'un allégement de peine : l'organe chargé de l'application de la peine propose au tribunal, en accord avec les organes cités dans les articles précités du code pénal de la RSFSR et avec les organisations sociales de prendre une mesure de libération anticipée conditionnelle du condamné, d'allégement de peine ou de libération conditionnelle avec obligation de travail correctif.

Les propositions doivent contenir des éléments sur la conduite du condamné, sur son attitude envers le travail et l'étude, durant tout le temps de sa peine. Le dossier personnel du condamné doit être adressé au tribunal accompagné des propositions (cf. « Décret du Praesidium du Soviet Suprême de la RSFSR », du 11 mars 1977, *Bulletin du Soviet Suprême de la RSFSR,* 1977, n° 12, art. 258).

Article 100 : **Libération en cas de maladie**

Les condamnés, atteints de maladie mentale chronique ou de toute autre maladie grave, les mettant dans l'incapacité de purger leur peine, peuvent être libérés.

La proposition de libération pour raisons de santé est introduite auprès du tribunal par le chef de l'organe chargé de l'application de la peine. Cette proposition doit être accompagnée des conclusions de la commission médicale et du dossier personnel du condamné (cf. « Décret du Praesidium du Soviet Suprême de la RSFSR » du 11 mars 1977, *Bulletin du Soviet Suprême de la RSFSR,* 1977, n° 12, art. 258).

*Article 100 * :* **Libération des détenus condamnés à une peine de privation de liberté en cas d'invalidité**

Les personnes condamnées sous condition à une peine de privation de liberté avec obligation de travail correctif ou ayant fait l'objet d'une mesure de libération conditionnelle anticipée avec obligation de travail correctif peuvent, sur décision du tribunal, bénéficier d'une remise de peine, selon

* Il ne s'agit pas d'une erreur, le texte dont nous disposons a été édité par le ministère de la Justice de l'URSS et comporte deux articles 100.

les règles fixées par la législation de l'URSS et régies par l'article 362-1 du code de procédure pénale de la RSFSR, si elles sont invalides des 1er ou 2e groupes et que l'invalidité résulte d'une mutilation due à un accident de travail ou d'une maladie professionnelle.

Si l'invalidité des 1er ou 2e groupes affectant une personne mentionnée dans la première partie du présent article n'est pas la conséquence de son activité professionnelle, le tribunal peut, soit ordonner la mise en liberté du condamné, soit décider que celui-ci devra purger sa peine normalement (cf. « Décret du Praesidium du Soviet Suprême de la RSFSR », du 11 mars 1977, *Bulletin du Soviet Suprême de la RSFSR,* n° 12, art. 258).

***Article 101 :* La libération**

Les condamnés ayant purgé la totalité de leur peine sont libérés dans la première moitié du dernier jour de la condamnation; s'ils n'ont pas purgé la totalité de leur peine, ils sont libérés le jour où parviennent à l'établissement de travail correctif les documents nécessaires. Si les documents parviennent à l'établissement après la fin de la journée de travail, la libération a lieu le lendemain matin.

Si la fin de la condamnation correspond à un jour de congé ou à un jour férié, le condamné est libéré la veille de ce jour. Si le mois où s'achève la peine ne compte pas le quantième correspondant à la date de libération normale du condamné, celle-ci intervient la veille.

A la libération, on rend au libéré ses papiers et ses affaires personnels, l'argent conservé sur son compte personnel et un certificat de libération.

Trois mois avant l'expiration de la peine, l'administration de l'établissement de travail correctif étudie, si nécessaire, les possibilités d'emploi du condamné et prend à l'avance toutes mesures en vue de sa réinsertion dans la vie active.

Les condamnés mineurs sont renvoyés chez leurs parents ou tuteurs. Si cela s'avère impossible, la commission chargée des intérêts des mineurs se charge, sur proposition de l'administration pénitentiaire, de préparer leur installation matérielle à leur ancien lieu de résidence, de leur trouver un emploi correspondant à leur spécialité professionnelle ou de trouver un établissement scolaire susceptible de les accueillir. Exceptionnellement, si le retour du mineur à son ancien lieu de résidence est de nature à compromettre son éducation, la commission chargée des intérêts des mineurs peut décider, sur proposition de l'administration pénitentiaire, d'un autre lieu de résidence.

Les anciens détenus réclamant des soins ainsi que les mineurs âgés de moins de 16 ans, sont accompagnés jusqu'au lieu de leur résidence par un travailleur de l'établissement de travail correctif.

***Article 102 :* Expiration des peines de relégation, d'interdiction de séjour, et de travaux correctifs sans privation de liberté**

Les peines de relégation, d'interdiction de séjour et de travaux correctifs sans privation de liberté s'achèvent le jour prévu par le jugement, ou en cas de remise de peine, à la date de réception des documents correspondants par l'organe chargé de l'application de ce type de peine qui en informe le condamné.

Le jour de l'expiration de la peine, ou en cas de remise de peine, le lendemain de la date de réception des documents correspondants au plus tard, l'organe chargé de l'application de la peine a l'obligation de demander à l'administration de l'entreprise, de l'établissement ou de l'organisation où le condamné a purgé sa peine d'opérer les retenues de salaire.

Un certificat de fin de peine est remis au condamné.

Chapitre XVIII

Aide aux anciens condamnés

***Article 103 :* Aide matérielle aux anciens détenus**

Les anciens détenus ont droit à la prise en charge de leurs frais de voyage jusqu'au lieu de leur résidence ou de leur travail. Ils reçoivent la quantité de produits alimentaires ou l'équivalent en argent, pour la durée du voyage, prévue par la réglementation en vigueur.

***Article 104 :* Réinsertion des condamnés**

Si les anciens condamnés en font la demande, les comités des conseils des députés des travailleurs locaux sont tenus de leur procurer un emploi, compte tenu, si possible, de leur spécialité, dans un délai de quinze jours.

En cas de nécessité, le logement doit être également fourni.

Les dirigeants d'entreprises, d'établissements ou d'organisations auxquels s'adressent les comités exécutifs sont tenus d'embaucher les anciens détenus.

Les invalides et les personnes âgées sont placés, à leur demande, dans des établissements spécialisés.

En cas de nécessité, les commissions chargées des intérêts des mineurs doivent placer les orphelins dans les internats ou autres établissements scolaires ou les mettre sous tutelle dans les conditions prévues par la loi.

Chapitre XIX

Surveillance des personnes ayant fait l'objet d'une mesure de libération anticipée conditionnelle

Article 105 : **But et durée de la surveillance**

Les personnes ayant fait l'objet d'une mesure de libération anticipée conditionnelle sont placées sous la surveillance des organisations sociales et des collectifs de travailleurs qui sont chargés de leur rééducation jusqu'à la date à laquelle prend fin leur condamnation.

La surveillance et le travail éducatif sont destinés à parachever l'amendement du condamné et à l'amener à vivre d'un travail honnête.

Article 106 : **Conditions dans lesquelles s'exerce la surveillance**

La surveillance des personnes ayant fait l'objet d'une mesure de libération anticipée conditionnelle est assurée par les comités exécutifs des conseils des députés des travailleurs locaux; elle est exercée au lieu de résidence par les organisations sociales et les collectifs de travailleurs de l'entreprise ou de l'établissement scolaire, ainsi que par les commissions de surveillance, et les commissions chargées des intérêts des mineurs.

En cas d'échec des mesures sociales, quand celles-ci concernent des récidivistes ayant purgé une peine pour un crime grave, ayant été condamnés plus de deux fois à une peine de privation de liberté pour un délit prémédité et faisant l'objet d'une mesure de libération conditionnelle anticipée, l'organisation sociale et le collectif des travailleurs peuvent demander aux organes du ministère de l'Intérieur de prendre des mesures prévues par la réglementation sur le contrôle administratif.

Chapitre XX

Le contrôle administratif sur les anciens détenus

***Article 107* : Institution du contrôle administratif sur les anciens détenus**

Les récidivistes particulièrement dangereux, les personnes condamnées pour un crime grave et celles ayant été condamnées plus de deux fois pour un délit prémédité font l'objet d'un contrôle administratif par les organes de la milice après leur libération, si leur conduite pendant la durée de leur détention prouve qu'ils refusent obstinément de s'amender et de vivre d'un travail honnête.

***Article 108* : Mise en œuvre du contrôle administratif**

Le contrôle administratif est mis en œuvre dans les conditions suivantes :

– s'il s'agit d'un récidiviste particulièrement dangereux, à l'entrée en vigueur du jugement ou de la décision classant un délinquant dans la catégorie des récidivistes particulièrement dangereux;

– dans les autres cas, lorsque le rapport de l'administration de la colonie de travail correctif ou de la prison et de la commission de surveillance conclut à la nécessité du contrôle administratif.

Les documents nécessaires à la mise en œuvre du contrôle administratif sont transmis aux organes de la milice du lieu de résidence du condamné par l'administration de la colonie de travail correctif ou de la prison.

Article 109 : **Fondement légal du contrôle administratif**

Conformément aux dispositions de l'article 49 des fondements de la loi de l'URSS et des républiques fédérées sur le travail correctif, le contrôle administratif des anciens détenus est effectué dans les conditions prévues par la législation de l'URSS et de la RFSFS.

CINQUIÈME PARTIE

PARTICIPATION DE LA COLLECTIVITÉ À L'AMENDEMENT ET À LA RÉÉDUCATION DES CONDAMNÉS

Chapitre XXI

Participation de la collectivité à l'amendement et à la rééducation des condamnés

***Article 110 :* Les commissions de surveillance**

Des commissions de surveillance, composées de députés, de représentants de syndicats, de komsomols, des autres organisations sociales et des collectifs de travailleurs participent directement à l'amendement et à la rééducation des condamnés ainsi qu'au contrôle social sur l'activité des établissements et des organes chargés de l'application des peines de privation de liberté, de relégation, d'interdiction de séjour et de travail correctif sans privation de liberté.

Le rôle et les droits des commissions de contrôle ainsi que l'organisation de leur travail sont régis par le présent code et par les dispositions sur les commissions de contrôle prises par le Praesidium du Soviet Suprême de la RSFSR.

***Article 111 :* Les commissions chargées des intérêts des mineurs**

Les commissions chargées des intérêts des mineurs, composées de députés, de représentants des syndicats, de komsomols et des autres organisations sociales, de travailleurs de l'enseignement général et de l'enseignement technique et professionnel, de la santé, de la Sécurité sociale, des organes du ministère de l'Intérieur, de la Culture et d'autres organismes, participent directement à l'amendement et à la rééducation des personnes condamnées à une peine de privation de liberté dans une colonie de travail correctif et des mineurs condamnés à une peine de travail correctionnel sans privation de liberté. Elles assurent également le contrôle social de l'activité des organes chargés de l'application des peines de cette nature.

Le rôle et les droits des commissions chargées des intérêts des mineurs ainsi que l'organisation de leur travail sont régis par le présent code et par les dispositions sur les commissions chargées des intérêts des mineurs prises par le Praesidium du Soviet Suprême de RSFSR.

Article 112 : **Patronage des établissements de travail correctif par les collectifs de travailleurs et les organisations sociales**

Les collectifs des entreprises industrielles, des sovkhozes, des kolkhozes, des institutions culturelles, des établissements d'enseignement ainsi que les autres organisations sociales et gouvernementales patronnent des établissements de travail correctif.

Le patronage consiste à assister l'administration des colonies de travail correctif et de rééducation dans le travail d'amendement et de rééducation des condamnés et à faciliter la réinsertion des anciens détenus. Les collectifs de travailleurs et les organisations sociales aident les colonies de travail correctif et de rééducation à augmenter leur production, participent au travail politico-éducatif, à l'enseignement général, professionnel et technique.

Article 113 : **Le conseil de collectivité dans les colonies de travail correctif**

Afin d'assurer le patronage des établissements de travail correctif, des conseils de collectivités, composés de représentants des organisations soviétiques, syndicales et autres ainsi que des représentants des komsomols et de collectifs de travailleurs sont institués. Le directeur de la colonie ou son remplaçant siège au conseil.

L'organisation et l'activité du conseil de collectivité sont régies par les dispositions prises par le conseil des ministres de l'URSS.

Article 114 : **Les éducateurs sociaux pour les mineurs**

Des éducateurs sociaux peuvent être désignés afin de parachever l'amendement des mineurs en détention ou en liberté conditionnelle anticipée, et de prévenir les nouveaux délits que ceux-ci seraient susceptibles de commettre.

La nomination et l'activité des éducateurs sociaux sont

régies par les dispositions prises par le Praesidium du Soviet Suprême de l'URSS.

Article 115 : **Autres formes de la participation de la collectivité à l'amendement et à la rééducation des délinquants**

La participation de la collectivité à l'amendement et à la rééducation des délinquants peut revêtir d'autres formes que celles prévues par le présent code, mais elle doit être conforme aux dispositions générales et aux principes régissant l'exécution des peines, tels qu'ils sont définis par la législation du travail correctif de l'URSS et de la RSFSR.

TABLE

CET OUVRAGE
A ÉTÉ COMPOSÉ
ET ACHEVÉ D'IMPRIMER
PAR L'IMPRIMERIE FLOCH
À MAYENNE LE 2 MARS 1984

Dépôt légal : mars 1984.
Numéro d'édition : 2186.
Numéro d'impression : 21722.
ISBN 2-7103-0180-6.
Imprimé en France.

2186